HEYNE <

Das Buch

Charlotte Loos ist Saftschubse, genauer gesagt: ein Skyline-Engel. Doch statt glamorös exotische Ziele anzufliegen, lassen die Fluggäste sie ganz schön in die Luft gehen. Und auch die schnittigen Piloten finden ihr Glück heutzutage ganz woanders als mit ihr im 7. Himmel. Doch der wahre Alptraum sind die Klischees, die alle mit ihr verbinden. Trotzdem: »Ich bin Stewardess, und das ist auch gut so!«, möchte Charlotte laut durchsagen, wenn es wieder einmal heißt: »Bist du mit 30 nicht schon zu alt dafür?«

Saftschubse: Die wahren Abgründe über den Wolken.

Die Autorin

Annette Lies wurde 1979 geboren und fiel mit drei Monaten vom Wickeltisch. Damit war ihre Flugleidenschaft erweckt. Heute genießt sie den Aufenthalt mit Hamster Jetlag (der immer nachts wach ist) und Nymphensittich Kotflügel (der einzige Pilot, der bei ihr landen konnte) in München. Und wenn sie nicht gerade Tomatensaft ausschenkt, studiert sie Dramaturgie an der Hochschule für Fernsehen und Film.

Annette Lies

Saftschubse

Roman

WILHELM HEYNE VERLAG
MÜNCHEN

Dieses Buch erhebt keinen Faktizitätsanspruch. Es basiert zwar zum Teil auf wahren Begebenheiten und behandelt typisierte Personen, die es so oder so ähnlich gegeben haben könnte. Diese Urbilder wurden jedoch durch künstlerische Gestaltung des Stoffs und dessen Ein- und Unterordnung in den Gesamtorganismus dieses Kunstwerks gegenüber den im Text beschriebenen Abbildern so stark verselbstständigt, dass das Inidividuelle, Persönlich-Intime zugunsten des Allgmeinen, Zeichenhaften der Figuren objektiviert ist. Für alle Leser erkennbar erschöpft sich der Text nicht in einer reportagehaften Schilderung von realen Personen und Ereignissen, sondern besitzt eine zweite Ebene hinter der realistischen Ebene. Es findet ein Siel der Autorin mit der Verschränkung von Wahrheit und Fiktion statt. Sie lässt bewusst Grenzen verschwimmen. Für alle Leser erkennbar erschöpft sich der Text nicht in einer reportagehaften Schilderung von realen Personen und Ereignissen, sondern ist fiktiv.

FSC www.fsc.org
MIX
Papier aus verantwortungsvollen Quellen
FSC® C014496

Verlagsgruppe Random House FSC-DEU-0100
Das für dieses Buch verwendete FSC®-zertifizierte Papier
Holmen Book Cream liefert Holmen Paper, Hallstavik, Schweden.

Originalausgabe 05/2011

Redaktion: Eva Philippon
Printed in Germany 2011
Umschlagfoto: © OJO Images/Vario Images, 68images/Vario Images
Umschlaggestaltung: Eisele Grafik-Design, München
Satz: Greiner & Reichel, Köln
Druck und Bindung: GGP Media GmbH, Pößneck
ISBN 978-3-453-40857-9

www.heyne.de

Für die Menschen, die mir Auftrieb geben:
meine Mama (»Schätzecken, in der Uniform kannste auch auf Kreuzfahrt!«), meinen Papa (»Du musst Maschinenbau studieren – Ingenieure werden immer gesucht!«), meinen Bruder, der irgendwie immer in der Businessclass landet, und meine Schwester, die in Wahrheit weder Airbus verklagt noch Gebrauch von Frühbuchertarifen macht.

Für alle Menschen auf Mittelplätzen.

Und für die Frau, die mich mit Eiswürfeln bewarf – sie hat mich inspiriert, dieses Buch zu schreiben.

»Im ersten Jahr fliegst du als Stewardess, danach als Psychologin.«

(Purserette, FRA – MAD)

Prolog

»Möchten Sie Milch und Zucker zum Kaffee?«

»Kaffee!«

»Ja, aber möchten Sie Milch und Zucker dazu?«

»Schwarz.«

»Bitte schön, ein schwarzer Kaffee.«

»Mit Milch, bitte.«

»Reicht Ihnen eine oder möchten Sie zwei?«

»Zwei Zucker, danke.«

1.

»Musst du mit der Erkältung nicht am Check-in arbeiten?«

»Rufen Sie bitte meinen Anschlussflug an? Ich möchte noch in den Duty-free-Shop und werde mich verspäten.« (ATH – MUC)

So habe ich mir mein neues Leben nicht vorgestellt. Ich wollte Glamour, Abenteuer, ab und zu eine Hummerschere und einen Piloten, der mir auf Capri einen Antrag macht. Stattdessen sehe ich in die Augen von Dr. Renner.

»Hatten Sie in letzter Zeit traumatische Erlebnisse?«

Mir ist, als könne die Untersuchung hier ein solches werden. Überhaupt habe ich gar kein gutes Gefühl mehr. Ich wollte eigentlich nur, dass er mal kurz einen kleinen Holzspatel aus kanadischer Nadeltanne nimmt, den Zustand meiner Mandeln abnickt und mir ein unverkäufliches Muster zusteckt, das in etwa so klingt wie *Broncho Aero forte*, damit ich die Druckluftkabine mit Tragflächen besteigen kann.

Aber anstatt Koffer zu packen für Bagdad, sitze ich jetzt hier in der Praxis. Schon wieder mit diesen nervtötenden Hitzewallungen einer Frau in den Wechseljahren und gleichzeitig zitternd wie ein Hund im Regen. Ich meine allen Ernstes, so etwas wie »Sonografie« gehört zu haben. Dabei bin ich unter dreißig. Kein Alter also, in dem man sich die Tage mit Krankheiten vertreibt. Vor allem nicht, wenn ein paar brennende Ölquellen und ein hübscher Pool auf einen warten.

»In den Irak?!«, fragte meine Schwester entsetzt, als ich ihr meinen neuen Dienstplan unter die Nase hielt. »Kannst du nicht nach Dubai?«

»Nicht immer«, antwortete ich betont lässig, spülte meine eigenen Bedenken mit einer Tasse »Tu dir gut«-Eukalyptus-Anis-Fenchel-Tee hinunter und beschloss, wie immer alles positiv zu sehen.

Ich bin Stewardess, und das ist auch gut so! Da muss man eben auch mal an Orte, an denen es keine All-inclusive-Clubs mit Wasserballtoren in den Schwimmbecken gibt. Wobei meine derzeitige körperliche Konstitution es sogar zuließe, dass ich selbst auf der Talabfahrt in Aspen nichts als meinen Bond-Girl-Bikini trage. (Okay, nach Colorado fliegen wir gar nicht, aber rein theoretisch …)

Nachdenklich blicke ich auf, um Dr. Renners Frage zu beantworten, und löse meinen Blick vom sehr schicken Fischgrätparkett seines Behandlungszimmers. Das letzte Mal, dass ich einem Arzt gegenübersaß, ist Ewigkeiten her und war beileibe kein gesellschaftliches Highlight: Der wohltemperierte Whirlpool des Crewhotels in Tokio bescherte nicht nur mir ein warmes Plätzchen, sondern auch jeder Menge gramnegativer Bakterien, von deren Exotik mein Gynäkologe unverhohlen begeistert war. Ich vermute, wenn man sonst nur Einzeller aus der Therme Erding zu Gesicht bekommt, fällt es wirklich nicht leicht, ein Mittel zu verschreiben, das die seltenen Lebewesen vernichtet.

Ich lasse meine Füße rücksichtsvoll wenige Zentimeter über dem Boden schweben und nehme in Dr. Renners Bauhausstuhl eine sehr verkrampfte Haltung ein. Aus meinem früheren Job weiß ich nämlich, dass nur Schreibtischstuhlrollen resistentes Würfelparkett und Hundepfoten abweisender rustikaler Walnussschiffboden Pfennigabsätze und heruntergefallene Oil of Olaz-Tiegel vollkommen verzeihen. Dummerweise wird mir von dieser Akrobatik nur noch heißer, meine Wangen glühen.

Dabei ist es in der Praxis eigentlich angenehm kühl. Sie befindet sich im Erdgeschoss, in schönen hohen Altbauräumen mit weißen Wänden und Stuck an der Decke. Vor dem Fenster ist alles grün, und eine große Birke weht sanft im Wind. Ein wohltuender Kontrast zu *meinem* Arbeitsplatz. Alleine die Luftfeuchtigkeit hier ist bestechend.

Ob ich Dr. Renner einfach mal frage, wie es um den Christian Louboutin-Pumps-Härtegrad seines Bodens bestellt ist? Aber vermutlich wäre eine Gegenfrage eher unhöflich, solange ich nicht einmal seine beantwortet habe.

Ich versuche, meine Beine elegant anders übereinanderzuschlagen, und rutsche wenig galant ab, womit zumindest die Frage der Trittschalldämpfung geklärt ist. Mein neu gewählter Arzt zuckt merklich zusammen. Dann kritzelt er eifrig in eine frische weiße Krankenakte, die er immer weiter nach unten aufklappt. Nun ja, ich vermute, Worte wie *Fortgeschrittene Hyperthermie* sind eben einfach ein bisschen raumfordernder als *Patientin schwitzt*.

Noch bevor ich erwähnen kann, dass ich auch kaum noch schlafe und ständig Hunger habe (trotz intensiver und konstanter Kalorienzufuhr durch marzipanhaltige Pudding-Desserts, Bio-Barbarie-Enten und ganze Säcke vorwiegend festkochender Speisekartoffeln der Sorte *Saskia*), verlegt er sich auf den Computer. Von meinem Anmeldeformular übernimmt er, wie ich sehen kann, die unerfreulichen körperlichen Fakten, die ich sonst nur den Verkäuferinnen bei *Victoria's Secret* anvertraue.

Langsam ist mir die Stille zwischen uns doch ein wenig unangenehm. Außerdem höre ich mein Herz dadurch umso lauter schlagen. Für gewöhnlich übertönen das die Triebwerke ganz gut, weswegen ich auch erst mal einige Monate mit meinen Problemen herumgelaufen bin, bevor ich sie selbst bemerkte.

Schön, solange Dr. Renner seinen Job macht, tue ich halt auch etwas, das ich gut kann: Ruhe ausstrahlen, Gelassenheit, spürbare Sicherheit und auch ein bisschen Sitzkomfort, jetzt, da meine Schuhe ihre Parkposition erreicht haben. Dinge, auf die ich mich als Stewardess wirklich gut verstehe: fröhlich sein, wenn's ruppig wird, entspannt aussehen, wenn der Blitz ins Flugzeug einschlägt. (Übrigens ein Ereignis, das den Passagieren weit mehr ausmacht als dem Flieger. Der muss danach lediglich einmal in die Wartung, während nicht wenige Gäste noch im darauffolgenden Schaltjahr beim Psychologen sitzen.)

Dr. Renner sieht noch immer so beschäftigt aus, dass ich ihn nicht stören will. Und Zeit zum Nachdenken kann ich gut gebrauchen, normalerweise befragt man mich nämlich zu Umsteigeverbindungen, Auswahlessen, der Benutzung ferngesteuerter Autos an Bord oder den Öffnungszeiten des Schwarzwalds. Da ist mir die Frage zur Höhe meines Cortisolspiegels direkt willkommen.

»Traumatische Erlebnisse«, das scheint mir spontan etwas hoch gegriffen – obwohl ich einen ausgeprägten Hang zur Melodramatik besitze, besonders zu Filmen in dieser Richtung. Neben meiner Geisha mit aufklappbarem Sonnenschirm aus Osaka und meinen in Delhi erworbenen Antikörpern gegen Amöbenruhr, erfüllt mich meine Blu-ray-Sammlung durchaus mit Besitzerstolz. Ein gutes Entertainment-System ist einfach ungeheuer wichtig, sowohl in einem Großraumflugzeug, als auch in den eigenen vier Wänden. Zum Beispiel, wenn man krank ist.

Meine letzte Nasennebenhöhlenentzündung ist irgendwo zwischen Staffel zwei und fünf von *Sex & the City* ausgeheilt, ohne dass ich mich in zwölf Tagen Krankschreibung auch nur einmal gelangweilt hätte hinter meinem Bachblüten-Inhalator. Und Fluggäste kann man damit genauso über Stunden ruhigstellen. Im Grunde ähneln sich Flüge und Krankheiten ja auch: Man wartet, bis es vorbei ist. (Obwohl sich eine Langstrecke in meiner Obhut natürlich nicht wirklich mit einer fortschreitenden Influenza vergleichen lässt.)

Entsprechend ist es ein größeres Problem, wenn das ganze System ausfällt, was im Übrigen keine Rückschlüsse auf den sonstigen technischen Zustand der Maschine zulässt, worauf ich auch erst lernen musste zu vertrauen. In solchen Situationen vertreiben sich Geschädigte die verbleibenden Flugstunden gerne mit Segnungen wie dem *iSeismometer*, mit dem man bei Turbulenzen wunderbar den Grad der Erschütterungen messen kann, um sich dann über mögliche Verletzungen zu beschweren, die man sich jetzt eventuell hätte zuziehen können. Vermutlich gibt es sogar eine App dazu, die bereits im Landeanflug auf Reha-Kliniken und Präzedenzfälle im Großraum Boston, Massachusetts, verweist. Was eben alles nicht passiert, wenn man auf 58D sitzt und gebannt verfolgt, wie der nackte Daniel Craig gefoltert wird oder Harry Potter Quidditsch spielt.

Und auch ich hätte es ohne Filme nie geschafft, ein Skyline-Engel zu werden. Die meisten meiner Leinwandepen allerdings drehen sich nicht um Jagdbomber oder Katastrophenflüge, sondern um Liebesbeziehungen, die über Jahrzehnte hinweg spielen, vor dem Hintergrund politischer Wirrungen und gerne auch der Pest, wo die Leute dann erst mit neunzig feststellen, dass sie im selben Konzentrationslager waren oder in Wahrheit Geschwister sind. Auch den bislang einzigen Weinkrampf meines Lebens hatte ich am Ende einer Geschichte, in der ein Paar vor orangerotem Hintergrund im Bug eines mehrstöckigen Schiffes mit Vollpension steht und die Spannkraft seines Bizeps testet. (Noch Wochen später wagte ich mich nur mit einer Trillerpfeife in den Schaum meines Frei-Öl-Hautpflegebads.)

Aber unter *Trauma* verstehe selbst ich eher so etwas wie Hungersnöte, Flutkatastrophen, Amokläufe, Waldbrände, über Tage hinweg keinen Internetzugang zu haben oder mit Naturlocken in feuchtwarme Gebiete zu reisen und dann in Hongkong festzustellen, dass das Glätteeisen nicht im Koffer ist. Was will der Arzt also hier wissen?

Dr. Renner scheint zum Ende seiner Aufzeichnungen zu kommen. Ich wette, die einzigen Filme, die er schaut, laufen auf Monitoren im OP. Was natürlich auch nicht einer gewissen Dramatik entbehrt …

Im Raum ist es weiterhin still, nur leises Knacken aus dem Eingangsbereich ist zu hören, unter den Füßen der gummibesohlten Arzthelferinnen. Sie dürfen auf der Arbeit orthopädisch wertvolle Sandalen mit Fußbett und Korkanteil tragen, während bei mir High Heels quasi zur Grundausstattung gehören.

Dr. Renner wendet sich mir zu, nimmt die Hände von der Tastatur und legt sie andächtig ineinander wie ein Tagesschausprecher. »Meine Damen und Herren«, könnte er sagen, »Charlotte Loos ist erkrankt. Die Achtundzwanzigjährige, die einen (Un-)Ruhepuls von einhundertfünfzig hat, arbeitet seit vier Jahren bei *Skyline*, einer der renommiertesten Linienfluggesellschaften Deutschlands. Loos war auf zahlreichen nationalen und internationalen Flügen tätig und wurde bekannt durch ihr Engagement in der Economy-, Business- und First Class.«

Jetzt, da er bereit für eine Antwort scheint, versuche ich krampfhaft, erwähnenswerte Stressfaktoren auszumachen, wegen derer ich auf dem Stopp in Montreal dem Eishockey-Match der *Pittsburgh Penguins* in Flip-Flops beigewohnt habe. (Kam mir klimatisch vor wie die Emirate im August. Aber welche Frau geht bitte gleich zum Arzt, nur weil sie die Einzige auf der Welt ist, die grundsätzlich nicht mehr friert? Das ist, als würde man die Weltherrschaft ablehnen.)

Spontan fällt mir da die Schneider-Schnepfe ein, der ich die aufdringliche Betonung meines gebärfreudigen Beckens durch eine mehr als gut sitzende Uniform in Size Zero verdanke. Und der »Baby-Mann«, der mir in Barcelona auf die Schulter getippt und angemerkt hat, ich würde nur dumm rumstehen statt zu arbeiten. Und meine spektakuläre Flucht von der Yacht von Joseph Mizrachi, dem First Class-Passagier … – nun ja, vielleicht war das ja ein kleines Trauma.

Sicherlich war es meiner inneren Balance auch nicht zuträglich, dass ich meine Calvin-Klein-Pumps neben diesem entwürdigenden Fußabtreter-Igel in Moosburg abstellen musste. Und die Leute, die im Flieger ihre Tabletts stapeln, stressen mich natürlich regelmäßig. Die passen dann nämlich nicht mehr untereinander in den Trolley, es sei denn, man nimmt die mit Schokopudding und Salatdressing beschmierten Schälchen wieder auseinander und verteilt sie erneut flach auf die einzelnen Tabletts, tunlichst ohne dass der Gast es sieht und sich bloßgestellt fühlen könnte. Reicht das für ein *Trauma*?

»Hatten Sie denn besonders viel Stress in letzter Zeit?«, versucht Dr. Renner jetzt, mir endlich eine Antwort zu entlocken.

Also, beim Stichwort *Stress*, da sieht die Sache schon anders aus! Ich entscheide auf der Stelle, dass es durchaus als Stress durchgeht, wenn mir ein Japaner am helllichten Tag im öffentlichen Personennahverkehr meine private Zeitschrift entwendet hat. Weil er meinte, dieser Service gehöre schon zum Flug. (Noch dazu nicht irgendeine, sondern ein renommiertes Promi-Magazin mit Vierfarbdruck, Pröbchen des neuesten orientalisch-floralen Duftes, extra mattierendem Jetlag-Make-up und exklusiven Fotos des neuesten Brangelina-Babys!) Allein bei der Erinnerung daran bin ich noch wie gelähmt.

Und dann die unerfreuliche Sache mit Malte auf dem Kilimandscharo, als ich lediglich versucht habe, ein Mindestmaß an Zivilisation zu erzeugen, indem ich mit dem Campingkocher einen Latte macchiato zubereiten wollte. Und diese beschissene kleine Plastikkarte, wegen der ich am Times Square mein Hotel nicht wiedergefunden habe …

Jetzt weiß ich überhaupt nicht, wo ich anfangen soll zu erzählen. Ich entscheide mich Dr. Renner gegenüber für eine kompakte anamnesefreundliche Zusammenfassung des Erlebten, die in die letzte freie Ecke meiner Krankenakte passt:

»Ja, ich hatte Stress!«

Deutlich und voller Inbrunst hallt dieses Bekenntnis durch

das angenehm leere Behandlungszimmer. Plötzlich fühle ich mich schuldig, weil bestimmt jede Menge andere Leute im Wartezimmer sitzen, mit nichts als dem Lesezirkel.

Dr. Renner aber scheint zufrieden und wendet sich wieder der Tastatur zu. Neben seinem Karohemd und einer Informatiker-Brille, die sicher nicht aus modischen Gründen schwarz umrandet ist, besitzt er zusätzlich einen Doktortitel in Chemie, das habe ich zuvor recherchiert, und irgendwie beruhigt es mich.

In Notsituationen wie dieser sind Streber unabdingbar; das habe ich auch schon in der 4b zu Ruben Willimzyck gesagt: »Kopf hoch, eines Tages gewinnst du die Schachweltmeisterschaft oder den Nobelpreis durch die Erfindung einer chemischen Formel, mit der sich jede Naturkrause in einen Bob verwandeln lässt!«

Allerdings gebe ich zu, dass ich mir für mich, meine Talkshow-taugliche Erkrankung und anschließende Wunderheilung in Lourdes mit eigenem *ARD*-Brennpunkt, auch durchaus jemanden hätte vorstellen können wie den Landarzt oder Dr. Hofrat aus *Sissi – Schicksalsjahre einer Kaiserin*, der sie auf Madeira leidenschaftlich über ihre Genesung bzw. im Grunde über die von ganz Österreich-Ungarn informiert.

Aber meine Krankenversichertenkarte und ich konnten froh sein, in München überhaupt jemanden mit Kassenzulassung gefunden zu haben, der die nötige Motivation besitzt, mich noch Freitagnachmittags vor einem drohenden Mitralklappenkollaps zu retten. *Charlotte Loos – Schicksalsjahre einer Stewardess*.

Inzwischen hat mir Dr. Renner eine Blutdruckmanschette angelegt, die sich unangenehm prall aufpumpt.

»Einhundertvierzig zu neunzig«, brummt er emotionslos,

lässt zügig die Luft ab und nimmt sein Stethoskop aus meiner Armbeuge. »Hatten Sie schon mal Bluthochdruck?«

Also, bitte! Wie jede normal menstruierende Frau leide ich seit dem vierzehnten Lebensjahr unter chronischem Eisenmangel. Ohne die reguläre Tagesdosis Koffein bin ich zu lethargisch, um abends von *X-Faktor* auf *Popstars* umzuschalten, wenn die Fernbedienung nicht in unmittelbarer Nähe liegt.

»Nein, nicht, dass ich wüsste«, fasse ich den komplexen Sachverhalt wieder für ihn zusammen.

Mist, ich scheine wirklich krank zu sein. Dabei will ich doch in den Irak und Mittwoch weiter nach Seoul; diesmal will ich auch wirklich versuchen, dort tagsüber wach zu sein und ein paar Tempel anzugucken und *Bibimbab* zu essen, das koreanische Nationalgericht, das ich richtiggehend liebe.

»Frau Naumann!« Dr. Renner hat die Tür des Behandlungszimmers geöffnet und ruft in den Empfangsbereich. »Melden Sie bitte Frau ... ähm ...« Er dreht sich hilfesuchend nach mir um.

»Abigail!«, reagiere ich prompt, und zum ersten Mal sieht er besorgt aus.

»Melden Sie bitte *Frau Loos* zur Szintigraphie an?«

Hoppla, *Abigail* ist ja mein Starbucks-Name. In meinem Körper sind ernsthaft ein paar Doshas durcheinander.

»Äh, was ist denn nun mit Fliegen?«, versuche ich hektisch die peinliche Situation aufzulockern.

Gerade noch rechtzeitig bevor Dr. Renner, der mir jetzt die Hand zum Abschied gibt und irgendetwas murmelt von wegen, dass es schon mal zu psychotischen Schüben kommen kann im Rahmen der Erkrankung, den Raum verlässt.

Seine Antwort fasst den Sachverhalt kompakt für mich zusammen: »Das tut mir leid. Fliegen können Sie nicht mehr.«

Skyline – Meet the Angels
Rundschreiben

Sehr geehrte Kolleginnen des Kabinenpersonals,

zum Sommer hin möchten wir Sie noch einmal an die Uniform-Trageordnung erinnern:
Zulässig sind ausschließlich Schuhe in Dunkelblau, dies umschließt alle Nuancen von taubenblau bis nachtblau. Zu Hosenrock, Wickelrock und Kleid müssen die Absätze Ihres Schuhwerks mindestens drei Zentimeter hoch sein, sollten jedoch im Absatz fünf Zentimeter nicht überschreiten. Trotz der »imposanten Optik«, die wir Ihnen gerne bestätigen, bat uns auch der Medizinische Dienst, Sie hieran zu erinnern – zur Vermeidung orthopädischer Erkrankungen in Ihrem eigenen Interesse. Zur Hose dürfen auch Damen flache Schuhe tragen!
Aufgrund der wiederkehrenden Thematik haben wir die Lockerung dieser Regeln mit dem Designer Ihrer Arbeitsuniformen, dem Hause »Rio by Janeiro« diskutiert.
Leider sind wir trotz des von Ihnen vielfach zitierten Renommees zu dem Schluss gekommen, dass sich Pumps der Firma »Louboutin« mit roter Sohle nicht mit unserer Hausfarbe »Stratosphäre-Hellblau« vereinbaren lassen.
Als Linienfluggesellschaft bemühen wir uns um einen klassisch-konservativen Look, der bedauerlicherweise nicht immer mit den »wohl unumstritten wegweisenden Laufstegtrends der New Yorker Fashion Week« einhergehen kann.
Natürlich danken wir Ihnen allen für das große Engagement, mit dem Sie »lediglich die modische Wettbewerbsfähigkeit des Konzerns sicherstellen« möchten.
Wir wissen diese Geste zu schätzen.
Sollten Sie bei der Wahl Ihrer Uniformschuhe weiterhin unsicher sein, so steht Ihnen hierzu Ihr persönliches Exemplar des Regelwerks Sky-Style zur Verfügung, das Sie in Ihrem Grundlehrgang erhalten haben (S. 27–30, Abs. 2 »Geeignetes Schuhwerk im Dienst«).

Gerne berate ich Sie auch persönlich.

Florinda von Metzingen
Skyline/Kleiderkammer FRA

Was bisher geschah …

Bitte schnallen Sie sich an, bevor Sie meine Vorgeschichte lesen. Sollten Sie dies nachts tun, schließen Sie bitte Ihren Gurt sichtbar *über* der Decke, damit wir Sie bei Turbulenzen nicht unnötig zu stören brauchen.

2.

»Hast du auch was Richtiges gelernt?«

»Excuse me, is the Black Forrest National Parc open on Sundays?« (LAX – MUC)

Berufswahl ist keine leichte Sache. Mein erster Anlauf jedenfalls ging gründlich daneben. Wer konnte ahnen, dass Werbung doch nichts für mich ist? Okay, ganz ruhig. Es ist noch nicht zu spät! Einmal ist keinmal, und ich bin erst 23. Einsicht ist ja in jedem Fall der erste Schritt zur Besserung. Viele Wege führen nach Rom oder, in meinem Fall, hoffentlich auf die Komoren. Gerne auch auf andere Inseln im Indischen Ozean.

Wie soll der junge Mensch von heute auch gleich nach dem Abitur wissen, was er werden will? Aufgrund wiederholter Teilnahme an den Bundesjugendspielen, regelmäßiger Doppelstunden Bio-LK und sonstiger trostloser Kurse, die ein Grundverständnis für Ionen erfordern? Ich könnte nach wie vor nicht mit Sicherheit sagen, ob die nächste Generation Kühe dominant schwarz-weiß oder rezessiv braun-weiß geboren wird.

Und das, obwohl ich in der Oberstufe am Inge-Meysel-Gymnasium gezwungen war, mindestens eine Prüfung im naturwissenschaftlichen Zweig abzulegen, was ich bis heute für eine vielfach tabuisierte Menschenrechtsverletzung halte. Möglicherweise hätte mir auch nur ein Fach wie *Malaiische Stammesgesänge* oder ein LK mit dem Titel *Die Bedeutung des Minirocks im emanzipatorischen Kontext der Sechzigerjahre* wirklich zugesagt.

Stattdessen stehst du dann da mit deiner Drei minus in Stochastik, kannst jederzeit vor Publikum eine Parallelverschiebung durchführen und sollst nun sagen, welche Karriere du bis zur Pensionierung verfolgen willst. Ich tue mich ja bis heute noch schwer damit zu entscheiden, ob ich für Mani- und Pediküre dieselbe Farbnuance wählen soll oder doch lieber Flieder für die Hände und Purpur für die Füße.

Wenn du dann nicht zu den Menschen gehörst, bei denen bereits mit fünf Jahren klar war, dass sie eine Schwäche für das Erfassen von Primzahlen in einer von Thomas Gottschalk moderierten Samstagabendsendung haben, zu Sinfonien in e-Moll neigen oder die elterliche Gemeinschaftspraxis mit Schwerpunkt Gräserpollen-Allergologie übernehmen, hast du erst mal Pech. Und eine Vielzahl von Optionen: Auf dich warten circa dreihundert duale Studiengänge und vielversprechende Bachelors, wie der in *Advanced Nursing Practise*.

Überhaupt erst in die Schule zu kommen, war bei mir gar nicht so einfach. Man hielt mich für zurückgeblieben, nur weil ich es im Einschulungstest nicht für nötig befand, zwischen den mir vorgelegten Kreidestücken das forstgrüne vom lindgrünen zu unterscheiden. (Als modebewusste Frau tue ich das heute natürlich!) So stapelten sich nach dem Abi bei mir erst einmal Unmengen Bücher mit Tipps und Tests, die dazu dienten, mich und meine Fähigkeiten besser kennenzulernen.

Zugleich warteten meine Eltern darauf, nach meinem Auszug endlich die Wände einreißen zu können, zugunsten eines Wintergartens, der einer Doppelseite in einer Wohnzeitschrift würdig wäre. Meinen Vater sah ich nur noch mit Maßband, und meine Mutter kochte nicht mehr, sondern bedeckte die gesamte Küche mit Stoffmustern in Pastelltönen.

Unterdessen gewann ich durch intensive Selbstfindung die deprimierende Erkenntnis, dass ich keinerlei räumliches Vorstellungsvermögen besitze, aber nahezu ideal geeignet bin für eine Unteroffizierslaufbahn des Heeres. Oder für was Kreatives. Abhängig davon, welchem »Jobfinder« man glaubte. Letzten Endes entschied ich mich gegen die Broschüre des Kreiswehrersatzamtes und dafür, mein Vertrauen in den pinkfarbenen »Berufskompass kompakt« zu setzen. Der nämlich lobte seitenlang mit blumigen Beschreibungen eine kaufmännische Lehre im Bereich Medien aus.

Als ich begann, Bewerbungen zu schreiben, legten meine Eltern den Glaser für den Wintergarten auf die Kurzwahltaste und ich meine Hoffnungen in einen kleinen Familienbetrieb im Ballungsraum Rhein-Ruhr, der mich tatsächlich als Azubi nahm. Meine Lehre zur Werbekauffrau schloss ich zwei Jahre später in der von der IHK Dortmund vorgesehenen Regelzeit ab.

Eine Zeit, in der andere aufregendere Dinge taten, wie zum Beispiel ein Au-Pair-Jahr einzulegen. Natürlich kann ein Jahr als Kindermädchen nicht schaden, wenn man wie meine Freundin Melanie in der Villa eines Produzenten in Malibu landet. Anders sieht es aus, wenn man wie Laura nach nur einem Monat ohne fließend Wasser bei den Amish versucht, sich in der Abgeschiedenheit Montanas zum nächsten Flughafen durchzuschlagen. Ich für meinen Teil hatte mich bemüht, nach dem unerfreulichen Stau am Buffet der Abifeier lieber voranzukommen.

Meine erste Festanstellung ergatterte ich dann nahtlos in einer trendigen Großagentur in Hamburg. Ein spartanisches Loft, in dem man sein Mountainbike genauso abstellen durfte wie seinen Jack-Russell-Terrier, während der Arbeitszeit kickern und auf Firmenkosten reichlich Espresso trinken konnte. Außerdem liefen ein paar hübsche Grafiker herum, die mit Skateboards zur Arbeit kamen und Hosen trugen, die ihnen bis unter die Pobacken hingen. Paradiesische Zustände – auf den ersten Blick.

Übrigens finde ich es rückblickend völlig in Ordnung zuzugeben, dass man eine Phase im Leben hatte, in der man absichtlich entblößte hellblau karierte Boxershorts als unwiderstehlich empfand und den potenziellen Vater gemeinsamer Kinder gemäß dessen Playlist wählte. Natürlich sind meine Kriterien heute weitaus differenzierter. (Groß, dunkelhaarig, Dreitagebart.)

Anfangs ließ ich mich hinreißen zu glauben, dies sei meine Zukunft, woran natürlich das Fernsehen schuld war. Seinerzeit waren DVDs noch wenig populär, und man musste alle Werbeblöcke mitgucken, wenn man minuziös wissen wollte, wie es mit Brandon, Brenda und Kelly aus *Beverly Hills 90210* weitergeht. So identifizierte ich mich begeistert mit Stereotypen, die in den Spots zwischen Serien und weihnachtlichen Dreiteilern herumliefen und ihre Surfkarriere einem Nuss-Nougat-Aufstrich im Fünfhundert-Gramm-Glas zuschrieben.

Ich war überzeugt, mein Leben würde in Kürze genauso aussehen: Morgens würde ich dem Mann meiner Träume (ein Tierarzt gefangen im Körper eines Profifußballers) lachend das Marmeladenbrot ohne Zuckerzusatz entreißen, später mit einer Freundin und einem Erdbeerriegel im aeroben Bereich durch Naturschutzgebiete joggen, die eigene Schmucklinie absegnen und abends auf der indirekt beleuchteten Dachterrasse enden, um mit ein paar Investment-Freunden die Huxelrebe Spätbeerenauslese zu verkosten.

Dummerweise geschah nichts von alledem.

Beim Yoga bekam ich nicht einmal den Sonnengruß hin, blieb mit dem Vorderreifen meines Rennrads abrupt in einem Gulli stecken und entwickelte eine unansehnliche Allergie gegen nickelhaltige Legierungen, weswegen ich gezwungen war, mich nicht nur von meinen Illusionen, sondern auch von mehreren Paar Ohrringen in Tropfenform zu trennen.

Und das Schlimmste: Bis heute gibt es niemanden in meinem Leben, der mit italienischem Akzent und nicht zu verachtender Erotik zu mir sagt, er habe gar kein Auto. Ergo ist es Zeit, meine Lebenssituation zu überdenken.

Wem bitte schön ist das noch nicht so gegangen, als er mit vollen Tüten von H & M zu Hause ankam? Auf einmal brauchst du das Paillettentop doch nicht mehr und das, obwohl du den ganzen Samstagvormittag angestanden hast, um es in einer engen Umkleide anprobieren zu können, und dich an der Kasse zwischen Haarreifen, Socken und Fusselrollen hast komisch angucken lassen müssen, weil du mit EC-Karte gezahlt hast und sich hinter dir die Massen drängten.

Jetzt erst bemerke ich, dass die Pailletten runterrieseln, das Meerjungfrauenfrühlingsgrün abfärbt und die Durchschnittsfaser aus Bangladesch nur Handwäsche verträgt. »Fehlkauf« ist zwar ein hässliches Wort, aber meine erste Berufswahl könnte man so bezeichnen. Die Agentur kommt mir langsam auch vor wie eine kleine düstere Umkleide mit

Schweißgeruch, verursacht durch billigen Nylon. (Könnte auch der Hund sein, aber dazu später.) Und mein Hauptproblem ist nach wie vor mein Abenteuer-Defizit.

Nicht gerade eine aufregende Bilanz, drei Jahre nachdem meine Eltern den Wintergarten mit ein paar kalten Platten und einer Gulaschkanone eingeweiht haben und darin glücklicher sind als ich es in meinem Refugium bin. Die rechte Hälfte meines Schreibtisches wird permanent vom Dobermann meines Art-Direktors Julian in Beschlag genommen, den er mir auch heute Nacht »zur moralischen Unterstützung« dagelassen hat. Und weil um diese Zeit gerne ein paar Nachbarn mit Migrationshintergrund in der Agentur vorbeikommen und die Laptops aus den Büros räumen. Leihweise, versteht sich. Julian selbst geht gerne um 18:00 Uhr nach Hause, um mich nicht in meinem »kreativen Fluss zu behindern«.

Höchste Zeit für eine Veränderung! Keine kleine wie Karamellsirup in ein Heißgetränk zu gießen, aber auch keine so große wie eine Nasenscheidewandkorrektur. Mehr so etwas wie eine elegante Wende beim Segeln. So sehe ich das jedenfalls.

Vom Stöbern durch online bestellbare Reiseliteratur wird meine Sehnsucht nach einem intensiveren Leben auch nicht besser, sondern eher noch größer. Ich sitze in der nächtlichen fast leeren Agentur und klicke mich durch Fotos von Rom, Paris, der Mecklenburgischen Seenplatte und Französisch-Polynesien. Am liebsten sind mir Orte, für die es einen *Lonely Planet* gibt, wie zum Beispiel Galapagos oder eben die Komoren.

Beim Anblick von Reisfeldern, frei stehenden chinesischen Bambushütten und Lachs fischenden Grizzleys in British

Columbia bin ich mir endgültig sicher: Wenn ich nicht *jetzt sofort im Juli* etwas sehr Internationales oder zumindest Spannendes tue, wie etwa Kugelfisch zu essen, wird mein Lebenslauf für immer eine belanglose Dokumentation einer typischen Ruhrgebietskindheit mit Schüben akuter Bronchitis und Riester-Raten sein.

Ich hole die fast fertige Kampagne für Industrieparkett aus dem Drucker, von der unser Kreativdirektor wollte, dass sie den Kunden noch stärker »emotional abholt«. Man munkelt, dass es der alternde Sonnenbankmann war, der unter seinen Baggy Pants inzwischen standesgemäß Bugatti-Feinripp trägt, der in besseren Tagen das schwimmende Milky Way erfunden hat. Ich lege alles auf Julians Schreibtisch.

Während der Dobermann längst fest schläft, werde ich *heute Nacht* die Weichen für meine glorreiche Zukunft stellen. Ich weiß noch nicht, wohin, aber ich weiß, dass ich hier raus muss! Ich werde nicht länger in die Kaffeeküche gehen, sondern dahin, wo die Bohnen für Kaffeevollautomaten *herkommen*, jawohl! Elfenbeinküste muss es mindestens sein.

Der Cursor blinkt hochmotiviert. Zu dumm, dass Suchmaschinen einem immer noch vorsintflutlich abverlangen, einen Suchbegriff einzugeben, bevor die Maschine hilfreiche Websites ausspuckt. Mal sehen, was bei den Stichworten »Spaß« herauskommt.

Kurzfristig wäre eine klassische Midlife-Crisis-Aktivität wie Bungeespringen von einer Brücke der transsibirischen Eisenbahnstrecke sicherlich eine Ablenkung, langfristig allerdings wird es einer Tätigkeit bedürfen, die meinen Serotoninspiegel hebt, ohne dass ich dabei kopfüber hänge. Allerdings verspüre ich auch keine große Lust, wieder bei null anzufangen und als Praktikantin Konferenzräume einzudecken und neuen Toner zu besorgen. Geschweige denn, dass ich genug Geld besitze, um eine erneute Ausbildung zu finanzieren.

Und wenn ich mich schon von allem Erreichtem lossage, dann nur für etwas, das noch cooler ist als in einer Branche zu arbeiten, in der man sich glaubhaft mit Visitenkarten als »Vicepresident Creative Needs Worldwide«, ausweisen kann, obwohl man vom Hals abwärts tätowiert ist. Wenn ich auch diesmal etwas Aufregendes mache, werde ich mir nervenaufreibende Diskussionen mit meinen Eltern ersparen, die gerne betonen, dass ich in einer Topkreativagentur arbeite, die mal Titelstory im *Spiegel* war.

Hinderlich ist nach wie vor nur, dass mir kein Suchbegriff einfällt, der alle diese Überlegungen in einem Wort zusammenfasst. Ich schließe die Seite des Fun-Sport-Anbieters. Ohnehin gibt es einen Unterschied zwischen »aktiv bis ins hohe Alter« und »suizidgefährdet«. Mit dem Studiosus-Rucksack durch Tibet? Ja. Als Proband in einer Studie für unerforschte Impfstoffe? Nein. Ich will *leben*, nicht gleich sterben. Ein Geistesblitz durchzuckt mich. Ich versuche es mit einem ebenso simplen wie präzisen Wort und lande einen Volltreffer.

Nachdem ich Animateur in einer englischen Bettenburg im Norden Mallorcas für mich ausschließe, öffnet sich mir nach der Eingabe von *Traumjob* eine Homepage, die ich mit denselben geweiteten Pupillen bestaune wie einst das Kinderparadies eines schwedischen Möbelanbieters, der Aquarien mit bunten Bällen für Kinder bereitstellt.

Alles daran spricht mich an: Von der stilvollen Aufmachung der Seite über die schicken Uniformen, bis hin zu der Tatsache, dass die Ausbildung nur drei Monate dauert und noch dazu vergütet wird.

Die Sache scheint ja *wirklich* ein Traumberuf zu sein!

Skyline – Meet the Angels.
Rundschreiben

Sehr geehrte Kolleginnen und Kollegen,

aus aktuellem Anlass möchten wir noch einmal darauf hinweisen, dass sich das Crewgepäck aus Gründen eines einheitlichen Erscheinungsbildes ebenso einheitlich darstellen muss und limitiert ist.
Natürlich sind uns die »exotischen Verlockungen und Preise fremdländischer Basare« wie dem Ed Hardy Outlet Store in Seattle bekannt, dennoch müssen wir im Rahmen unserer Corporate Identity auf die Einhaltung folgender Regeln bestehen:
Neben dem regulären Koffer darf pro Crewmitglied maximal ein Bord-Trolley sowie eine Tasche in der Hausfarbe mitgeführt werden.
Um 20 % vergünstigte Modelle, die den Normen entsprechen, stellt Ihnen gerne unser Kooperationspartner, die »Lilienthal-Luggage GmbH«, vor (Sky-Arkaden/Terminal 2, Halle 1, Abflugebene C).
Offen beförderte Orchideen aus Bangkok, It-Bags, Clutches, Seesäcke mit Strasssteinchen und zusammenfaltbare Plié-Taschen (auch in »Amazing Aqua«), entsprechen nicht dem traditionellen Look unserer Airline und sind nicht gestattet.
Sollten Sie bei der Wahl Ihrer Gepäckgarderobe weiterhin Schwierigkeiten haben, steht Ihnen mit dem SkyStyle jederzeit ein übersichtliches Regelwerk mit detaillierten Do's & Dont's zur Verfügung (S. 210–213, §4, »Crewreisegepäck Übersee, Europa, innerdeutsch/Rollenkoffer & Handgepäck«).

Sollten Sie darüber hinaus Fragen haben, so wenden Sie sich gerne an mich.

Florinda von Metzingen
Skyline/Kleiderkammer FRA

3.

»Meldet man sich da an oder ist das mit Bewerbung?«

»You got low fat ice cubes?«
(MUC – BOS)

Ich kann es immer noch kaum fassen: Hier ist sie, die Chance zu entkommen, auszubrechen! Feinripp, Dobermänner und emotional abzuholende Kunden einfach stehenzulassen! Und mein Fluchtfahrzeug ist – ein Flugzeug.

Ich, Charlotte Madeleine Loos, werde *Stewardess!*

Eine ebenso unfassbare Schönheit, vermutlich die amtierende Miss Universe, heißt mich virtuell bei *Skyline*, der Airline, willkommen. Sie ist das Idealbild einer Servicekraft oder dient vielleicht einfach zur Abschreckung von Frauen wie mir, die sich weniger gut im Profil fotografieren lassen können. Mit an Sicherheit grenzender Wahrscheinlichkeit stammt sie von einer der *Diercke-Weltatlas*-Seiten »Obere Azoren bis Rarotonga auf den Cook Islands«, hat schwarzes Haar wie Seide, einen Schmollmund, der sich perfekt dafür eignet, Strohhalme zu umschließen, die in Mai-Tai-Cocktails führen, und ein Lächeln, bei dem sich Major Healey auf der Stelle von der *Bezaubernden Jeannie* getrennt hätte.

Ich hingegen, braunkohlebrünett, bin vom Rhein-Herne-Kanal (B5/C7 im Atlas, rheinisch-westfälisches Industriegebiet) und trinke oftmals zu hastig, so dass schon mal ein wenig Espresso an meinem Mund vorbei auf meine Bluse läuft. (Ein Problem, das ganz sicher auch andere Frauen haben, weswegen zu typisch femininen Getränken wie Latte macchiato gerne ein Strohhalm gereicht wird.)

Schnell sammle ich mich wieder. Keine Panik, als Werbeprofi weiß ich inzwischen, dass derart perfekte Menschen nie wirklich Stewardessen oder Bankberater sind, sondern Models, die nur so tun als hätten sie jemals ein Raffaello gegessen oder eine Versicherung bei der Hamburg-Mannheimer abgeschlossen.

Während ich mich im Bewerberpool registriere, bin ich mir sicher, die exotische Schönheit erst kürzlich im *Otto*-Katalog in einem Batik-Zweiteiler auf den Bademodenseiten gesehen zu haben. Sie tippelt nun von links nach rechts sehr elegant die nicht wenigen Zoll meines Laptops ab, deutet auf verschiedene Links und unterweist mich mit sanfter Stimme in den Schritten, die ich nun gehen muss, um eine wie sie zu werden.

Als Erstes steht eine umfassende Online-Bewerbung an. Danach, bei entsprechender Eignung, wird es ein halbstündiges Telefoninterview in Deutsch und Englisch geben und, falls man auch das besteht, ein halbtägiges Assessment-Center im Hauptquartier der Fluggesellschaft, der sogenannten »Basis«. Einerseits dachte ich, es sei weniger aufwendig *Saftschubse* zu werden, wie man Stewardessen ja auch ganz gerne nennt. Immerhin ist es ja bloß Kellnern in der Luft! Andererseits hatte ich befürchtet, die Mythen seien wahr, und man müsse mindestens vier Sprachen fließend sprechen (zum Beispiel Kisuaheli und eine seltene Unterart des Mandarin, die nur in abgelegenen Klöstern zur Jahrhundertwende populär war).

Doch beide Extreme treffen nicht zu. Ich öffne eine Kurzübersicht der wichtigsten Eignungskriterien. Größtenteils sind es Verweise von wegen hoher Einsatzbereitschaft unter Stress, starke Serviceorientierung und freundliches Auftreten, die ich jedoch nicht allzu ernst nehme. Derartige *Soft Skills* werden doch heutzutage schon an jeder Käsetheke verlangt! Und natürlich bin ich offen für fremde Kulturen: Ich konsumiere Smoothies, schätze Lasagne und weiß, was ein Nigiri-Maki ist. Viel wichtiger ist, dass ich die *Hard Skills* erfülle, denn an denen ist ja nicht zu rütteln.

Gottlob habe ich weder über fünf Dioptrien noch ist bei mir eine Laser-OP vor weniger als sechs Monaten durchgeführt worden. Und ein Blick in meinen Personalausweis, den ich samt Portemonnaie unter dem schlummernden Dobermann hervorziehe, verrät mir, dass ich mit meiner Größenangabe von 1,68 Meter auch dieses Kriterium locker erfülle.

Bei der Gewichtsangabe ploppt der freundliche Hinweis auf, dass diese *in angemessener Relation zur Größe* stehen sollte. Dank weniger Mittagspausen und der Tatsache, dass ich mich zusammen mit Kollegen der Buchhaltung vielfach nur von einem gigantischen lila Schmunzelhasen im Foyer ernähre, der von einer Süßwaren-Promo übrig geblieben ist, wiege ich aerodynamische achtundfünfzig Kilogramm. Damit werde ich diese Saison nicht über einen Pariser Laufsteg schreiten, aber ich könnte mich jederzeit durch ein Notfenster hinaus in den Atlantik zwängen.

Und Tätowierungen habe ich im Gegensatz zum Vizepräsidenten der Agentur ja auch nicht. (Ein Glück, dass ich mich beim Abischerz doch noch gegen das Einhorn am Handgelenk entschieden habe.)

Schritt drei hält einen Psychotest parat. Hier ernte ich endlich die Früchte meiner über ein Jahrzehnt konsequent gesammelten *VOGUE*-Multiple-Choice-Erfahrung. Nur bekomme ich kein Direkt-Resultat. Womöglich bin ich eine Art Stewardessen-Herbst-Typ und ein kräftiger Hauch Kerosin würde meine dominante Persönlichkeit sinnlich unterstützen? Erfahren werde ich es in dreißig Tagen, wenn meine Daten ausgewertet sind.

Dann klicke ich mich eifrig durch einen ersten Englischtest, in dem vor allem Grammatik gefragt ist. (Nur gut, dass ich *Lipstick Jungle* im Original geguckt habe.)

Abschließlich verfasse ich in einem berauschenden Finale das gewünschte Motivationsschreiben, referiere über den Menschheitstraum Fliegen im Allgemeinen, drücke mein Bedauern über den Niedergang der Pan Am im Besonderen aus und schließe mit einer Abhandlung bezüglich meiner brennenden Leidenschaft für Fernlenkdrachen, die allerdings den Sommer 1987 in Sankt-Peter-Ording nicht überdauert hat.

Zufrieden ende ich, gerade als der Dobermann im Schlaf derartig zusammenzuckt, dass anzunehmen ist, auch er hänge intensiv seinen Träumen nach.

In Sachen Gastronomie-Erfahrung muss ich leider passen. Ich habe mal aushilfsmäßig in einem Restaurant auf Rollschuhen Clubsandwiches verteilt, leider war die Bedienung der Stopper nicht mein Ding.

Miss Universe klopft ungeduldig von innen an die Scheibe meines Rechners, was mich derartig erschreckt, dass ich reflexartig auf »Abschicken« klicke. Mein Formular, das ich eigentlich nochmal hatte prüfen wollen, verschwindet augenblicklich, und sie winkt kurz unter einem Geräusch, das wohl einen Take-off simulieren soll.

Meine Zukunft ist besiegelt.

Diesmal habe ich ein *deutlich* besseres Gefühl, als damals mit dem Berufskompass, der mich in die Werbebranche brachte. Und die Intuition einer Frau ist schließlich ein solider Maßstab.

Voller Stolz verkünde ich bei Tagesanbruch telefonisch meiner Schwester meinen Entschluss und ernte unerwartet eine erste Negativreaktion:

»Charlotte, hast du eine Quarter-Life-Crisis?«

Typisch! Gnadenlos muss sie jegliche Euphorie von mir sabotieren. Doch statt mich wie sonst von dieser plumpen Jürgen-Domian-Psychologie provozieren zu lassen, tue ich etwas, das zeigt, dass ich für die Tätigkeit als Stewardess absolut geschaffen bin: Ich bleibe freundlich und halte eine kurze Rede, in der Sätze fallen wie »nicht für immer«, »bloß eine Auszeit«, »nur mal ein bisschen reisen« und »natürlich promoviere ich danach noch in Astrophysik«.

Als ich auflege, merke ich leider, dass auch in mir leise Zweifel aufsteigen, die letzten Jahre so abzuhaken. Und während ich den Karabinerhaken der Kalbslederleine in das Halsband des Dobermanns einhake und wir die Treppen in den Hof hinuntergehen, wird mir erst recht bewusst, dass ich trotz allem eine Art Zuhause verlasse. Noch dazu für einen national belächelten Job in hohen Schuhen, mit dem man nicht gerade auf großem Fuß leben kann.

Andererseits habe ich genau das jetzt drei Jahre lang getan und bin alles andere als zufrieden. Nicht einmal meine wunderschöne Dreizimmerwohnung mit Südbalkon in Hamburg-Eppendorf hat dieses Gefühl je annähernd erzeugen können. Dabei folgen darin verstreut herumliegende Bildbände der norwegischen Hutrigruten und eine frei stehende Badewanne allen Regeln des Feng-Shui. Vielleicht war ich auch einfach immer zu selten da, um bei einem guten Chianti und biologisch abbaubarer Dr.-Hauschka-Badeessenz durch nachkolorierte Geysire zu blättern.

Aber noch größer als diese Zweifel ist definitiv die Angst, dass, wenn ich nicht *jetzt sofort im Juli* kündige und auch mal etwas sehr Internationales und/oder Spannendes tue wie Stewardess zu werden, mein Leben nichts weiter bleibt als eine belanglose Aneinanderreihung von Nächten wie dieser letzten.

Ich möchte Turbulenzen!

Skyline – Meet the Angels.
Rundschreiben

Liebe Kolleginnen und Kollegen,

aufgrund aktueller Vorkommnisse möchten wir Sie noch einmal auf Folgendes hinweisen:
Seit dem Winterflugplan wird unser Ziel Los Angeles (LAX) mit reduzierter Frequenz bedient – von München aus wird diese Strecke nur noch zwei- statt dreimal pro Woche geflogen. Dies führt für Sie automatisch zu einem um jeweils einen Tag längeren Aufenthalt, den viele von Ihnen für Aus- und Weiterflüge nutzen.
Diese dürfen jedoch nur in Absprache mit dem Kapitän und nach Hinterlassen einer Telefonnummer Ihres Aufenthaltsortes (z. B. Ceasar's Palace, Las Vegas/Ocean Resort, Maui usw.) durchgeführt werden und erfolgen auf eigenes Risiko bzgl. Ihrer pünktlichen Rückkehr zum Crewhotel am Abflugtag!
Verspätungen bzw. Nichterscheinen kann die fristlose Kündigung zur Folge haben.
Insbesondere möchten wir Sie bitten zu beachten, dass Sie bei Exkursionen nach Tijuana (Mexiko) die Vereinigten Staaten von Amerika verlassen und sich ins außeramerikanische Ausland begeben. Für die Wiedereinreise in die USA benötigen Sie Ihren Reisepass!
Wir möchten Ihnen darüber hinaus nahelegen, Dschungelexkursionen mit Risiken wie Schlangenbissen oder Extremsportarten wie Sky Diving gänzlich in Ihre Freizeit zu verlegen und Ihre Aufenthalte primär zur Regeneration vom Hinflug und für den Rückflug zu nutzen.

(Günstige Charter-Flüge und ermäßigte Abenteuer-Reisen finden Sie unter Skyline.com/Employee-Travel-and-more.)

Isabelle Slansky
Skyline/Teamleiterin Flugbegleiter MUC

18.

»Dann sprichst du also gar kein Japanisch?«

»Einen Latte macchiato, bitte.«
»Es tut mir sehr leid, aber ich kann Ihnen nur Filterkaffee anbieten.«
»Na gut, dann eine Buttermilch.«
»Tut mir sehr leid, auch Buttermilch ist an Bord ...«
»Sie scheinen ja gar nichts zu haben! Meinetwegen, dann nehme ich einen Cranberry-Raspberry-Eistee.«
(DUS – MUC)

Ich sitze in der Agentur und starre das Telefon an wie einen seltenen Käfer. Meine Online-Bewerbung war ein Erfolg, und jeden Moment erwarte ich den alles entscheidenden Anruf von Skyline – mein Telefoninterview!

Vor mir ausgebreitet liegen meine ausgedruckte Abhandlung zum Niedergang der Pan Am, mein IHK-Zeugnis, eine Auszeichnung des Art Directors Club Deutschland, der meine besonderen Verdienste um eine Tamponwerbung honoriert, und sonstige Belege meines bisherigen Werdegangs, nach denen ich gefragt werden könnte. Außerdem ein Glas Tomatensaft, um mich in Stimmung zu bringen, und mein alter Erdkunde-Atlas, falls man mich fragt, wo die Shetland Inseln liegen oder Schlimmeres.

Ich habe mich in den letzten Tagen so intensiv auf dieses Telefonat vorbereitet wie auf eine Teilnahme bei *Jeopardy*. Sogar mit Themengebieten wie *Eurofighter für 500* brächte man mich nicht im Geringsten aus der Fassung.

Auch habe ich mich umfangreich in der Nennung meines Namens zu Beginn geübt, denn auf der Website von Skyline steht: *There is no second chance for a first impression!* Dem kann ich nur zustimmen, seit ich im Tonstudio einen Radiospot aufgenommen habe, bei dem die Sprecherin in London saß. Die überaus erotische Stimme hatte beim Tonmeister für eine deutliche Ausbeulung seiner Jeans gesorgt, die sich jedoch spontan zurückbildete, als eine Art weiblicher Dirk Bach persönlich zur Endabnahme erschien.

Zwar sehe ich nicht annähernd aus wie Miss Universe, kann aber meiner Stimme einen Klang verleihen, die diesen Rückschluss ohne weiteres zulässt: Eine sehr gelungene C-Dur-Mischung aus Philadelphia-Wolke-Bewohnerin und der deutschen Synchronstimme von Michelle Pfeiffer.

Erst habe ich erwogen, mich ganz locker nur mit Vornamen zu melden, so wie die amerikanischen Geschäftspartner des Milky-Way-Mannes, die nur aus »*Jeffs und Cassandras from Marketing*« bestehen. Doch dann erschien mir das zu unseriös und nur der Nachname wiederum zu distanziert.

Leider lässt ein so kurzes Wort wie »Loos« auch keinerlei Spielraum, damit ich meine grenzenlose Freundlichkeit in die Intonation legen kann, was für eine Stelle als Stewardess ja wohl ziemlich entscheidend ist. Und bedauerlicherweise kann ich auch noch kein klangvolles »Willkommen an Bord von Skyline – was möchten Sie gerne trinken?« hinzufügen.

Also habe ich mich für die Nennung meines vollen Namens entschieden: *Charlotte Madeleine Loos*. Und damit mir das flüssig über die Lippen geht, habe ich es bei jeder Gelegenheit geübt, zum Beispiel an der Supermarktkasse: »Macht 39,95«. »Hallo, Charlotte Madeleine Loos – 39,95 sagten Sie? Kommt sofort!«

Es klingelt. Pünktlich auf die Minute. In der Luftfahrt ist es offenbar Standard, Termine so minuziös einzuhalten wie Abflugzeiten.

Mit einer eleganten Handbewegung meiner ebenfalls thematisch passend in *»tomato-juice-red«* lackierten Nägel nehme ich ab. »Charlotte Madeleine Loos«, flöte ich nervös und klinge dabei, als begrüßte ich ankommende Touristen auf Hawaii, nämlich »Charloleilo«, oder so ähnlich.

Eine Männerstimme am anderen Ende lacht sympathisch und stellt sich souverän als »Erich Wildberger von Skyline« vor.

Ich atme tief ein, konzentriere mich auf den melodiösen Gleichklang meiner oberen Stimmpartituren, und wir plaudern über den Eingang meiner Bewerbung, die Farbe meines ehemaligen Fernlenkdrachens und das Wetter in Norddeutschland, im Vergleich zu Offenbach am Main, wo Erich in einem Callcenter sitzt.

»So, Frau Loos. Dann starten wir mal das Interview.«

Moment, hat er bis hierhin etwa nur Smalltalk gemacht, um mir die Nervosität zu nehmen?! Leider habe ich meinen Kehlkopf in den ersten Minuten unserer Konversation schon derart beansprucht, dass ich keine Kapazität für weitere Ton-Eskapaden besitze und unvermittelt in ein sehr dunkles A-Moll wechsele.

»Alles in Ordnung, Frau Loos?«

»Frosch im Hals«, quake ich verhalten.

»Sie sind ja bereits einige Jahre in der Werbung tätig«,

eröffnet er. »Warum glauben Sie denn jetzt, Sie wären eine Bereicherung für Skyline?«

Ach, du meine Güte! Was Lobeshymnen auf mich selbst angeht, bin ich sonst eher zurückhaltend. Außerdem soll ja Skyline eher eine Bereicherung *für mich* sein als umgekehrt.

In dem Moment steckt Julian seinen Kopf zur Tür herein. Mit einer wedelnden Geste winke ich ihn hinaus, als vertriebe ich eine Killerbiene, und antworte parallel Erich:

»Ich arbeite gerne mit Menschen!«

Leider lässt er sich von dieser Phrase nicht so einfach blenden und hakt freundlich nach: »Inwiefern?«

»Nun ja, mein jetziger Job ist eher eine introvertierte Arbeit, bei der man viel am Schreibtisch sitzt – ich vermisse Kundenkontakt.« In Wahrheit versuche ich diesen zu vermeiden, seit eine sehr undankbare Konzernleitung meine innovativen Ideen als »zu aggressiv« abgetan hatte. Damals fand ich, man könnte die Tiefpreise eines Billigfliegers auf der Reeperbahn durchaus mit folgender Headline bewerben: *Rein, raus ab 20 Euro. Rauf, runter schon ab 19 Euro. Germaniawings.*

Zur Vermeidung dieser bürgerkriegsähnlichen Begegnungen gibt es seither den »Kontakt«, der den Wunsch des Kunden schriftlich formuliert und mir schön anonym auf den Schreibtisch legt. Da steht dann beispielsweise, der Kunde wünsche sich für seine Inkontinenzunterlagen »genauso eine lustige Werbung wie bei Sixt« oder mehr *»Out-of-the-box-thinking«* für seine Umzugskartons.

»Können Sie sich denn auch negative Seiten am Beruf der Flugbegleiterin vorstellen?« Erich macht sich hörbar Notizen.

Kann ich nicht. In einer superschicken Uniform wie in der

Drei-Wetter-Taft-Werbung nonstop von München nach Paris, London oder Mailand zu jetten – was soll daran negativ sein? Außer, dass die Frisur beim Aussteigen dann doch nicht hält, wenn ein A380 vorbeirollt.

Natürlich ist mir aber bewusst, dass eine derart eintönige Sicht bei Erich sicher nicht gut ankommt, und so sage ich vorsichtshalber: »Na ja, der Jetlag.«

»Hm …«, macht Erich. Vermutlich hat er dieses Wort bei seinen Gesprächen, die er garantiert im Akkord führt, so oft gehört, dass er es nicht mehr von einem Tinnitus unterscheiden kann.

»Und überhaupt könnte die Pflege sozialer Kontakte schwierig sein …«, schiebe ich schnell hinterher. Um diesen Punkt weiß ich von Bekannten, die es ihren häufigen Dienstreisen zuschreiben, dass man sie erst gar nicht mehr zum Grillen einlädt.

Zum Glück sind meine sozialen Kontakte alle in der Agentur versammelt. Wenn mir nach Gesprächen ist, gehe ich einfach zum Farbdrucker, wo erfahrungsgemäß am meisten los ist.

»Warum glauben Sie denn, das Fliegen schade Ihren Bekanntschaften?«, fährt Erich fort.

»Nun, die meisten Menschen haben ja sehr geregelte Arbeitszeiten …«, erkläre ich, denn auch davon habe ich gehört. »Und wenn die sich dann jeden Donnerstagabend zum Badminton treffen, säße ich in Hongkong und könnte nicht dabei sein.«

»Und das fänden Sie schlimm?«

»Nein!«, rufe ich eine Spur zu begeistert. Ich will unabhängig klingen, treffe aber einen Tonfall, mit dem man sich über einen Asteroiden freut, der soeben die Erde verfehlt hat.

Aber wer braucht schon stickige deutsche Turnhallen, wenn man in Hongkong vom Hotelzimmer aus auf Zweimaster mit beleuchtetem Drachenbug sehen und bei *Facebook* posten kann: »Charlotte Loos *has harbour view*«?

»Wir wechseln dann jetzt zum englischen Teil«, verkündet Erich. »*What are your expectations for being a flight attendant?*«

Das ist einfach. Ein neues Leben mit kostspieligen Lippenstiften und einem Reiseplan wie dem der Bundeskanzlerin, nur ohne konkursgehende Schwermetallfirmen zu besuchen oder Neujahrsansprachen halten zu müssen. Nicht zu vergessen das Landhaus in der Provence mit meinem Mann, dem Flottenchef und unseren zweisprachig aufwachsenden Kindern *Olivier-René* und *Marcheline-Pacaline*. Vielleicht werde ich auch hier und da ein Fitnessvideo herausgeben, oder ein Buch mit dem Titel: *Charlotte Loos – Die Tomatensaft-Diät.*

Ich befürchte aber, Erich könnte auch hier meine simple Erwartungshaltung gegen mich verwenden und erwähne lieber Dinge wie: »Gastgeber der Airline zu sein«, eine »positive Atmosphäre der Ruhe und Sicherheit an Bord zu verströmen« und »auch brenzlige Situationen als Herausforderung anzusehen«. Sätze, die ich selbstverständlich Tage zuvor sorgfältig mit einem Wörterbuch übersetzt habe.

Ach ja, ganz nebenbei würde ich natürlich gerne reisen, aber das sei sekundär und diene primär dazu, meine Sprachkenntnisse zu verbessern. Und das auch nur, falls mir meine verantwortungsvolle Arbeit an Bord noch Zeit dafür ließe.

»*Alright, I think we are done for now* … Frau Loos, haben Sie denn noch irgendwelche Fragen an mich?«

Zu gerne würde ich meiner Enttäuschung Luft machen, dass er weder mein Verständnis zum spezifischen Gewicht von Kerosin überprüft hat, noch dass ich nicht auf Fundamentales habe eingehen können wie die Fertigung von Trolley-Gelenkachsen, den bemerkenswerten Börsengang von Skyline 1983 oder die Entstehung der Shetland-Inseln am Ende des Paläozoikums im Rahmen der Kaledonischen Gebirgsbildung.

Stattdessen säusele ich: »Nein, im Moment nicht« und treffe endlich meine harfengleichen Miss Universe-Harmonien.

Wir verabschieden uns, und Erich verspricht, dass ich in den nächsten zehn Tagen Bescheid von Skyline bekomme, ob ich zum Assessment-Center eingeladen werde.

Es sind lange Tage, die Julian und ich mit einer Kampagne für Fertigpizza zubringen und damit, die Wahlwiederholung des Kammerjägers zu drücken, weil der Dobermann kein Flohhalsband trägt, sondern ein wenig zweckmäßiges Modell von Swarovski, das den Flöhen funkelnd den Weg weist.

Es muss einfach klappen mit Skyline!

Neun Tage vergehen, in denen ich bereits wage davon zu träumen, wie ich mich als angehende Pilotenfrau während der trostlosen Abwesenheiten meines Mannes in grobmaschigem Häkel-Vintage vor dem offenen Kamin unseres Zweitwohnsitzes im Taunus räkele. Oder unsere Souvenirsammlung alphabetisch den Destinationen nach in einer begehbaren Vitrine dekoriere. Gedanken an Spaziergänge auf der Chinesischen Mauer oder durch eine Gucci-Filiale in Mailand, verbiete ich mir jedoch noch.

Immerhin entsteht in dieser Zeit des Hoffens eine hochgelobte Kampagne mit dem Slogan *Maria, ihm schmeckt's!* für *Francescos Funghi-Pizza*, die der Milky-Way-Mann schnell als seine Idee ausgibt. Im Prinzip die höchste Stufe der Anerkennung, die man agenturintern erreichen kann.

Als ich nach der Feier zum Gewinn des Etats nach Hause gehe und den Briefkasten leere, segelt mir endlich ein Umschlag entgegen. Zittrig reiße ich ihn noch im Hausflur auf.

Miss Universe strahlt mir entgegen, mit einer Scherpe um den Hals auf der steht: »Bestanden!« Dazu fallen zwei Flugtickets heraus, um mich zum Assessment-Center und zurück zu befördern. Ein spontanes Glücksgefühl überkommt mich, wie sonst nur, wenn *Drei Nüsse für Aschenbrödel* oder *Nesthäkchen* an einem Feiertag wiederholt wird.

Nur noch ein halber Auswahltag trennt mich von meinem neuen Leben als international tätige Kosmopolitin! Ich darf es keinesfalls vermasseln. Für diese letzte Prüfung werde ich mich umfassend mit der Situation an Bord vertraut machen, um ein kompetenter Skyline-Engel zu werden.

Doch vorerst werde ich Premium-Mitglied in einer Online-Videothek und bestelle noch am selben Abend Lehrmaterial wie *Top Gun*, *Terminal*, *Aviator*, *Cast Away*, *Flightgirls*, *Flightplan*, *Elisabethtown*, *Jackie Brown*, *Katastrophenflug 243 und Catch me if you can*.

Dann recherchiere ich Literatur zum Thema Auswahlverfahren, was sich als gar nicht so einfach erweist, wenn man nicht Unternehmensberater werden will. Ich brauche nicht *»How to get into Boston Consulting«*, sondern etwas wie *Stewardess werden for dummies*, der populären amerikanischen Buchreihe, die neben *Taliban for dummies* eigentlich alles anbietet, um sich neue Horizonte zu erschließen. Mit hübschen Zeichnungen, Lückentexten und Merkkästen kann man in drei Tagen Arabisch lernen oder Perlentauchen, oder wie man an Thanksgiving die perfekte Süßkartoffelfüllung für einen Zwölf-Personen-Truthahn im Marshmallow-Fond anschwitzt.

Ich kaufe mit einem Klick *Souverän agieren – gekonnt überzeugen. Die 100 wichtigsten Tipps im Bewerber-Dschungel: Für eine optimale Vorbereitung in kürzester Zeit* und verspreche mir den Durchbruch vor allem von der interaktiven CD-Rom-Beilage. Immerhin werde ich in nur wenigen Tagen auf Herz und Nieren geprüft, beziehungsweise auf die Schlüsselfähigkeit, Tomatensaft in einer rotierenden Zentrifuge bis zur Oberkante eines Hartplastikbechers einzuschenken.

Als die Expresssendung eintrifft, wird leider schnell klar, dass das interaktive Lehrmaterial eher eine Art Gehirnjogging für hochbegabte Erfinder sozialer Online-Netzwerke darstellt. In Anbetracht meines beschämenden Ergebnisses beim Würfelklappen vergeht mir schnell die Lust am Lernen, und ich gucke lieber ein paar nette Absturzfilme an. Zu meiner Enttäuschung ist eine der Stewardessen dieselbe, die ansonsten in *Baywatch* auf Turm fünf sitzt, was mir jegliche Illusion vermiest.

Nach Tagen dieses Heimtrainings, an denen ich in der Agentur so viele Arzttermine vortäusche, dass man in Kürze mit meinem Ableben rechnet, schiebe ich am Vorabend des großen Tages als letzte DVD *Pearl Harbor* ein. Gerade, als sich Ben Affleck und Kate Beckinsale auf den Tragflächen einer Antonow An-3 mit Turbopropantrieb heftig lieben wollen, klingelt es.

Über die Gegensprechanlage ertönt Julians Stimme und ein sehr vertrautes Bellen: »Charlotte, ich war gerade in der Nähe und wollte dir nur schnell alles Gute wünschen – für deinen MRT-Ganzkörper-Scan morgen!«

Skyline – Meet the Angels.
Rundschreiben

Sehr geehrte Kolleginnen und Kollegen,

aus gegebenem Anlass müssen wir noch einmal betonen, dass das Streicheln, Liebkosen und Füttern von Zollhunden bei Ihrer Ein- und Ausreise in den USA, seitens des Custom- & Immigration Office nicht erwünscht ist.
Ebenso bitten wir Sie, vom Kauf modischer Hundehalsbänder der Marken Louis Vuitton, Hello Kitty u. a. für die dort eingesetzten Rassen Beagle und German Shepard abzusehen.
Auch das Federal Bureau of Investigation (FBI) hat der Konzernleitung gegenüber noch einmal deutlich gemacht, dass es sich bei diesen Tieren um langjährig und speziell ausgebildete Sprengstoff- und Drogenfahndungshunde handelt, die gemäß Federal Law US als U. S. Police Officer anzusehen und zu respektieren sind.
Ihnen allen dürfte der Präzedenzfall unserer Kollegin bekannt sein, die im Juni inhaftiert wurde, nachdem sie eines der Tiere geknuddelt hatte. Die Anklage des Malibu Court House wegen »Sexual harrassment of an US Officer at work« fiel seinerzeit leider positiv aus.
Um zu gewährleisten, dass Ihre Einreisegenehmigung für die USA erhalten bleibt, ist es in Ihrem eigenen Interesse, Abstand zu den Tieren und ihren Hundeführern zu halten und keinen von beiden, auch nicht besänftigend, zu berühren.

Ihre Skyline Rechtsabteilung
Hendrik Grafe-Miller jun. LL. M. (Harvard), J. D.

5.

»Nehmen die nicht im Grunde jeden?«

»Würden Sie bitte Ihr elektronisches Gerät zum Start ausstellen?«
»Aber es ist ein iPod!« (MUC – TXL)

Ich sitze auf einem Mittelplatz und beäuge interessiert den Steward, der jetzt die Gepäckfächer über den Köpfen der Passagiere schließt, na ja, »zuknallt« wäre wohl die treffendere Formulierung. Er hat sein tiefschwarzes Haar mit Pomade gestylt, und bestechend blaue Augen.

Genau da werde ich hoffentlich auch bald stehen! Nur mit einem etwas gewinnenderen Lächeln auf den Lippen. Vermutlich sitzt er heute Abend bei einem Glas edlen Bordeauxs in einem zauberhaften Fischrestaurant in Nizza und trifft irgendwelche internationalen Freunde auf eine Dorade an *»pommes de terre à la mediterranée«*.

Ich seufze neidisch, denn noch bin ich kein Engel der Lüfte. Vielmehr eine aufgeregte Bewerberin in einem cremefarbenen Business-Ensemble, die in einem Flugzeug Platz genommen hat, das unverschämt früh startet. Falls ich durchfalle, kann ich mich immer noch über diesen Gratisflug und eine kostenlose Kotztüte als Andenken freuen.

Ich hole noch mal die *Hundert wichtigsten Tipps …* aus der Sitztasche hervor sowie die Wegbeschreibung von Skyline. Es wird ziemlich kompliziert werden, mich pünktlich vor Tor einundzwanzig auf dem Werksgelände einzufinden. Ein Gesamtplan des Frankfurter Flughafens, von dem ich nicht einmal sicher bin, wie herum ich ihn halten soll, ist mein einziger Wegweiser zum SFTC – dem *Skyline Flight Training Center*.

»Auch zum Assessment-Center?«, fragt eine dünne Stimme neben mir.

Am Fensterplatz sitzt ein junges blondes Mädchen mit apartem Pferdeschwanz und vollen Lippen, die man spontan als Blutsverwandte von Claudia Schiffer einsortieren muss. Um ihren Hals hängt eine blaue Keychain mit dem Logo eines 1991 gegründeteten Ablegers von Skyline, *Horizon Express*. (Ich bin wirklich vorbereitet!)

»Hi, ich bin Sandra.«

»Freut mich, Charlotte!« Ich reiche ihr die Hand, überglücklich, jemanden kennenzulernen, mit dem ich den beschwerlichen Weg zu Tor einundzwanzig meistern kann.

»Ach, das Buch hab ich auch mal gekauft – für meine Bewerbung bei *Horizon Express …*« sagt sie mit kurzem Blick auf meine aufgeschlagene *»Quick & efficient Small Talk-Checklist«*.

»Du bist also schon Stewardess und willst jetzt zu Skyline?«, frage ich voller Ehrfurcht.

»Ja«, seufzt sie gelangweilt und mustert mich, als hätte ich infrage gestellt, dass sie eine humanoide Lebensform ist. Dramatisch schürzt sie ihre Lippen, mit denen sie viel Geld in einer Eis-Werbung verdienen könnte, und stößt hervor: »Logisch. Wegen Interkont.«

Da ich keine sofortige Reaktion auf dieses Fremdwort zeige, formuliert sie gnädig eine ebenso undurchsichtige Zusatzinformation: »*Horizon* macht nur Kont.«

Nach diesem eher ineffizienten Smalltalk wendet sie sich ab und betrachtet angestrengt die unter uns liegende Elbe.

Ich kann mir in etwa zusammenreimen, dass »Interkont« für interkontinentalen Flugverkehr steht und sie folglich aktuell *nur* europaweit arbeitet.

»Und du?«

Ich bin überrascht, dass sie, gerade in dem Moment, als wir die Wolkendecke durchstoßen, auch ein wenig Interesse an mir zeigt. Ihr Blick erinnert dabei jedoch mehr an den Spionageversuch eines russischen Doppelagenten als an wohlwollende Neugier.

»Im Moment bin ich noch in der Werbung.«

»Ach cool, dann mach das doch weiter!«

Will sie mich vor schlimmem Unheil bewahren oder nur eine Konkurrentin ausschalten?

»Das ist nicht das Richtige für mich«, fasse ich kurz zusammen.

»Na, das hier sicher auch nicht!« Sie lacht zynisch und lässt mich mit diesem pessimistischen Kommentar wieder allein.

Ich finde, auch wenn man das Zeug zum Covergirl einer amerikanischen Hochglanzzeitschrift mit männlicher Zielgruppe und Hasenlogo hat, gibt einem das noch lange nicht das Recht, sich ein vorschnelles Urteil über die Berufswahl anderer Menschen zu bilden. Vor allem über solche, die diese Option nicht genießen.

Der Steward kommt mit den Getränken auf uns zu.

»Die Dame?«

Sandras Kopf schnellt herum, und sie rattert: »Schwarztee

mit Milch und Zucker und eine Cola light auf Eis und Zitrone« in einem Tempo herunter, das ich nur beim Vorspulen alter *Bibi-Blocksberg*-Kassetten für möglich gehalten habe.

»Was gibt's denn?«, frage ich dagegen schüchtern, als ich an der Reihe bin.

»TAO, Kaffee, Tee, Wasser mit, ohne, Bier, Rot, Weiß, Cola, Sprite«, rattert der Steward in demselben ansehnlichen Tempo herunter.

»Kaffee schwarz und einen Orangensaft, bitte«, sage ich kleinlaut und bemühe mich um Tempo.

Während »D. Sissing«, wie auf seinem goldenen Namensschild in geschwungener Schrift zu lesen ist, lächelnd unsere Getränke mixt, überlege ich, was *TAO* heißen könnte. Möglicherweise ist es ein neues Reisenden-Trend-Getränk mit Guarana und linksdrehenden Tomatenstückchen? Immerhin verfügt Skyline offenbar über ein erstaunliches Getränke-Portfolio.

Überraschend hält Sandra ihren Becher hoch und prostet mir zu. »Auf heute!«, sagt sie, und wir stoßen an.

Als wir landen, weiß ich, dass dies bereits ihre zweite Bewerbung ist. Was im Übrigen in keinster Weise ihr Verschulden, sondern das der »frigiden Psychologin« in der Auswahlkommission ist, die junge Frauen bekanntermaßen hasst. Kurz vor dem Aussteigen untersuche ich meine Bluse unauffällig auf etwaige Kaffeespuren.

Zwanzig Minuten später stehen wir vor Tor einundzwanzig. Ich wünschte, ich hätte mehr Selbstvertrauen gehabt und sie ein wenig in die Schranken verwiesen. Ich hätte mich ja nicht gleich derart enthusiastisch in eine Freundschaft mit Pessimismus-Barbie stürzen müssen, die ich jetzt ganz gerne wieder aus meinem Bekanntenkreis streichen würde.

Noch im Terminal hat Sandra zu alter Form zurückgefunden und streut seither im Zehn-Sekunden-Takt Sätze ein wie: »An deiner Stelle würde ich mir das echt nochmal überlegen, ob du dir das antun willst.«

Endlich stehen wir, zusammen mit gut zwanzig anderen weiblichen und männlichen Wangenknochen-Schönheiten, im ersten Stock eines langweilig aussehenden Bürogebäudes, dessen Flair gerade mal durch einen Raucherbereich und einen kombinierten Kaffee- und Süßigkeitenautomat unter dem verführerischen Begriff *Snack-Insel* gewahrt wird.

Eine zierliche Frau mit Kurzhaarschnitt und Lesebrille betritt in Begleitung zweier Damen den Raum.

»Guten Morgen! Schön, dass Sie alle da sind und es so pünktlich geschafft haben!«, sagt sie in die Runde. »Mein Name ist Dr. Körner und das sind meine zwei Kolleginnen Frau Wilhelm und Frau Heindl – wir sind heute Ihre Auswahlkommission.«

Der Großteil der Truppe lässt schnell mehrere Tüten Fruchtgummimischung in It-Bags verschwinden oder entsorgt sie unauffällig auf Fensterbänke, während die Psychologinnen den Ablauf des Tages erläutern und beginnen, sich Notizen auf Klemmbretter zu machen.

Ich versuche, eine Pose einzunehmen, die Offenheit, Selbstbewusstsein, die Bereitschaft zuzuhören und Kritikfähigkeit signalisiert und ein wenig vom längst vergangenen Glanz der Pan Am wiederaufleben lassen soll. Dummerweise stehe ich dabei unter einem Lüftungsschacht, der meinen artigen Seitenscheitel unvorteilhaft umföhnt.

Es folgt eine Vorstellungsrunde, in der ich erfahre, dass die Bewerberin rechts von mir zusammen mit ihren Eltern ein Hotel auf Mauritius leitet, von wo aus sie extra angereist

ist. Und das Double von Markus Schenkenberg zu meiner Linken sehnt sich danach, seine Modelkarriere auf solide finanzielle Füße zu stellen beziehungsweise den Flügeln anzuvertrauen, haha.

Andere fliegen seit Jahren für andere Airlines, aber wollten *schon immer* zu Skyline wechseln. Wegen der guten Arbeitsbedingungen und des Interkont-Bereichs, versteht sich.

Frau Dr. Hartmann teilt uns in Arbeitsgruppen ein. Pessimismus-Barbie kommt gottlob in Gruppe *Caracas*, während ich Bestandteil der Gruppe *Lissabon* bin, was Sandra aus irgendeinem Grund lautstark bedauert. Ich finde mich zwischen einem Ex-AIDA-Animateur, einem Gewinner von *Schlag den Raab* und einigen Helfern des Wiederaufbaus nach Hurrican Katrina wieder, die ihren Abschluss als Gebärdendolmetscher nebenher während ihrer Hotelfachausbildung in der Schweiz gemacht haben.

Dann geht es an ein Bastelspiel, bei dem sich Sandra bei den Mitgliedern von *Caracas*, *Lissabon*, *Nishnij Novgorod* und *Novosibirsk* gleichermaßen unbeliebt macht, weil es nur einen Klebestift für alle gibt, den sie erst wieder herausrückt, als sie komplett fertig ist.

»Man darf sich nicht rumschubsen lassen – von wegen Führungsqualitäten und so«, zischt sie mir zu, als ich sie höflich um die Schere bitte. »Du bist viel zu devot!«, analysiert sie, während ich meinem Ziehharmonika-Männchen Riemchensandalen und das Logo von Skyline aufmale, die stilisierten Spitzen weltberühmter Gebäude.

Das einzig Gute daran, dass ich mir unter der globalen Generation Praktikum um mich herum immer weniger Chancen ausrechne, ist, dass auch meine Nervosität erheblich sinkt.

Als die Gruppenpräsentationen beendet sind und das Bastel-Chaos beseitigt, verkündet Frau Dr. Hartmann, bevor sie und ihre Assistentinnen den Raum verlassen: »Wir verteilen jetzt Karten, auf denen eine Fluggast-Situation steht, die Sie dann individuell in den Nebenräumen erwartet. In ein paar Minuten rufen wir Sie einzeln auf.«

Hektisch stürzt sich Pessimismus-Barbie auf mich. »Was hast du gekriegt?«

Ich blicke auf die laminierte Karte in meinen Händen: »Sie befinden sich auf einem sogenannten Dark Flight«, lese ich, »das komplette Entertainment-System auf der Langstrecke ist ausgefallen. Ein Kunde in der Businessclass ist besonders verärgert.«

»Hör mal, du *musst* mit mir tauschen!«, verlangt Sandra. »Ich weiß, wie man das macht. Deine Situation ist total schwer. Du solltest lieber meinen Übergewichtigen dazu bringen, sich vom Notausgang wegzusetzen!«

Eine Führungsposition bei einer Drückerkolonne wäre ihr in jedem Falle sicher, denke ich. Noch bevor ich reagieren kann, höre ich meinen Namen. Mit der Ruhe eines statischen Terrakotta-Kriegers folge ich Frau Dr. Hartmann höchstpersönlich in mein Einzelgespräch. Ohne Vorwarnung beginnt sie mit einer Kostprobe ihres beeindruckenden schauspielerischen Könnens.

Sie setzt sich auf einen Stuhl in der Mitte des Raumes und starrt auf einen kleinen imaginären Bildschirm vor sich. Wütend tippt sie darauf herum, klingelt, und ich eile herbei.

»Das ist unverschämt! Haben Sie eine Ahnung, was mein Flugticket gekostet hat?! Und jetzt?! Soll ich mich zwölf Stunden langweilen, bis wir in L.A. sind?«

»Was machen Sie denn in L.A.?«, versuche ich einen ersten Einstieg.

»Filmgeschäft«, brummt Frau Dr. Hartmann bedrohlich. »Geht Sie aber auch gar nichts an … Reparieren Sie das lieber!«

»Wow!«, sage ich und strahle sie tief beeindruckt ein. »Und welchen Film wollten Sie jetzt bei uns an Bord sehen?«

Frau Körner atmet tief durch. »Ich war noch nicht dazu gekommen, Ihr Programm zu begutachten, da war es auch schon kaputt.« Sie klingt eine Mikrospur freundlicher als noch vor wenigen Sekunden.

»Könnte es denn sein, dass Filme von Ihnen bei uns laufen?«

»Vielleicht …«, entgegnet sie knapp. »Was haben Sie denn im Angebot?«

»Also, zurzeit *Aviator*, *Flight Girls* und *Pearl Harbour* …«, erkläre ich ihr ruhig.

»Die ersten zwei kenne ich schon. Habe *ich* finanziert. Worum geht es in dem letzten?«, fragt sie scharf.

Ich setze zu einer Performance an, in der ich mit verstellten Stimmen und großen Gesten authentisch Verwundete, Fallschirme, Doppeldeckerflugzeuge, die hawaiianische Küstenregion und die tief verwurzelte Tradition des Hulas anpreise. Als ich zu einer liegen gelassenen Tüte Fruchtgummi greife und mit einem von Kokos ummantelten Gummibären den Absturz von Ben Affleck in feindliches Gewässer simuliere, kann sie sich das Lachen nicht mehr verkneifen und erlöst mich.

»Vielen Dank, Frau Loos – für diese, ähm, erfrischende Lösung.« Sie greift zu ihrem Klemmbrett und macht eine Handbewegung, die eine Art Resümee sein muss.

»Charlotte, wie lief es bei dir? Du hattest ja die Frigide …«, raunt mir Sandra zurück im großen Raum zu.

Ich beschließe, ganz devot zu schweigen, denn Frau Dr. Hartmann ergreift gerade das Schlusswort:

»Ich hoffe, Sie hatten einen schönen Tag bei uns und haben sich trotz der Prüfungssituation wohlgefühlt! In vierzehn Tagen werden wir uns schriftlich mit einer Zu- oder Absage an Sie wenden. Bitte sehen Sie davon ab, sich vorher bei uns zu melden. Ich wünsche Ihnen gutes Heimkommen und ein schönes Wochenende!«

Erst in vierzehn Tagen – mir schießt der Gedanke an meine Kündigungsfrist in der Agentur durch den Kopf. Wenn ich nicht *jetzt im Juli* kündige, kann ich, falls Skyline mich wirklich wider Erwarten einstellen will, erst wieder mit einer Frist von drei Monaten zum Quartalsende gehen, und das würde bedeuten, noch fast ein halbes Jahr unter der Schreckensherrschaft des Milky-Way-Mannes zu verbringen.

»Ähm, entschuldigen Sie …« Ich trete aus dem Halbkreis hervor, der sich allmählich unter großem »Tschüss!«, »Vielen Dank!« und »Vielleicht fliegen wir mal zusammen!« auflöst.

Die Psychologinnen sehen mich fragend an.

»Also … es ist in meinem jetzigen Job so …« Ich erkläre ihnen meine Lage.

»Ich verstehe Sie gut«, antwortet mir Frau Wilhelm, die über einen Schreibtisch gebeugt dasteht und die Blätter nacheinander aus den Klemmbrettern nimmt. Ich erhasche einen Blick auf meines: Die resümierende Handbewegung war ein einfacher Haken.

»Nur leider können wir keine Ausnahmen machen.« Sie wirft den gesamten Stapel in den Papierkorb. Vermutlich gucke ich so entsetzt, dass sie sich verpflichtet fühlt, lächelnd und sehr leise zu erklären: »Das Mitschreiben dient nur der Verunsicherung der Bewerber.«

»Oh.« Schnell fange ich mich wieder. »Das verstehe ich natürlich, dass Sie konsequent sein müssen. Trotzdem vielen Dank!« Mit diesen Worten bemühe ich mich um einen eleganten Abgang.

Draußen werde ich erneut erwartet – Pessimismus-Barbie erklärt Kaugummi kauend, dass unser Rückflug erst in einer Stunde geht und schlägt vor, noch etwas essen zu gehen. Da meine Fluchtmöglichkeiten beschränkt sind, stimme ich zu.

»War voll scheiße bei mir. Die Heindl hat gefragt, ob ich bereit wäre, abzunehmen für den Job, und ich habe ihr gesagt, dass sie mich mal kann«, gibt Sandra freimütig Auskunft über ihr Rollenspiel.

In Anbetracht ihrer elfenhaften Figur und der in meinen Augen sehr netten Auswahlkommission vermute ich, dass es nur eine Provokation war, auf die sie voll eingestiegen ist.

In diesem Moment klingelt mein Handy.

»Charlotte Madeleine Loos? Hier ist Frau Dr. Hartmann. Wir machen jetzt doch eine Ausnahme für Sie, und ich möchte Sie daher bitten, über dieses Telefonat absolute Diskretion zu wahren.«

Ich halte den Atem an.

Frau Dr. Hartmann räuspert sich gewichtig. »Frau Loos, meinen Glückwunsch! Herzlich willkommen bei Skyline!«

Meine Kündigung löst in der Agentur Verschwörungstheorien aus, wie sie sonst nur anlässlich der ersten Mondlandung entstanden sind. Wüste Spekulationen kursieren, nach denen ich ins feindliche Lager gewechselt bin, und die Personalchefin (und aktuelle Milky-Way-Geliebte) telefoniert sich durch sämtliche Konkurrenzagenturen und Headhunter, um herauszufinden, wer mich abgeworben hat. Denn dass ich Stewardess werde, glaubt mir schlichtweg niemand. Und fast wäre daraus auch nichts mehr geworden.

Denn als Frau Dr. Hartmann mir die Mitteilung überbrachte, dass ich nun ein Engel der Lüfte bin, habe ich meinen Chili-Pommes eingeatmet und gespannt die Luft angehalten.

Mein unrhythmisches Schnappen nach Luft hat Frau Dr. Hartmann zunächst als Fassungslosigkeit interpretiert, und sie fühlte sich bemüßigt, ihre Entscheidung näher zu begründen:

»Nun, das Rollenspiel war nicht ganz das, was wir uns vorgestellt haben – aber Sie haben sich nach Kräften bemüht, auf den Gast einzugehen. Sie waren enorm engagiert, sind ruhig geblieben und haben mit Ihrer guten Laune angesteckt. Und genau darum ging es uns. Im Übrigen waren Ihre Filmkenntnisse beeindruckend, und im Ernstfall könnten Sie den kompletten Flieger sicher auch alleine unterhalten.«

Als ich daraufhin nichts mehr sagte und man Sandra im Hintergrund nur noch kreischen hörte, war wohl klar, dass etwas nicht stimmte.

Als ich wieder zu mir kam, befand ich mich in einem weiß gekachelten Zimmer, das nach Desinfektionsmittel roch und mit stark vergrößerten Mikroskopaufnahmen von Malaria-Erregern an den Wänden eine wenig einladende Atmosphäre schuf. Über mir die besorgten Augen von Sandra, Frau Dr. Hartmann und einem gewissen Herrn Dr. Eckert, der eine gebogene Zange in der Hand hielt und sich mit einem Tuch die Schweißperlen von der Stirn tupfte.

Als die Stimmen wieder deutlich wurden, hörte ich als Erstes Pessimismus-Barbie, die mir in betont langsamer Sprache zu vermitteln versuchte, dass sie uns umgebucht hatte:

»Auf die Maschine um EINUNDZWANZIG UHR, hörst du?!«

Nachdem ich schriftlich versichert hatte, dass ich meinen unter unschönen Geräuschen hinuntergewürgten Pommes frites, den der Flughafenarzt lieblos als »Bolusgeschehen« bezeichnete, notfalls noch operativ entfernen lasse, konnten wir gehen.

Der Rückflug war dann weniger schön verlaufen, da Sandra nicht darüber hinwegkam, dass mir die *frigide Ziege* vorab das Ergebnis meines Assessment-Centers mitgeteilt hatte. Unser Abschied verlief nicht gerade innig.

Der Milky-Way-Mann rückt jetzt bedrohlich näher.

»Komm, Charlotte, *entre nous*! Wie viel zahlt dir der andere Laden?«

Seit einer guten halben Stunde nimmt er mich unter seiner trendigen Retro-Schreibtischlampe ins Kreuzverhör, als wäre ich ein wichtiger Schlüssel in Sachen Uwe Barschel-Akten.

Ich beharre auf meiner Stewardessen-Version und er darauf, dass ich sowieso nie Talent als Werbetexterin gehabt habe.

Mit Julian läuft es ähnlich unbefriedigend.

»Charlotte, mir kannst du es doch sagen – gehst du zu Springer & Jacoby oder in die Klinik, weil du einen Hirntumor hast?«

Sorgsam schließt er die Milchglastür unserer Unisex-Toilette hinter sich, als wäre dies ein konspiratives Treffen von hoher politischer Brisanz. Er und der Dobermann starren mich betroffen an.

Nach zwei weiteren Tagen, in denen er mir keinen Glauben schenken will und mich mit Differentialdiagnosen bombardiert, in der Hoffnung unter anderem mit »Ebola« einen Treffer zu landen, gibt er auf.

Zum Abschied verteile ich an alle Kollegen, die grinsend auf den Ausgang deuten, mich mit Getränkebestellungen aufziehen und mit hektisch rudernden Armen hinter ihrem Schreibtisch eine Boeing 747 imitieren, Tomatensaft und Erdnüsse.

Ich bin frei. Nur der Abschied vom Dobermann fällt mir unerwartet schwer.

Skyline – Meet the Angels.
Rundschreiben

Sehr geehrte Kolleginnen und Kollegen des Kabinenpersonals,

immer wieder erreichen uns zahlreiche Bordberichte aus Ihren Reihen, dass es durch den in der Economyclass auf den Strecken Mittelstrecke Naher Osten/USA-Ostküste/USA-Westküste gezeigten Film »Ice Age III« zu Konfliktgesprächen mit Erziehungsberechtigten kommt.
Wir haben uns den Film angesehen und teilen nicht die Ansicht, es käme zu einem angedeuteten Geschlechtsakt zwischen dem Faultier »Sid« und einem in einer Nebenrolle besetzten prähistorischen Eichhörnchen.
Nichtsdestotrotz haben wir uns entschieden, den Film aufgrund seiner anhaltenden Polarisierung und zu Ihrer Entlastung vollständig aus dem Programm zu nehmen.
Bitte verweisen Sie bei Anfragen auf den Alternativ-Kinderfilm »Rennschwein Rudi Rüssel« mit Iris Berben, der allerdings nicht im Entertainment-Magazin aufgeführt ist.

Wir wünschen Ihnen weiterhin gute Unterhaltung an Bord!

Annette Amberger
Skyline/Bordprogramm HAM

6.

»Lernt man da nicht nur Schminken in der Ausbildung?«

»Can you tell me, where Businessclass is?«
»Straight to the front, right behind the curtain.«
»Can you please explain that again? I go where? And then, I make a left at the curtain? Where? At the wing?«

(CLT – MUC)

Sehr geehrte Frau Loos,

wir freuen uns sehr, Sie bei uns im Konzern begrüßen zu dürfen! Zur flugmedizinischen Untersuchung finden Sie sich bitte innerhalb der kommenden Woche zwischen 8 und 10 Uhr Ortszeit nüchtern im Försterweg 17 in Hamburg ein.
Falls Sie alle gesundheitlichen Anforderungen erfüllen, findet Ihr Lehrgang dann im Folgemonat in Frankfurt statt.
Für die Dauer Ihres Kurses stellen wir Ihnen ein Einzelzimmer im nahe gelegenen SkySleep-Hotel bereit.
Ein Shuttle bringt Sie täglich zum SFTC und zurück.
Sie erhalten in dieser Zeit eine monatliche Ausbildungs-Vergütung von 300,00 Euro.
Sollten Sie noch Fragen haben, wenden Sie sich jederzeit gerne an mich!
Ich wünsche Ihnen »Always happy landings!«

Erich Wildberger
Skyline/Auswahlkommission FRA

P. S. Ich hoffe, Ihre Teilnahme an den diesjährigen Weltmeisterschaften für Fernlenkdrachen war erfolgreich?

Nachdem ich zwei Wochen später Zwölf-Kanal-EKG, Hör- und HIV-Test erfolgreich hinter mich gebracht habe, erhalte ich als Letztes die Bestätigung, dass meine Stuhlprobe (die ich stilvoll in einem Chanel-Tütchen abgegeben habe) ebenfalls ohne Befund ist. Bereits jetzt bin ich so viel gereist, wie in den letzten fünf Jahren nicht: Das Auswahlverfahren war im Frankfurter Hauptquartier von Skyline, wo auch meine Ausbildung stattfinden wird. Die medizinischen Untersuchungen werden glücklicherweise in Hamburg und meine spätere Stationierung wird in München sein.

Nicht ganz ohne Wehmut löse ich meine Wohnung in Hamburg auf, packe fleißig Umzugskartons und funktioniere die Garage meiner Schwester, die praktischerweise im bayrischen Umland wohnt, in ein kostengünstiges Self-Storage um.

Der Umzug ins bayerische Umland ist nicht gerade ein Spaziergang, aber das regelmäßige Krafttraining von Justus, dem Mann meiner Schwester, erweist sich als äußerst nützlich. Zu zweit hecheln wir mit ein paar Zierpflanzen hinterher und schwören hoch und heilig auf meine vollverchromte Thermo-Sauciere, uns bei nächster Gelegenheit mit Salsa-Aerobic wieder in Form zu bringen.

Auf der Fahrt hatten wir erst mal eine kurze Auseinandersetzung zum Thema Berufsfindung: Meiner Entscheidung Stewardess zu werden steht meine Schwester noch immer so kritisch gegenüber wie dem Verzehr von abgelaufenem Hackfleisch. Ich wünschte, in meiner Familie würde man zueinander sagen: »Kind, ich passe gut auf alles auf – mach dir keine Gedanken. Geh du nur erst mal los und verwirkliche dich selbst!«

Also ich jedenfalls würde so etwas sagen, falls meine Schwester plötzlich ein Sabbattjahr in Nepal einlegen wollen würde, was bei ihrem Fünf-Jahres-Mietvertrag und dem weit im Voraus gebuchten Sommerurlaub auf Teneriffa allerdings eher nicht zu vermuten ist.

Ich zwänge mich nach dem Einräumen meiner Habseligkeiten in ihre Garage hinter meinem monumentalen Bücherregal mit begehbarer Leiter hervor und versuche sie aufzumuntern:

»Sieh es doch mal so: Du kannst jetzt alle meine Sachen uneingeschränkt nutzen! Hier, meine Sonnenwende-Sonderedition der Snöfkull-Fjorde. Und mein Teelicht-Spender!«

Wenig überzeugt verschränkt sie die Arme und mustert im Garagentorrahmen lehnend die kleine Box aus Mahagoni, aus der spontan ein paar Vanille-Kerzen herausfallen.

Ich finde sie fast ein bisschen undankbar.

»Warum hast du dich eigentlich für München als Heimathafen entschieden?«, fragt sie, als wir das Tor schließen und noch einmal nachdrücken müssen, bis meine Rokoko-Badewanne endlich nachgibt.

Ich klopfe mir ein wenig feuchtigkeitsspendendes Badesalz von den Schenkeln, schürze die Lippen und sage in welterfahrenem Tonfall: »Wegen des Interkont-Bereichs.«

Ich gebe zu, ich genieße das neue exotische Flair, das mich umgibt, maßlos und fahre erklärend fort: »Wenn du in Hamburg oder Stuttgart stationiert bist, kommst du über Ankara nicht hinaus. Und ab Frankfurt gibt es sogenannte *Flight Groups*, denen man zugeteilt wird. Das heißt, von dort aus fliegst du dann *nur* nach Südamerika oder *nur* nach Asien.

Aber ab München …«, wieder huscht ein seeliges Grinsen über mein Gesicht, »wird man sofort auf allen Strecken eingesetzt, die Skyline *weltweit* durchführt.«

Vier Wochen später bin ich mittendrin im Training.

Ein straffer Stundenplan hält unseren Kurs auf Trab und lässt wenig Zeit, untereinander Kontakte zu knüpfen. Ein Umstand, der mir seit der Begegnung mit Pessimismus-Barbie nicht unrecht ist. Man muss heutzutage einfach irrsinnig vorsichtig sein, wen man in sein Leben lässt.

Abends nach dem Unterricht schlurfen wir erschöpft in unsere Einzelzimmer und machen uns ganz unglamourös daran, die auferlegten Hausaufgaben zu erledigen. Gegessen wird in der Kantine. Manche aus meinem Lehrgang haben auch schon Familie und verbringen die Abende mit stundenlangen Telefonaten in die Oberpfalz oder skypen nach Mauritius.

Um die kulturpezifische Kompetenz auszuweiten, hat Skyline auf Flügen von und nach Japan, China, Korea und Indien zusätzlich Flugbegleiter der jeweiligen Nationalität eingeführt. Und die sind wider Erwarten richtig zugänglich.

Amüsiert lauschen wir ihnen beim Mittagessen, warum zum Beispiel die Inder gerne mit einem sehr dringlichen *»Water, water, give me water, quick!«* einsteigen. Nur um dann, nachdem man losgerast ist und in Windeseile mit einer Stange Becher und einer 1,5 Liter-Flasche zurückkehrt, einen Minischluck zu nehmen, den noch vollen Becher wieder zurückzugeben. Wüsste ich von Indira nicht, dass dieser Schluck in Indien ein gängiges Begrüßungsritual ist, würde ich womöglich leicht den Spaß an der Arbeit verlieren.

Verheerend wäre auch, wenn man auf das ebenso dringliche »*Compliments, compliments, give me compliments, quick!*« anfinge zu schwadronieren:

»*Oh yes, you have beautiful brown eyes, Sir!*«, statt mit kleinen Geschenken wie Skyline-Kulis, Buttons und *Kerosinchen*, dem Maskottchen, beim Fluggast anzukommen.

Auch das interkulturelle Training von Skyline bewahrt mich vor derartigen Fehltritten, die die auswärtigen Beziehungen gefährden könnten. Sogar einem Essen inklusive Quallensalat im Rahmen einer hin und wieder vorkommenden Einladung in die Botschaft in Taiwan sähe ich mich gewachsen.

Kurios ist auch, dass Indira und ihren Kurskollegen aus dem dicht bevölkerten Indien die von uns Deutschen geliebten Einzelzimmer mit individueller Kochnische völlig zuwider sind. Sie lassen lieber alle Türen offen, unterhalten sich beim Zubereiten der Mahlzeiten über die Flure hinweg und legen ihre Matratzen zu einem einzigen Lager zusammen.

Das Zusammenwohnen mit ihnen im Hotel wird schnell zu einem großen Fest, allein schon kulinarisch. Gemeinsam mit den Koreanern tischen sie die tollsten Sachen auf. Ich hatte ja keine Ahnung, wie sehr ich *Bibimbap* und *Kimchi* (in Knoblauch eingelegten Weißkohl) liebe!

Wir Deutschen kontern mit herbstlichen Aufläufen und Nachtisch und genießen den Anblick ihrer bunten Saris. Bei Quark mit Mandarinen aus der Dose diskutieren wir gemeinsam die Probleme der Japaner. Die nämlich sind aus ihrem Land »Frontalunterricht« gewohnt und trauen sich nicht, im Unterricht Wortbeiträge zu leisten. Probleme lösen sie ungern selbstständig, sondern rufen an Bord automatisch die nächsthöhere Instanz, was manche Purser ganz schön ins Schwitzen bringt. Die Kabinenchefs haben zwar an Bord keine Servicerolle mehr, sind aber vor allem dazu da, bei ausgewählten Härtefällen zu helfen und nicht bei jedem fehlenden Päckchen Salz und Peffer einzuspringen.

Philipp und Denise sind neben mir die Einzigen, die noch nicht als Flugpersonal gearbeitet haben. In jeder freien Minute bringt Philipp seinen Body in Form, was ihn als geeigneten Umgang für mich ausschließt. Ich stehe derweil daneben, zähle laut für ihn seine Liegestütze mit und nutze die *Snack-Insel* gemäß ihrer Bestimmung.

In der siebten Woche bei Skyline sehe ich aus wie in der neununddreißigsten Woche einer Schwangerschaft. Da allerdings besonders das Emergency-Training kräftezehrend ist, können ein paar Fettzellen in Reserve nicht schaden.

Nach einer dieser Pausen steht *Firefighting* an. Forsch pirsche ich mich unter meiner Sauerstoffmaske durch die Flammenhölle Richtung Brandherd. Eindeutig: kein Elektrobrand. Was heißt, ich muss mit Wasser nachlöschen. Wo ist denn nur die Kaffeekanne? Oh Gott, mein Sauerstoff wird langsam knapp. Ich stelle den Feuerlöscher beiseite und ergreife die bauchige Silberkanne, die endlich in mein Sichtfeld kommt. Die letzte Flamme züngelt und geht aus, puh. Wo war noch gleich die Tür? Schwerfällig wanke ich auf sie zu wie ein Astronaut in einem Raumanzug und verlasse den stickigen Trainings-Container. Keine Sekunde zu früh, denn meine hochgesteckte Pan-Am-Banane benötigt dringend eine Reanimation.

Nachdem ich mir draußen, nach gelunger Vermeidung einer Rauch-Intoxikation, die Maske mit der Aufschrift CREW wieder über den Kopf ziehe, muss ich leider einsehen, dass nichts mehr zu machen ist. Zeitpunkt des Frisur-

Todes: 12:11 Uhr. Bei dieser Übung verbrauchte Kalorien: mindestens drei Lakritzschnecken.

Es ist keineswegs so, dass ich persönlich eitel bin. Skyline aber legt Wert darauf, dass man immer aussieht wie frisch aus dem Ei gepellt – trotz Klimaanlagen, Schutzmasken, übergestreifter Schwimmwesten und dem, wie ich finde, völlig überflüssigen Haiabwehr-Training im Südpazifik-Simulationsprogramm der Skyline–Schwimmhalle. Ehrlich, wenn man den Absturz eines Großraumflugzeugs in den Atlantik überlebt und dann, kurz vor Eintreffen der Rettungskräfte, noch von einem Hai gefressen wird – dann hat man karmamäßig doch echt was falsch gemacht, oder?

Für viel nützlicher halte ich die Passage *unter* den Hai-Tipps im Ordner »Safety for Skyline – Angels«: *Bei der Rettung durch Hubschrauber muss darauf geachtet werden, dass die Rettungsschlinge zuerst das Wasser berührt. Wird sie vorher angefasst, kommt es durch statische Aufladung zu einem Stromschlag.*

Derartige Bestandteile meines Stundenplans machen es mir äußerst schwer, jene würdevolle Ausstrahlung aufrechtzuerhalten, die eine Skyline-Stewardess in jeder Zeitzone und Beförderungsklasse haben soll. Da können frühlingshafter Nagellack und apricotfarbenes Rouge nur Schadensbegrenzung leisten.

»Bitte säubern Sie die Masken und geben Sie sie dem Nächsten oder legen Sie sie hier in die rote Kiste, sobald Sie durch sind.« Die Stimme des Emergency-Trainers hallt wie bei den Marines eindringlich über unsere verschwitzten Köpfe hinweg.

Ich greife mir ans Ohr: Wo ist bloß mein Perlenohrring abgeblieben? Und wie kriege ich meinen Lippenstift von dem Mundstück? Diese Desinfektionstücher sind suboptimal. Wo bitte ist das Gegenmittel, wenn man *Carribean Purple long lasting Gloss mit Diamantschimmer* aus der Rauchschutzhaube einer international operierenden Airline entfernen möchte?

Ich versuche, das unansehnlich beschmierte Ventil nebst Maske unauffällig in die Kiste zu entsorgen.

»Halt!« Der Trainer, klein, drahtig und mit Nahkampfausbildung, hält mich abrupt auf.

»Sind Sie die Letzte?«

»Ich glaube schon.«

»Das glaube ich nicht«, stellt er schonungslos fest und nimmt es zum Anlass, der gesamten Gruppe nochmals mitzuteilen:

»Erst, wenn ALLE durch sind und ERFOLGREICH gelöscht haben, erhalten Sie Ihre Lizenz!«

Philipp reißt mir im Vorbeigehen die Maske aus der Hand, zieht sie kurzerhand über und stürzt sich in die Flammenhölle. Er hat den Elektrobrand erwischt.

Je nachdem, welche Art von Feuer der Trainer erzeugt, muss man eine überlebenswichtige Entscheidung treffen und mit Wasser oder wahlweise nur Halon löschen. Bei Schwelbränden kommt sogar die Brechstange zum Einsatz.

Nach einer weiteren kurzen Kaffeepause, die kaum reicht, um mich auch nur annähernd von den Strapazen zu erholen, stehen wir vor der *Smoke & Smell-Bar*, an der man lernt, den Geruch von brennendem Kerosin, Kabelbränden und auslaufender Hydraulikflüssigkeit zu unterscheiden.

»Wo ist Philipp?« Der Trainer verteilt verschiedene Utensilien neben der Bar und sieht fragend in die Runde.

Alle sehen sich suchend um.

»Liegestütze?« Denise kichert.

»Der ist kurz zu Dr. Eckert – er hatte einen komisch

schimmernden Ausschlag um den Mund herum«, meldet jemand sachlich aus der hintersten Reihe.

Ich denke an meine Lipgloss-Reste, mache mich auf meinen hohen Absätzen so klein wie möglich und starre unbeteiligt auf eine fluoriszierende Seewasserfärbetablette.

»Fangen Sie doch bitte mal an.«

Eindeutig hat mich der drahtige Trainer ins Auge gefasst. Denise weicht, ausgesprochen unloyal, einen großen Schritt zur Seite, um die Bühne für mich freizugeben.

»Zeigen Sie uns doch bitte, wie Sie einen Piloten aus seinem Sitz retten.«

Oh Gott, auch das noch! Die komplizierten Hebel an den in alle Richtungen verstellbaren Cockpitsitzen habe ich noch weniger gut verstanden als die Schaltkreise der Kaffeemaschinen an Bord oder die Grafik, an der die Trainerin Magnete wie Trolleys durch die Gegend schob, um den Serviceablauf auf der Langstrecke zu demonstrieren. Immerhin weiß ich jetzt, was *TAO* ist: die Anordnung der Säfte Tomate, Apfel und Orange auf dem Getränkewagen!

Ich stöckele Richtung Cockpit-Attrappe und berge mit ruppigem, vorab eingeübtem Rautek-Griff den Trainer, der sich als bewusstloser Pilot ausgibt.

»Und wen sollen wir zuerst retten?«, fragt Tina, die seit zehn Jahren Charter fliegt. »Ich meine, erst die Piloten oder erst die Gäste?«

Der Trainer hebt den Kopf und wirft ihr einen abschätzigen Blick zu. »Lassen Sie es mich so sagen: Die Herrschaften vorne kosten Geld, die hinten zahlen welches.«

Alle lachen.

Dann wird er wieder ernst: »Sie wissen, dass das ein Scherz war?«

Nach der Bergung von fünfzehn weiteren »Piloten« mit Quetschungen, Verbrennungen und Brüchen stellen wir uns wie immer im großen Schulungsraum auf, um das Logo von Skyline zu formen. Leider bin ich wieder nicht die Antenne des Empire-State-Buildings, die im Wesentlichen einfach kerzengerade dasteht, sondern ein gekrümmtes Zwiebeltürmchen des Kreml.

»Morgen früh kommt Dr. Eckert zu Ihnen und klärt Sie über extraterrestrische Strahlung auf. Sie erhalten dann auch Ihr persönliches Strahlenkonto!« Der Emergency-Trainer verabschiedet sich. Obwohl ich ein großer Fan von Kontoeröffnungen bin, bin ich mir bei dieser nicht ganz sicher.

Als der Bus zurück zum SkySleep-Hotel auf die Hauptstraße einbiegen will, kommt Philipp winkend angerannt.

»Danke!«, schnauft er den Busfahrer an, der grimmig nochmal die Tür öffnet. Dann lässt er sich mit Schwung auf den freien Sitzplatz neben mir fallen.

»Und?«, heuchle ich voller Schuldgefühle großes Interesse an seinem potenziell lebensbedrohlichen Ausschlag.

»Ach, das war nur Farbe«, sagt er grinsend. »Aber hier …« Er holt etwas aus seiner Jackentasche. »Das hat er mit so einer gebogenen Zange aus der Nase gezogen, es muss in der Atemmaske gesteckt haben.«

Jetzt bin ich wirklich erleichtert. Mein Perlenohrring!

Es ist die letzte Woche Training bei Skyline. Hinter mir liegen diverse Nächte, in denen ich Zeitzonen, Währungen und die Zollbestimmungen einzelner Staaten auswendig gelernt habe, von deren Existenz ich vorher nicht einmal wusste. Oder wann bitte wurde *Tuvalu* im Stillen Ozean in der Schule durchgenommen?

Endlich ist es auch Zeit für die Anprobe der maßgeschneiderten Uniformen in der hausinternen Kleiderkammer, bei der ich mir vorkomme wie ein Mitglied der schwedischen Königsfamilie, kurz vor einem umjubelten Balkonauftritt.

Mein Bäuchlein ziehe ich nicht ein, obwohl es mir durchaus peinlich ist. Aber schließlich soll die Uniform ja passen, und ich möchte auch nicht aus falsch verstandenem Diätwahn bei anspruchsvollen Flügen über Kasachstan kollabieren.

Die Schnepfe von Schneiderin nimmt brachial Maß, piekt mich mehrfach beim Abnähen in den Speck und notiert hörbar fiktive Konfektionsgrößen: »Bundfaltenhose sechsunddreißig, Handschuhe XS, Rock in S ...«

Dann bemerkt sie meinen »Sind Sie wahnsinnig, gute Frau?«-Blick. Streng schaut sie über den Rand ihrer goldenen Lesebrille hinweg, geradewegs auf meine Hüften. Dann lächelt sie wie diese sadistische Direktorin in *Harry Potter* und formuliert süffisant:

»Kindchen, Sie werden doch wohl noch abnehmen?«

Zu gerne würde ich erwidern, was man uns am ersten Tag erklärt hat: Stewardessen müssen vor allem deshalb schlank sein, damit sie durch Notfenster und Gänge passen und nicht wegen der Optik. Aber mir schwant, dass sie das womöglich anders sieht.

Na ja, ein paar Tage Schmunzelhasen-Diät, und ich bin wieder ganz die Alte. Alles eine Frage der Willenskraft. Und im Moment will ich eben nicht.

Und es gab bis hierher noch weitaus unangenehmere Momente:

1. Das Springen in die Notrutsche aus neun Metern Höhe vom Upper Deck einer Boeing 747, bei der sich Denise eine

Handgelenksfraktur zuzog. (Dabei hatte der Trainer extra betont, sie solle warten, bis unten zwei andere stehen und sie auffangen.)

2. Die Impfung gegen Gelbfieber.

Während es bei allen anderen durch den Lebendimpfstoff zu einfachen Rötungen und Fieberschüben kam, schlief ich fast vierundzwanzig Stunden durch, was ich als Frühstadium eines drohenden Komas fehldiagnostizierte. Wovon mich Herr Dr. Eckert gegen drei Uhr früh an meinem Bett, leicht unfreundlich, abzubringen versuchte, während ich weiterhin auf einen kurzen Pupillenstatus bestand.

»Warum wir Sie gegen etwas impfen, das nur in tropischen Gebieten auftritt, die Sie gar nicht anfliegen?«, erläuterte er am nächsten Tag im *Workshop Tropenmedizin*. »Falls Ihnen *hier* …«, sein Zeigefinger landete präzise wie ein Dartpfeil neben der Zeichnung eines Flachlandgorillas in Bamingui-Bangaron in der Zentralafrikanischen Republik, »… ein Triebwerk abfällt und Sie runter müssen.«

Eines von vielen Berufsrisiken, das die hausinterne Versicherung *SafeSkies* nur allzu freudig begrüßt.

»Wir empfehlen Ihnen dringend den Abschluss einer Fluguntauglichkeitsversicherung! Wenn Sie sich mit Ihrem Überseekoffer auf dem letzten Treppenabsatz Ihres Hausflurs etwas brechen, zahlt niemand. Denn *das* ist *noch nicht* Ihr Arbeitsweg! Der beginnt erst auf dem Bürgersteig. Ab *dort* ist es ein Arbeitsunfall. Die hohen Kosten der Police entstehen, weil Sie sich in derselben Schadensklasse befinden wie Pyrotechniker, Bombenentschärfer und Astronauten.«

Nach weiteren Horrorszenarien, in denen es unter anderem um in Hotelduschen lauernde Parasiten geht, die durch die Harnröhre des Mannes in den Körper eindringen und ein Multi-Organ-Versagen verursachen, reißt der gesamte Kurs dem Versicherungsmakler sämtliche Formulare aus den Händen. Ich natürlich auch.

»Viel Spaß in Ihrem schönen neuen Beruf!« Der *Safe-Skies*-Agent strahlt mich an, als ich mich zum Abschluss des steuerlich absetzbaren Premium-Komplett-Sicherheitspaketes *Schutzengel für Skyline-Engel* entschließe.

Ich fasse feierlich zusammen: In nur einer Woche bin ich endlich fertige Stewardess, deren Bestattungskosten mit bis zu fünf anreisenden Familienmitgliedern, auch auf Bali, innerhalb von vierundzwanzig Stunden gedeckt wären, inklusive Sofort-Cash für jeden, an jedem Geldautomaten weltweit.

Ich fühle mich meinem neuen Arbeitsplatz und natürlichem Lebensraum *endlich* ganz nahe. Der Welt zwischen First Class, 5th Avenue und Champs-Élysées!

Skyline – Meet the Angels.
Rundschreiben

Sehr geehrte Kolleginnen und Kollegen,

um weiteren Gerüchten entgegenzuwirken, möchten wir Sie offiziell darüber informieren, dass unser geschätzer Cockpit-Kollege, Herr Felix Hesse, dessen bis dato sexualstrafliche Unauffälligkeit wir auf das Deutlichste betonen möchten, sich derzeit in Untersuchungshaft in Houston befindet.
Um ähnlichen Vorkommnissen vorzubeugen, möchten wir Sie auffordern, beim Be- und Entkleiden in Ihren Hotelzimmern auf geschlossene Vorhänge zu achten oder die separaten Badezimmer zu nutzen, damit sich Nachbarn nicht gestört fühlen.
Vor allem bitten wir Sie, dies in den Bungalows des texanischen Golf-Ressorts »The Woodlands« sowie im Krüger Nationalpark auf der »Elephant Lodge« zu beachten.
Wir sind zuversichtlich, Ihren Kollegen, der sich aus unserer Sicht nichts hat zuschulden kommen lassen, bald wieder auf Europa-Strecken einsetzen zu können.
Grußkarten, Plüschtiere und ähnlich aufwendige Sendungen aus Ihren Reihen an Herrn Hesse leiten wir gerne weiter.

Leander Carreras, Skyline/Hotelkommission BRE
Hendrik von Metzingen-Miller, Skyline/Rechtsabteilung FRA
LL. M. (Harvard), J. D.

7.

»Ihr geht doch bloß zum Flughafen und fliegt los, oder?«

»What is the flight time?«
»Around eight hours.«
»So long?!«
»Yes, what did you think?«
»Three or four. Do we have to cross an ocean?!«
»Just the Atlantic.« (BOS – MUC)

Zum ersten Mal trage ich meine Skyline-Uniform. Nicht mit Nadeln gespickt auf einem kleinen entwürdigenden und gnadenlos kalt ausgeleuchteten Podest der Skyline-Kleiderkammer, sondern offiziell *im Dienst.*

Ich flaniere über die Basis wie über einen roten Teppich. So, als könne ich jederzeit von einem Papparazzi erwischt und dann in einer Boulevardzeitschrift neben der betrunkenen Lindsay Lohan, die gerade aus einem Club getragen wird, abgedruckt werden. Überschrift: *So hot!/So not.* (Überflüssig zu erwähnen, dass ich *»So hot!«* bin.)

Natürlich ist die völlig überzogene Kritik der Schnepfe alias Florinda von Metzingen an meinen drei kleinen unscheinbaren Speckfalten nicht spurlos an mir vorübergegangen. Nur, Schmunzelhasen zu beschaffen, so kurz nach Silvester, entpuppte sich als überraschend schwierig. Also musste ich, um bis heute in mein himmelblaues Skyline-Ensemble zu passen, auf alternative Methoden zur Gewichtsreduktion zurückgreifen: halbherziges Joggen durch den Odenwald, Grapefruitsaft und die vollständige Kollektion der »Du darfst«-Aufstriche. Leider mit nur mäßigem Erfolg.

Natürlich habe ich als Sofortmaßnahme auch Abschied von der *Snack-Insel* genommen, aber der Durchbruch kam erst mit den Standardwerken zu Heilfasten und magischer Kohlsuppen-Diät, die ich kilometerweit an Oder und Main entlang vom Buchhandel ins Hotel geschleppt habe. Und während ich stundenlang durch die faszinierenden Großaufnahmen von Fenchel-Rhabarber-Dinkel-Kompott, in Orangen-Couscous geschwenkten Tofuwürfeln, säuresenkendem Chicoree-Auflauf und Detox-Thunfisch-Tartar auf Knäckebrot blätterte, vergaß ich glatt das Essen. Was erst mal ausreicht, um zumindest Teile meiner Uniform nutzen zu können. Eigentlich trifft jeder seine persönliche Wahl zwischen einer Vielzahl von Einzelelementen: blaue oder weiße Bluse, Wickelrock, Hosenrock, Kleid oder Hose, mit Weste oder ohne … – es gibt mehr Kombinationsmöglichkeiten als bei Ikea-Modulküchen! So viele, dass es eigens ein kleines Buch mit Tabellen gibt, den *SkyStyle*, in denen lächelnde Smileys und welche mit schmerverzerrtem Gesicht zeigen, was wozu getragen werden darf.

Leider hat die Schnepfe *meine* persönliche Wahl durch ihren utopischen Konfektionsgrößenwahn empfindlich eingegrenzt. Den Rock bekam ich nach der Lieferung erst gar nicht über meine Schenkel und der dazugehörige Gürtel passt noch immer nicht ins letzte Loch, das Kleid ist zu kurz und der an sich locker schwingende Wickelrock erinnert bei mir noch immer an den Leggings-Look von Peggy Bundy.

Nur die Bundfaltenhose und das Sakko saßen sofort perfekt! Und das Beste: mein Hütchen! Wo sonst kann man heute noch Hüte tragen, ohne komisch angeguckt zu werden – außer in Berlin? Genau genommen ist es ein Kopfschiffchen, dem Airline-Look der Sechzigerjahre nachempfunden (Pan-Am-Retro-Stil!).

Nicht zu vergessen: die Schuhe. Ich habe mich für ein Paar schlichte hohe Pumps aus exquisitem Nappaleder entschieden, die man leider privat bezahlen muss, da man sie ja auch privat tragen *könnte*. (Als ob taubenblau die geeignete Komplementärfarbe zu meiner stonewashed Röhrenjeans wäre.) Aber da ich diesen Beruf ja nun bis an mein Lebensende ausüben werde, kann man schon mal zweihundert Euro ausgeben, finde ich. Das fliegt sich ja in null Komma nichts wieder rein.

Dummerweise sind sie noch ein bisschen eng, vermutlich muss man sie erst einfliegen. Und vielleicht auch ein bisschen hoch, aber als Stewardess ist der Blick aus großer Höhe ja jetzt quasi meine normale Perspektive. Ich werde einfach nicht oft runtersehen!

Während ich mich jetzt meinem ersten Einsatz und dem Eingang des Hauptgebäudes nähere, zupfe ich noch einmal mein Halstuch zurecht, damit der Knoten neckisch auf der Seite sitzt, die der Sonne zugewandt ist. So haben wir es gelernt. Ein bisschen unbehaglich zwar der Stoff, aber ich vermute, wenn man Tausende Flugbegleiter einkleiden muss, kann man nicht groß auf kostspielige Luxusfaser setzen – wie zum Beispiel Baumwolle. Gleiches gilt für die Bluse, die sich trotz Weichspüler und meiner akribischen Bügelarbeit noch immer ein wenig plastikhaft anfühlt.

Egal, heute ist mein erster Tag als Stewardess!

Kurz vor der gläsernen Drehtür zum Hauptgebäude im Stil eines Grandhotels stehe ich einen Moment lang einfach da und lasse das Treiben auf mich wirken. Vor der Kulisse rollender Jumbo-Jets laufen lauter Uniformierte herum, die aussehen wie ich. Das Gelände ist fast wie eine kleine Stadt. Die meisten ziehen Koffer hinter sich her, tippen im Gehen in ihr Handy, begrüßen oder verabschieden sich und einige Paare küssen sich sogar. Es ist genauso wie in *Catch me if you can* mit Leonardo di Caprio, als er sich als Pilot ausgibt!

Flüchtig betrachte ich mich noch einmal in der spiegelnden Glastür. Das goldene Namensschild gibt es leider erst nach bestandener Probezeit und so trage ich vorrübergehend einen unvorteilhaften »Trainee«-Button, der meinem Auftritt doch ein wenig den Glamour nimmt.

Egal, ich fühle mich privilegiert.

In der Agentur sitzen sie jetzt nämlich ganz langweilig vor ihren Rechnern. Beziehungsweise sitzt da noch gar keiner, wie ich mit Blick auf die große Uhr im Foyer feststelle, die immer *Greenwich Mean Time* anzeigt. Es ist darauf 2:30 Uhr, also 4:30 Uhr Frankfurter Ortszeit.

Hoffentlich gewöhne ich mich schnell an diese fliegerische Zeitrechnung und daran, ständig alles umrechnen zu müssen, als ginge meine Uhr falsch. Ich glaube, um diese Uhrzeit bin ich zuletzt nach der Abifeier wach gewesen, was aber alleine daran lag, dass das erstaunlich günstige Catering damals offenbar die Kühlkette der Tiefseegarnelen nicht vorschriftsmäßig eingehalten hatte.

Leider ist diese Arbeitszeit wohl unumgänglich, wenn man bis zweiundzwanzig Uhr abends vier Flüge schaffen will.

Denn so sieht mein erster Tag heute aus. Jeder aus dem Kurs hat zwei Einweisungsflüge zugeteilt bekommen, eine Kurz- und eine Langstrecke. Natürlich hat es fast Tote gegeben, als man seine Jungfernflüge selbstständig aus einem Becher ziehen durfte – Philipp behauptete, er habe gesehen, wie die Trainerin *Bora Bora* und *Havanna* auf Zettel geschrieben und hineingetan hatte. Komischerweise zog niemand diese Ziele. Ich bekam New York und war damit hochzufrieden.

Doch heute ist erst mal meine »Kurzstrecke« dran, die sich allerdings eher als Rauf-runter-Marathon erweist. Erst geht es nach München und zurück und dann noch Moskau hin und her.

»Entschuldigung …«, fragte ich vorsichtshalber nach der Verlosung, »ist das so richtig?«

»Ja, Sie fliegen eine Tagestour«, lautete die Antwort der *On the job-Trainerin*.

»In Ihrem Dienstplan werden Sie Tage finden, an denen Sie bis zu fünf Flüge durchführen, sogenannte *Tagestouren*. Die werden Sie auch im Rahmen von *Mehrtagestouren* finden. Bis zu fünf Tage kann man Sie von zu Hause wegschicken«, erklärte sie dann für alle, und mir dämmerte, dass das bis zu *fünfundzwanzig* Flüge in *fünf* Tagen bedeuten könnte.

Danach würde ich wohl keine Gewichtsprobleme mehr haben, was die Schneider-Schnepfe sicher vorausgesehen hat.

Ich tippele auf ein riesiges Display zu, das etliche Flüge anzeigt, im Gegensatz zu den Tafeln für Passagiere in Flughäfen allerdings mit Flugnummern und Kennungen der dazugehörigen Maschinen versehen ist: TXL, ARN, OTP, HAM, LIS … Nach einigem Suchen finde ich meinen Flug: die SL 760 von FRA nach MUC in der A-IMCL. Nicht die *Anton-Ida Martha Caesar Ludwig*, sondern die *Alpha-India Mike Charlie Lima*, gemäß dem phonetischen Alphabet in der Fliegersprache.

Allein beim Anblick der Flugnummer werde ich ganz kribbelig! Ich eile an die *FBTs*, die Flugbetriebsterminals, die mit einer Reihe von Computern bestückt sind, und checke mich mit meinem neuen glänzenden Lichtbildausweis ein.

»*Guten Morgen, Frau Charlotte Madeleine Loos!*«, erscheint in großen hellblauen Buchstaben meine persönliche Begrüßung auf dem Bildschirm. Ich drucke mir alles Wichtige aus: die Crewliste, auf der unter anderem die Sprachen vermerkt sind, die die einzelnen Besatzungsmitglieder sprechen, alle Abflug- und Ankunftszeiten meiner Flüge heute, die Buchungszahlen und die Pass- & Zollbestimmungen für den Flug nach Moskau heute Mittag.

Briefing in Raum 2 um 5:05 Uhr steht oben rechts, auf einer kleinen Miss Universe mit Köfferchen. Ich habe also noch ein paar Minuten Zeit. In der Cafeteria, dem *SkySalon*, herrscht bereits erstaunlich viel Betrieb.

»Es ist auch bekannt als *Café Wendehals*«, hatte Frau Dr. Hartmann einmal vielsagend lächelnd bemerkt. Und tatsächlich: Ich könnte den ganzen Tag einfach nur hier sitzen und die Stewardessen, Stewards, Pilotinnen und Piloten beobachten, die in hellblauen Sesseln sitzen, frisches Rührei mit Schnittlauch essen, Kaffee trinken und E-Mails an ihren Laptops checken.

Ich brauche unbedingt auch so eine schicke Gepäckausstattung! Die Damen haben mehrheitlich ein zierliches Flightkit in Chocolat dabei, eine Art robuster Aktenkoffer mit Rollen für das Nötigste an Bord. Die Männer ziehen schwarze Boardcases aus Leder oder quergestreiftem Metall hinter sich her, wie aus dem Blech nostalgischer Flugzeugkarosserien gefertigt.

Ich nehme mir ein Tablett. In einem Kühlschrank mit durchsichtiger Tür sind fein säuberlich kleine Flugzeugessen gestapelt – Alu-Schalen zum Aufheizen. Es werden sämtliche Special-Meals angeboten, die Skyline kostenlos zur Vorbestellung für Fluggäste im Programm hat – von koscherer über glutenfreie Kost bis hin zu Seafood- und Fruit-Meals. Ob es zu früh ist für ein indisches *Asian Vegetarian*? Ich vermisse schon jetzt die Sari-Kost im Flur vom SkySleep-Hotel. Nur noch diese letzte Woche wohnen wir dort zusammen, bevor jeder an seine Homebase geht.

Obwohl, lieber nicht. Ich halte mich zurück, sonst rieche ich gleich bei meinem ersten Einsatz nach Dal, den lecker gewürzten Linsen. Außerdem wird die Zeit jetzt doch so langsam knapp, und mein Magen ist eindeutig noch im Tiefschlaf. Ich stelle das Tablett wieder weg und gehe zu den Briefing-Räumen. Das Labyrinth aus Sperrholzwänden macht die Suche nach *Raum 2* nicht gerade einfach.

In den kleinen und großen Boxen stehen ausrangierte Skyline-Economy-Class-Sitze und bilden u-förmige Sitzgruppen. Manche sind leer, in anderen schütteln sich Crewmitglieder fröhlich die Hände oder lauschen den Worten des Pursers. Hier und da streift mich ein abwesender Blick oder ein aufmerksames freundliches Lächeln.

Endlich: Eine große grüne Zwei prangt auf einer der grauen Türen. Ich schreite – *So hot!* – auf sie zu.

Eine rothaarige Flugbegleiterin in einem Paar auffallend schöner marineblauer Manolos und ein sehr gepflegter grau melierter Mann mit goldenem Sigelring am Finger sitzen bereits da.

»Ah, da kommt unser Trainee-Scharlott, richtisch?«, begrüßt mich der Graumelierte herzlich und mit französischem Akzent. »Ich bin Antoine, der Chefsteward.«

Ich gebe ihm und der Rothaarigen, die folglich Ingrid sein muss, die Hand, bevor ich mich möglichst elegant in einen Sitz drapiere und versuche, nicht allzu neu auszusehen.

»*Alors*, was ist Eusch Übschen denn eute schon Positives passiert?«, eröffnet Antoine voller Elan sein Briefing.

Die Rothaarige schweigt ungerührt, und Antoine beginnt das Fragespiel bei sich: »Isch sum Beispiel abe einen Parkplatz *fantastique* gleisch neben die Gebäude gefunden.«

»Und ich habe den Briefingraum gefunden!«, platze ich heraus und bereue es gleich wieder, aber Antoine lacht freundlich, und die Rothaarige scheint sich von uns anstecken zu lassen. Sie erzählt, dass ihr Thermostat seit gestern wieder funktioniert und sie schon um 2:45 Uhr früh ein warmes Badezimmer hatte.

Dann beginnt Antoine mit dem formellen Teil: »*Bon*, ihr Lieben, isch begrüße eusch ganz erzlisch auf ünsere Flüge nach Münschen und Frankoforte *et* in die russische *Féderation, n'est pas?*« Gewinnend strahlt er in unsere kleine Runde und ordnet dann seine Unterlagen.

»Wir aben eute ein neues Crewmitglied – Scharlott – un isch offe, wir werden eine schöne Tag mit nette Passagiere aben. Mir is sehr wischtisch, dass ihr freundlisch seid zü die Gäst. Es is nich so schlimm, wenn mal etwas fehlt oder ihr etwas nisch wisst – aber seid *très gentilles*, bitte. Wer kann mir denn mal unsere Serviceverspresch an unsere Kunden nennen?«

Zu zweit würfeln Ingrid und ich sie zusammen: »Liebe zum Detail«, »Souveränität in Auftritt und Stil«, »spürbare Sicherheit«, »Respekt vor Status und Kultur …«

Antoine scheint sehr angetan. »*Magnifique*. Wir werden versuchen, das auch umsusetzen, auch wenn wir mal ein Tief aben, weil wir müde sind, *oui*?«

Jetzt, da er es erwähnt, merke ich, wie müde ich eigentlich bin. Meine Augen waren ganz klein und rot, als der Wecker nach nur drei Stunden Schlaf im Hotel klingelte und zusätzlich die Rezeption anrief, die ich sicherheitshalber auch mit dem Wake-up-Call beauftragt hatte.

»So, meine Lieben, wir aben ein *Pet in Cabin*, das bedeutet ein Und oder eine Katz an Bord. Ihr wisst, die Tiere müssen ausnahmslos im Körbschen bleiben. Warum, Scharlott?«

Obwohl er mich wohlwollend ansieht, kann ich spüren, wie ich vor Aufregung rote Wangen bekomme. »Weil ein anderer Gast eine Tierhaarallergie haben und einen anaphylaktischen Schock erleiden könnte«, zitiere ich flüssig aus den Transportvorschriften von Skyline.

Antoine nickt zufrieden. »*Oui, c'est ça*. Und *maintenant*, wir kommen *exactement* zum Thema: medizinischer Notfall. Ist eine von eusch besonders vorgebildet?«

Die Rothaarige meldet sich. »Ich war früher OP-Schwester.«

»*Superbe!*«, sagt Antoine erfreut. »Wir aben ja alle Kenntnisse in Erster Hilfe und meistern alles susammen – aber Ingrid ist also *aujourd'hui* unser Sahne'äubschen.« Er blättert in seinen Ausdrucken, und seine Augen gleiten über die lange Liste der Passagiere. »*Alors*, außerdem wir aben ein VIP der Bundeswehr au Bord, einen Sky Marshall und jede Menge Statuskunden. Bitte sprecht die Frequent Traveller, Gold Card Holder et cetera immer mit Namen an – isch gebe eusch später die PIL, auf der alle vermerkt sind. PIL heißt *Passenger Information List*, *n'est-ce pas*, Scharlott?«

Ich nicke, glühend vor Nervosität.

»Oh lala, jetzt aben wir ganz die Arbeitspositionen vergessen – Scharlott, du kommst su mir nach vorne, wenn du *d'accord* bist, Ingrid?«

Die Rothaarige nickt und lächelt mich zum ersten Mal an. Sie nimmt die Positionschecklisten vom Tisch und reicht mir meine.

Ich bin heute *Eins Rechts*. Die erste Tür rechts im Flugzeug ist also meine. Im Notfall muss ich von dort aus evakuieren und auch Antoine retten, falls er handlungsunfähig ist. Und den Kapitän. Und den Kopiloten. Oh Gott, hoffentlich vergesse ich keinen von denen. Das mit dem Rettungsgriff klappte ja zuletzt ganz gut.

Antoine notiert sich etwas. »Kommen wir zum wichtigsten aller Themen: *Emergency*. Ingrid, wie lauten die *commandes* bei einer Evakuierung?«

Wie aus der Pistole geschossen zählt Ingrid auf Deutsch und Englisch die Anweisungen auf, die wir notfalls den Passagieren ins Gesischt brüllen müssen.

»*Bon*. *Et*, Scharlott, woran denkst du kurz vor der Landung?« »Ich mache meinen *SkyCheck* – überlege, wo ich mich festhalte, falls der Flieger von der Bahn abkommt, wie ich die Türen öffne, welche Sprache die Leute sprechen, die um mich herumsitzen, falls ich ihre Hilfe brauche, um die Tür aufzudrücken, überlege, wo meine Taschenlampe ist, falls ich im Rauch nichts sehen sollte …«

Antoine winkt zufrieden ab. »*Merci!* Isch sehe, ihr seid fit! Daher nur noch ein kleiner *Point*: Bitte achtet darauf, dass die Leute ihre Flaschen aus dem Duty-free-Verkauf nicht in die Bins nach oben stauen, sondern *unter* ihre Sitze. Sonst fallen sie eusch auf die übsche Kopf. Oder dem Sky Marshall!«

Antoine verstaut seine Zettel in seinem Herren-Flight-Kit. »*Merci beaucoup, mes amis* – dann wünsch isch uns, dass eute nichts passiert und wir am Abend alle sufrieden *à la maison* gehen. *On y va?*«

Ich nehme meine Handtasche, meinen Gratis-Crew-Kakao und die Banane – meine einzigen Gepäckstücke für heute. Wir gehen durch die Drehtür hinüber in ein anderes Gebäude zur internen Sicherheitskontrolle.

Vor uns stehen schon einige Crews und verstauen ihre Schuhe, Gürtel, Laptops und Sakkos in grauen Boxen, die sie auf das Förderband stellen. Wir reihen uns ein.

Gottlob darf Flugpersonal unbegrenzt Flüssigkeiten *ohne* Gefrierbeutel im Handgepäck transportieren. Undenkbar, ich hätte meine Nagelfeile, mein Thermalspray und mein Dry-Environmental-Sanddorn-Fluid nicht immer griffbereit!

Vor dem Gebäude wartet schon ein Bus darauf, uns zur Maschine zu fahren. Während wir und unsere Kakaos mit beachtlichem Tempo kutschiert werden, betrachte ich die zweiseitige Checkliste in meiner Hand. Darauf sind rund dreißig Punkte verzeichnet, die ich vor Flugantritt alleine in meinem Arbeitsbereich überprüfen muss: Die Druckanzeige der Feuerlöscher, die Arbeitstasche mit den Utensilien zur Bombensuche, ob unter jedem Sitz eine Schwimmweste ist, ob die Notruftasten in den Toiletten funktionieren, genug Klopapier vorhanden ist und das Notfall-Kit bei Schweinegrippeverdacht griffbereit zur Verfügung steht.

Dann erreichen wir die A-IMCL. Aus der Nähe und von unten betrachtet, ist so ein Flugzeug noch viel imposanter, als man denkt. Über eine kleine Treppe steigen wir hinauf in die Fluggastbrücke und von da aus in die Maschine. Kurz werfe ich einen Blick die Gangway hinauf zum Terminal, das ich so gut wie nie zu sehen bekommen werde.

Dann begrüßen wir als Erstes die Piloten, die von einer anderen Maschine kamen und bereits an Bord sind. Wieder outet mich mein Button unschön als Neuling und der Kopilot fühlt sich berufen, mich mit einem Witz willkommen zu heißen:

»Treffen sich zwei Mäuse. Sagt die eine: ›Ich habe einen neuen Freund!‹ Sagt die andere: ›Zeig mir mal ein Foto!‹ Die erste Maus holt verschämt ein Bild hervor, und die zweite betrachtet es voller Entsetzen: ›Iiiiiiiiiiiiiih – eine Fledermaus!‹ ›Na und?‹, verteidigt sich die erste. ›Hauptsache, Pilot!‹«

Von jetzt an bis zum Einsteigen der Passagiere, bleiben uns gerade mal acht Minuten.

»Scharlott, wenn du fertig bist, baust du bitte die *Pots* auf?«, weist Antoine an.

Ich bemühe mich, schnell und mit zitternden Händen Milch, Zucker, Salz, Pfeffer und Becher auf den Plastikschienen anzuordnen, die im Flug rechts und links am Trolley befestigt werden. Da es für das Flugzeug der erste Start des Tages ist, hat das Catering alle Utensilien frisch gespült und eingeschweißt geliefert.

»Hast du die Seitschriften fertig?«, drängt Antoine.

Ich bin gerade mal dabei, die Kaffeekanne und die Eiszange aus der Folie zu zerren. Vor mir türmen sich drei ebenfalls eingeschweißte Stapel mit *Stern*, *Spiegel*, *Focus* und *Wirtschaftswoche*. Ich öffne sie, schneide mich an dem Plastikstriemen, der sie zusammenhält, und ziehe holprig den Aeroserver aus seinem Versteck, einen kleinen grauen Wagen mit zwei Etagen. In der Fluggastbrücke stelle ich ihn auf und bemühe mich, die circa zwanzig verschiedenen Tageszeitungen übersichtlich zu dekorieren.

»Unsere Gäste kommen«, sagt Antoine plötzlich über Lautsprecher, damit auch Ingrid hinten vorbereitet ist. Sofort nimmt sie ihre Position ein und lächelt mit offenem Blick in die Kabine.

Schon kommen Männer mit Koffer und Krawatte auf mich zu. Ich beziehe ebenfalls flugs meine Stellung neben Antoine an der Eingangstür und strahle ihnen entgegen.

»Guten Morgen!« Da, das war er – mein allererster Fluggast! Am liebsten würde ich ihm ein Schild umhängen und Konfetti auf ihn regnen lassen. Aber er ist nur unspektakulär in die *FAZ* vertieft und würdigt mich keines Blickes. Mensch um Mensch betritt den Flieger und mustert mich entweder intensiv oder ignoriert mich, stößt sich dabei den Kopf am Eingang oder versucht, über mich hinweg nach den Zeitschriften für die Businessclass zu greifen, die ich in die Küche auf eine Ablage gelegt habe. Mitfühlend setzt Antoine dem nach kurzer Zeit ein Ende und deckt sie mit einer Serviette ab, nachdem ein Mann mit seinem Manschettenknopf beim Angeln nach dem *Stern* in meinem Ohrring hängen bleibt.

»Keine Sorge, das lernst du noch«, flüstert Antoine mir ins unbeschädigte Ohr. »Die nehmen sich alles, was nicht festgeschraubt oder gut versteckt ist. Zuletzt hat einer meine private Packung Zigaretten mitgenommen und meine Handcreme.«

Alle zehn Sekunden stockt die Schlange, weil jemand sich und sein Gepäck sortiert und dabei in aller Seelenruhe im Gang stehen bleibt, statt erst mal in seine Reihe zu schlüpfen.

Die meisten sind freundlich, lächeln; Antoine macht

Scherze und versucht, zu jedem Einzelnen etwas Persönliches zu sagen. Wenn er einen spanischen Pass sieht, begrüßt er den Besitzer gleich mit: *»Buenas dias! Que tal?«*

Ich drücke derweil ein paar Kindern Comic-Hefte, Kinder-Sudoku und süße Plüsch-Kerosinchen in die Hand.

Als die Businessclass vorne voll besetzt scheint, schickt mich Antoine ins Getümmel: »Du kannst schon mit *Coolikes* gehen!« *Coolikes*, richtig – was war das noch gleich? Ich sehe mich hilflos um. Netterweise reicht mir der Chefsteward jetzt ein Körbchen mit den eingepackten feuchten Tüchern. Ich schnappe es mir, passe eine Lücke zwischen den Einsteigenden ab und steuere auf die erste Reihe zu.

Der Gast auf 1A telefoniert. Auf dem Schoß hat er Stift und Block und kritzelt aggressiv darauf herum. Soll ich ihn dabei stören? Besser nicht. Ich lasse ihm lieber ein paar Minuten und komme dann zurück. Ich starte also in Reihe zwei, als er sich auch schon umdreht und sein Gespräch verärgert unterbricht. »Hey!«

Ich eile mit dem Körbchen unverzüglich zurück und lächle ihn an: »Entschuldigung, ich wollte Sie nicht stören ...«

Wortlos nimmt er ein Tuch und guckt in sein Handy sprechend aus dem Fenster. »Ja, NEIN, er muss die Unterlagen vorher per Kurier ins Mailänder Büro schicken!«

Da die Leute mehrheitlich gar keine Reaktion zeigen, sondern in ihre Akten und auf BlackBerrys starren und beiläufig in den Korb greifen, weiß ich nicht, ob sie mich überhaupt alle verstehen und füge meinem: »Darf ich Ihnen ein feuchtes Tuch anbieten?« immer noch ein: *»Would you like a refreshment towel?«* hinzu.

Ich komme mir ziemlich blöd dabei vor. Ich meine, da biete ich in gleich zwei Sprachen fließend ein hübsch verpacktes deodorisiertes Zellstofftuch an und kaum einer würdigt es. Dabei kann man mit den Dingern so viel machen: Augen-Make-up entfernen, Schuhe putzen, Quark-Mandarinen-Reste von Taschenfederkernmatratzen lösen ... Wir haben es mit den Indern zusammen auf alles Mögliche getestet!

Der Mann in der letzten Reihe lächelt mich freundlich an. *»Grazie mille, Senorina ...«*

Während ich ihm das Körbchen mit ausgestreckten Armen hinhalte, landet ein Jackett auf meiner rechten Körperhälfte. Der Herr am Gang hat es einfach über mich geworfen. Vermutlich soll ich es aufhängen.

Ich eile mit Sakko und Körbchen zurück zur Garderobe, als der Telefonierende aus Reihe eins mit erhobenem Zeigefinger erneut etwas andeutet. Ich stelle das Körbchen ab und eile zu ihm. Er sieht mich nur an, als ob ich längst wissen müsste, was er möchte.

»Spiegel«, sagt er knapp, und ich bin mir nicht mal ganz sicher, ob das jetzt mir gilt oder er darin die Unterlagen des Mailänder Büros abgedruckt sehen will – denn er spricht kontinuierlich weiter in sein Handy und beobachtet, wie die Maschine an der Nachbarposition mit Kleinwagen beladen wird.

Glücklicherweise steht Antoine plötzlich neben mir, mit allen Zeitschriften auf dem Arm und übergibt mir den schweren Stapel. Unter dem Gewicht, das ich stark unterschätzt habe, sinke ich prompt ein.

Wieder lächle ich Reihe um Reihe an und frage, was es sein darf. »Kann ich Ihnen eine Zeitschrift anbieten? *Would you like a magazine?*«

»Was haben Sie denn?«, fragt ein älterer Herr mit Wohlstandsbauch und massiver Armbanduhr.

Ich zähle ihm das gesamte Repertoire auf: »*Stern*, *Spiegel*, *Focus*, *Wirtschaftswoche*, *Bunte*, *Gala*, *Capital*, *The Economist*, *TIME*, *Newsweek* …«

Er scheint unzufrieden mit der Auswahl, lässt sich dann aber doch herab zu ordern: »Geben Sie mir mal den *Stern* – und *Bunte* und *Gala* für meine Frau.«

Brav übergebe ich ihm die gewünschten Magazine, auch wenn weit und breit keine Frau an seiner Seite zu sehen ist. Er trägt nicht mal einen Ehering.

»Scharlott …« Wieder ist Antoine da, diesmal allerdings schaut er ganz schön ungehalten. »Beim Rollen machen wir nur noch *sicherheitsrelevante* Sachen! Keine Zeitschriften, keine Decken, keine Kissen! Du bist nicht versichert, wenn der Flieger bremst und du pürzelst mit eine Dreifachsalto durch die *cabine*!«, informiert er mich. »Das darfst du nicht! *Egal*, was die Gäste von dir wollen!«

Leicht geknickt folge ich ihm nach vorne in die Bordküche, die *Galley*. Ich hatte überhaupt nicht gemerkt, dass wir schon rollen. Eilig verstaue ich das übrig gebliebene Lesematerial.

Antoines Stimme erklingt nun über Lautsprecher im ganzen Flieger: »… möchten wir Sie jetzt noch mit den Sicherheitsvorkehrungen vertraut machen.«

Oh Gott, mein Einsatz! Wo sind meine Vorführsachen? Wo muss ich mich hinstellen? Antoine deutet auf die Ablage. Glück gehabt, er hat mir schon alles rausgelegt: Gurt, Karte und Sauerstoffmaske.

Brav demonstriere ich den silbernen Verschluss des Sitzgurtes – schließlich sind immer wieder Menschen an Bord, die noch nie geflogen sind. Und, das fand ich selbst ziemlich erstaunlich, im Notfall schaltet das menschliche Gehirn auf

Sparmodus. Wenn man sich dann nicht durch einen kurzen Blick vorm Start im Kurzzeitgedächtnis frisch eingeprägt hat, wie der Gurt zu öffnen ist, versuchen alle Menschen automatisch und minutenlang seitlich ihren Autogurt zu öffnen.

Zu Beginn des englischen Teils seiner Ansage gibt mir Antoine von hinten unerwartet einen kräftigen Schubs.

»Du musst pendeln!«, zischt er.

Oh, ach ja, verstehe. Ich husche mit der Maske vor zu dem Vorhang, der die Business von der Economyclass trennt, damit die Leute dahinter auch was sehen können.

Als wir endlich abheben, bin ich fix und fertig. Ruck, zuck sind wir Minuten später in der Luft, die Anschnallzeichen, die auch für uns gelten, gehen aus, und der Gurt von Antoine schnellt fast zeitgleich dazu nach oben. Hektisch springt er auf, zieht zwei Trolleys hervor und stellt sie auf.

»Die Wrecks!«, fordert er von mir. Ich schaue fahrig in ein paar der grauen Fächer, bis er ungeduldig selbst das richtige aufmacht und sie mir anreicht. Eilig befestige ich die kleinen Schienen, die ich vorher vorbereitet habe, an den Wagen und reiche Antoine die leeren Boxen, die er sogleich mit Eiswürfeln füllt.

»Du kannst Tee kochen!«, versucht er aus mir ein brauchbares Crewmitglied zu machen. Ich starre auf die vielen grauen Kästen. Es ist im Prinzip genau wie *Memory* spielen.

»Hier …« Wieder kommt mir Antoine zuvor und drückt mir große Beutel ostfriesischen Schwarztees in die Hand. Ich lasse sie in die Kannen fallen und fülle heißes Wasser hinein. Antoine hat in Windeseile beide Getränketrolleys vollständig aufgebaut und ist startklar. Ich fühle mich komplett nutzlos.

»Beginnst du dann in Reihe vier, Scharlott? Ich schaffe die Businessclass alleine.«

Ich öffne den blauen Vorhang zwischen Galley und Kabine und schiebe meinen Trolley hindurch. Reihe eins … – in Reihe zwei setzt eine Dame an, um bei mir zu bestellen. Ich muss anhalten, weil sie mit ihrem hochgestreckten Finger zwischen die Getränke fährt. »Was haben Sie da für Rotwein?«

Ich erkläre freundlich, dass, damit wir alle Reihen schaffen in der kurzen Flugzeit, ich weiter hinten in der Economyclass anfange und mein Kollege aber sofort bei ihr sein wird. Leider hat sie wenig Verständnis für unsere Arbeitsweise.

»In der Zeit, in der Sie mir so nett aus Ihrem Beruf erzählen, hätten Sie mir längst schon den Rotwein geben können!«, fällt sie mir schnippisch ins Wort.

Gott sei Dank ist Antoine jetzt auch in der Kabine. Er hat noch schnell das Cockpit mit Biscotti und Milchkaffee versorgt und erkennt routiniert meine Not. Mit einem souveränen Lächeln befreit er mich aus meiner misslichen Lage:

»Madame Sixt, ich bin gleich bei Ihnen, einen winzigen Moment bitte noch!« Mit einer Minigeste, versteckt hinter der Kaffeekanne, gibt er mir zu verstehen, ich solle weitergehen.

Endlich schaffe ich es bis hinter den Vorhang. Reihe vier scheint komplett zu schlafen. Sicher sind es Umsteiger von der Langstrecke. Ich klappere ein bisschen und sehe mehrmals über die Reihen rechts und links. Keine Reaktion. Ich schiebe mich vor in Reihe fünf und trete auf die Bremse. Aus Reihe vier ertönt ein ärgerliches, mir fast schon vertrautes »Hey, haben Sie mich vergessen?!« Der Herr am Gang ist aufgewacht.

Ich ziehe meinen Trolley zurück in seine Reihe – sehr zur Enttäuschung von Reihe fünf, in der ein anderer Mann nun bereits angefangen hat, seinen Getränkewunsch zu äußern.

Ich lächle den Erwachten entschuldigend an. »Verzeihung, Sie sahen aus, als würden Sie …«

»Cola light. Und einen Kaffee, bitte«, kommt er muffig zum Wesentlichen.

»Gerne. Möchten Sie Eis und Zitrone zur Cola?« Er nickt, und ich reiche ihm den Kaffee. »Möchten Sie Milch und Zucker dazu? Oder Süßstoff?« »Zucker«, sagt er barsch. Ich reiche ihm alles und schiebe mich wieder vor in Reihe fünf.

»So, der Herr, jetzt bin ich ganz bei Ihnen! Was kann ich Ihnen zu trinken anbieten?«

»Du kannst weiter«, säuselt es hinter mir mit französischem Akzent. Hat Antoine etwa schon die gesamte Businessclass versorgt? Ich habe gerade mal eineinhalb Passagiere geschafft! »Lass mir diesmal drei Reihen frei, Scharlott.«

Ich schubse meinen Trolley vor bis in Reihe neun – unter den verständnislosen Blicken der Leute in Reihe sechs, sieben und acht, an denen ich vorbeifahren muss, ohne nach ihren Wünschen zu fragen. Sie interpretieren es zweifelsfrei so, als wäre ich für sie zuständig und Antoine nur dazu da, um ihnen Sekunden später nachzuschenken.

Hier und da deute ich hinter mich und entschuldige mich laufend: »Einen kleinen Moment, bitte, mein Kollege wird Sie bedienen.«

Verdammt, ist der Gang eng! Ich manövriere meinen Trolley vorsichtig Zentimeter um Zentimeter nach vorn. Der Flieger liegt ganz ruhig in der Luft. Nicht auszudenken, es herrschten auch noch Turbulenzen …

Meine Räder verhaken sich in den Henkeln von Handtaschen und Rucksäcken und werden durch herumliegende Zeitungen und heruntergefallene Kissen gebremst. In den Gang gestreckte Beine blockieren meinen Weg teils völlig. Hier und da stoße ich versehentlich mit 0,1 Stundenkilometer an einen Fuß oder ein Knie. Ich kann unmöglich rechts und links gleichzeitig gucken, zumal über die ganzen Säfte und Flaschen hinweg. Die Betroffenen blinzeln kurz, stöhnen genervt und werfen mir hasserfüllte Blicke zu. Andere, die ich zärtlich antippe, um sie darauf aufmerksam zu machen, dass ich nicht vorbeikomme, ignorieren mich schlichtweg.

Endlich bin ich in Reihe neun. »Was möchten Sie gerne trinken?« »Kannst weiter …« Antoine hat schon wieder aufgeschlossen. Ich komme mir vor wie eine Vollversagerin.

Die nächsten zwei Reihen übernehme ich endlich alleine und stoße dann auf Ingrid, die von hinten angefangen und auf mich zugearbeitet hat.

»Na, gefällt es dir?«, fragt sie lächelnd.

»Ganz toll!«, strahle ich und möchte am liebsten heulen.

Ich ziehe meinen Trolley in Zeitlupe zurück, wobei die hervorstehende Eiszange regelmäßig am Kopfteil der Gangsitze hängen bleibt. Ein kantiger Ellbogen prallt schmerzhaft gegen meinen Po. Es ist Millimeterarbeit, mit der man auch prima als Außenwette bei »Wetten dass …?« auftreten könnte.

Nassgeschwitzt erreiche ich nach gefühlten zwanzig Minuten wieder die vordere Galley. Antoine hat bereits seinen Trolley abgebaut, schnappt sich meinen und drückt mir die »Waste« in die Hand, einen leeren Trolley mit einer Mülltüte darin, und stellt einen leeren Einschub obendrauf, in dem ich die sperrigen Becher sammeln und ineinanderstecken kann.

»Alles *d'accord*, Scharlott?«

»Ja, alles *très bien*!«, strahle ich ihn an, und diesmal spüre ich fast die Tränen in mir aufsteigen.

Dann gehe ich zurück in die Kabine. Das »Wasten« geht schon deutlich besser. Brav reichen mir fast alle Menschen ihre Becher an, ich sage artig Danke und lächle milde in grantige, verschlafene Gesichter.

Ein Mann mit selbstbewusstem Mittelstandsunternehmen-Igel-Haarschnitt sieht nicht einmal auf und hält nur stumm seinen Becher in die Höhe, während er ein Memo liest. Trotzdem bedanke ich mich reflexartig, was mir fatalerweise seine Aufmerksamkeit einbringt.

»Sie bedanken sich auch noch für den Müll?«, fühlt er sich berufen festzustellen, und schon ist mein winziges Hoch wieder dahin. Ich spüre, dass ich zwei Möglichkeiten habe: Ich breche auf der Stelle vollends in Tränen aus, oder ich gebe Kontra. Mein Lächeln gefriert schlagartig, und alleine das tut gut.

»Ich bedanke mich nicht für den Müll, sondern schlichtweg für *das Anreichen* des Mülls!«, gebe ich ihm zu verstehen.

Er schüttelt mitleidig den Kopf und versinkt wieder in sein Memo. Trotzdem geht es mir gleich ein bisschen besser. Immerhin habe ich diesen, wie ich finde, doch recht schlagfertigen Satz nicht nur gedacht, sondern auch ausgesprochen. Und zwar ohne ihm so nahe zu treten, dass er sich beschweren könnte.

Unser Airbus 320, die *Backnang*, ist jetzt stark im Sinkflug. Ich habe großen Druck auf den Ohren, und mein Körper wird unangenehm von allen Seiten zusammengedrückt. Im Flugzeug zu stehen fühlt sich an wie in einer Presse. Der Flieger zieht kräftig nach links in eine Kurve, und in der

Galley, auf die ich zum letzten Mal für diesen Flug zusteuere, sind nur kleine Bullaugen in der Tür, so dass ich die Orientierung verliere. In der Kabine kann man wenigstens durch die Passagierfenster die bayerischen Baumwipfel sehen und die Allianz-Arena. Oh je, mir wird schlecht. Furchtbar schlecht.

»... alle mitgebrachten elektronischen Geräte wieder auszuschalten, die Rückenlehnen in eine aufrechte Position zu bringen und die Tische vor sich hochzuklappen«, hallt Antoines Stimme fröhlich französisch durch die frühmorgendliche Kabine. »Gehst du checken, Scharlott?«

Ich wanke, jetzt grün statt rot im Gesicht durch die Kabine. Ich finde, das hier ist ein ziemlicher Alptraum ... Na ja, erste Arbeitstage sind ja nie besonders toll, oder? Ich warte einfach mal ab, bis ich in New York bin. Oder in Bangkok oder Mailand ...

Auf den nächsten drei Flügen an diesem Tag läuft es dann auch wesentlich flüssiger, und abends um zweiundzwanzig Uhr hält die Crew sogar eine kleine Überraschung für mich parat: Aus Keksen, Milch und Pralinen mit Werbeaufdruck für Hedgefonds haben Antoine und Ingrid mir in den kleinen Öfen einen Kuchen gebacken.

Die Piloten haben zwischendurch gewechselt, und ich habe sie alle im Prinzip nur jeweils kurz gesehen, als wir uns die Hände geschüttelt haben. Ingrid hat aus einem trockenen Schwammtuch ein Herz ausgeschnitten, das sie mit orangefarbenen Zollplomben zu einer Kette verarbeitet hat.

»Das soll aussehen wie ein Lebkuchenherz – von wegen Oktoberfest und so ...«, erläutert sie. »Weil dein richtiger Jungfernflug doch heute früh nach München ging und die Stadt deine neue Heimat wird.«

Always happy landings! Bisous, Antoine et Ingrid steht darauf, geschrieben mit Skyline-Kugelschreiber. Dazu schenken sie mir ein neu verschweißtes Kerosinchen.

Ich bin richtig gerührt. Feierlich hängt Antoine mir das Herz um, wie einem Olympiasieger die Goldmedaille. Dann stoßen wir mit TAO an – und, weil ja Feierabend ist, mit ein bisschen *Chateau la Dame Blanche Haut Médoc 2004* aus der Businessclass, den die schnippische Frau in Reihe zwei heute früh für uns vorgekostet hat.

Ich bin flügge!

Vollkommen erschöpft setze ich mich für den letzten Schluck Rotwein in einen Business-Sitz. Ingrid schaut mit mütterlichem Blick auf mich hinunter.

»War alles ganz schön viel heute, was?«

»Nein, nein …«, winke ich gequält lächelnd ab. »Also, doch schon. Aber das ist es nicht … Meine Schuhe bringen mich um!«

Wie gebannt starrt Ingrid auf meine Füße und wird auf der Stelle kreidebleich. »Hast du die Dinger etwa die ganze Zeit angehabt?!«

»Ja, natürlich, du doch auch …«

Mein Blick gleitet hinab zu ihren Knöcheln, dahin, wo noch heute früh die atemberaubenden Manolos in Marineblau waren. Jetzt trägt sie abgewetzte Ballerinas.

»Kind!«, schreit sie völlig entsetzt, so dass Antoine sich an seiner Saftkreation verschluckt.

»Du musst doch *Galley-Schlappen* haben! Du brichst dir ja die Haxen! Die hohen Hacken trägt man nur im Briefing und auf Flughäfen – sobald du an Bord bist, wechselst du zu was Flachem!«

Skyline – Meet the Angels.
Rundschreiben

Sehr geehrte Kolleginnen und Kollegen,

leider müssen wir erneut daran erinnern, dass zur weißen Bluse das gelbe oder blaue Halstuch und zur blauen Bluse nur das gelbe Halstuch getragen werden darf.
Accessoires wie Perlenketten sind leider kein adäquater Ersatz! Auch müssen wir das Tragen von »total wichtigen esoterischen Biotransformern zur Strahlenabwehr und Umwandlung negativer Energien durch unfreundliche Gäste an Bord« untersagen.
Wir bemühen uns intensiv um die Verbesserung der stofflichen Qualität der Halstücher, durch Hinzufügen eines Baumwollanteils zu den bisherigen 100% Polyester.
Darüber hinaus sind die im Bordverkauf erhältlichen Artikel »Diamantcollier Schlange« und »Halskette 3 Karat USB-Speicherstick mit GPS-Funktion« im Dienst nicht zulässig.
Wir freuen uns natürlich sehr, dass Ihnen diese Artikel in so großer Zahl zusagen, möchten Sie aber bitten, diese ausschließlich in Ihre private Garderobe aufzunehmen.

Florinda von Metzingen-Miller
Skyline/Kleiderkammer FRA

Einige Transatlantikflüge später …

Sie erlauben die kurze Zwischenlandung. Leider ist meine Geschichte zu lang, um sie nonstop zu erzählen. Ich hoffe aber, dass Sie auch auf dem zweiten Streckenabschnitt rundum zufrieden sein werden mit dem Service!

8.

»Zum Start muss doch nur mein Handy aus, oder?«

»Welcome on board, good evening, Sir!«
»Can't be too good, since you're working here, right?«
(MUC – LCA)

Wenn ich *jetzt sofort* kündige …

Vor genau drei Jahren zitterte ich vor Spannung, als ich meine Einladung zum Assessment-Center aus dem Briefumschlag zog. Und jetzt zittere ich wieder. Allerdings nicht vor Aufregung, sondern vor Wut. Ich dachte anfangs wirklich (ungefähr eine ganze Woche lang), ich begrüße täglich in drei Sprachen und zwei Dialekten charmante Manager in *Boss Black*, die mich großzügig auf ihre Yacht einladen, und Frauen, die in schicken Tropenoutfits nach Bamingui-Bangoran reisen und mich fragen, woher ich diesen unglaublich leuchtenden Lippenstift habe.

Stattdessen: Vielflieger-Kinder, die bockig die Arme verschränken und raunzen: »Hab ich schon …«, wenn man ihnen ein Kerosinchen-Puzzle hinhält, und Frauen, die mich beschimpfen, wenn die Maschine mal eine Außenposition hat und sie im Regen einen halben Meter von der überdachten Treppe aus zum Shuttle-Bus laufen müssen.

Und Männer, die sich weigern, zu Start und Landung ihre elektronischen Geräte auszuschalten. So wie jetzt.

Ich wähle einen strengen Bundestagsabgeordneten-Tonfall, der keine Zweifel daran lässt, dass ich es ernst meine: »Würden Sie bitte Ihren iPod ausschalten?«

Meiner persönlichen Statistik nach ist es ziemlich unwichtig zu wissen, wie man an Bord mit einer Notaxt umgeht oder den Laptop-Brand eines Lithium-Ionen-Akkus löscht (inzwischen mein Spezialgebiet!), sondern viel mehr, wie man alltägliche Bedrohungen abwendet. Konkret, die durch Kleinelektroartikel und ihre Benutzer.

Ich bewahre uns mal wieder alle vor dem Schlimmsten, und keiner dankt es mir! Nicht einmal merken tut es einer. Der Typ mit seinem iPod, der jetzt vor mir sitzt, schon gar nicht.

Das ist wie auf der Langstrecke, wenn ich den Müttern besorgt rate, ihre Babys nicht mit dem Kopf zum Gang ins Baby-Bassinet zu legen, weil jemand dagegenstoßen oder heißer Kaffee vom Trolley die zarte Babyhaut verbrühen könnte – und es interessiert sie nicht. Manche fühlen sich sogar angegriffen, weil ich mich in ihre Erziehungsmethoden einmische. Demnächst drehe ich einfach nachts, wenn alle schlafen, heimlich alle Babys andersherum.

Drastische Maßnahmen erscheinen mir auch jetzt die geeignete Methode zu sein. Ich habe eine Szene wie diese inzwischen Hunderte Male erlebt. Das macht sie jedoch nicht weniger anstrengend. Im Gegenteil.

Autoritär rücke ich mein schmales Namensschild zurecht. Nach der dritten Falschlieferung habe ich entschieden, dass es besser ist, *C. Lo* zu sein als niemand. Immerhin klingt das fast wie *J. Lo* und ist damit doch wieder ganz cool. Ich hatte sogar gehofft, es könnte mein Markenzeichen werden. Die Leute würden über die Basis laufen und sagen: »Hey, bist du auch schon mal mit *C. Lo* geflogen?«

Aber der einzige Vorteil, der sich bis heute daraus ergeben hat, ist, dass es bei Beschwerden zu »C. Lo« keine Akte gibt. (Nicht, dass das schon mal vorgekommen wäre, aber rein theoretisch …)

Inzwischen verstehe ich es sogar, in Situationen wie dieser die erforderliche Strenge mit der richtigen Dosis Eleganz zu vermischen, wozu nicht unwesentlich das *City-Gloss Melone* auf meinen Lippen und der Besitz meines neuen Überseekoffers beiträgt: der *Sky Wheeler/Panama-Kanal-Edition*. (Ich glaube, in der aktuellen Staffel *Germany's next Topmodel* haben sie die Gleichen!). So dürfte auch für Außenstehende wie den Gast vor mir kein Zweifel daran bestehen, dass er es mit einem welterfahrenen Skyline-Engel zu tun hat, der nicht zu Scherzen aufgelegt ist.

Also nochmal: »Hören Sie, auch ein iPod ist ein elektronisches Gerät und muss *bitte* zu Start und Landung ausgeschaltet werden.«

Mit antrainierter Endzeit-Miene schiebe ich auf der letzten Silbe mein Halstuch in Richtung aufgehender Sonne und mache das Bin über dem speckigen Mann im rosa Polohemd mit lautem Knall zu, damit schon mal ein bisschen »Wir starten gleich«-Flair aufkommt und er erkennt, dass es höchste Zeit ist, auf mich statt auf Britney Spears zu hören. Dazu klackere ich in Aufbruchstimmung mit meinem neuen Glitzer-Bracelet aus dem Bordverkauf. (Ein traumhaftes Bettelarmband mit diesen niedlichen Pandora-Anhängern, das ich natürlich perfekt auf mein Outfit abgestimmt habe: ein Reisepass, ein Globus und ein Koffer aus neunhundertfünfundzwanziger Sterling Silber baumeln schon daran. Den Eiffelturm mit Streben aus Blattgold und das strassbesetzte Taj Mahal habe ich im SkyShop vorbestellt.)

Den Typen vor mir beeindruckt nichts von alledem – er wechselt in aller Seelenruhe die Playlist. Ich versuche wirklich, meinen Standpunkt so diplomatisch und unmissverständlich durchzusetzen wie Kelly McGillis in *Top Gun*, die es »alle sechs Wochen mit zwanzig neuen Draufgängern zu tun hat«. Habe ich nämlich auf jedem Flug. Nur, dass bei mir keiner kommt und sagt: »Hören Sie ihr gut zu – denn das Pentagon hört ihr sehr gut zu.« Himmel, war ich enttäuscht, als ich erfuhr, dass der Film lediglich ein Schachzug der Reagan-Ära war, um für die Rüstungsindustrie und das ramponierte Image der echten Kampfjetpiloten zu werben.

Was bildet sich mein Gegner hier also ein? Alleine wegen meiner schönen, gut sichtbaren Beine verscherzen Männer es sich im Regelfall eigentlich nicht leichtfertig mit mir. Ich trage nämlich das Kleid, mit dem man mich inzwischen ohne Retusche in der Boulevardpresse abdrucken könnte: »Zu den diesjährigen Oscars erschien C. Lo in Rio by Janeiro.« Der hellblaue Stoff fällt fluffig über meine Schenkel, umschmeichelt meinen flachen Bauch und schmiegt sich wie Chiffon um meine Hüften.

Ich bin damit die Basis rauf- und runterspaziert und habe in der Kleiderkammer drei Tuchringe, einen extra Trageriemen für meine Handtasche und zwei silberne Haarspangen aus nostalgischem Flugzeugwellblech bestellt, nur damit die Schneider-Schnepfe meine neuen Modellmaße bewundern kann. Aber sie war kein einziges Mal im Dienst, und jetzt warte ich noch immer auf die Zustellung meiner Schuhputzbürste aus voll verzinktem Propellerstahl.

So ein Kleiderkonto ist wirklich super. Jeden Monat zieht mir Skyline vom Gehalt automatisch einen kleinen Betrag ab und verdoppelt diesen. Dafür kann man dann shoppen. Und sparen nützt rein gar nichts, weil das, was nicht ausgegeben wird, am Ende des Jahres verfällt. Ich finde, das ist ein sehr frauenfreundliches Prinzip! Gut, man bekommt dafür jetzt keine Riemchensandalen in Koralle, sondern nur Uniformteile, aber eine quasi kostenlose himmelblaue Fliegerstrickjacke vom neuseeländischen Merinofeinwollschaf – wer hat die schon? (Also, außer den anderen zwölftausend Stewardessen, natürlich.)

Der uneinsichtige Typ vor mir jedenfalls nicht. Er überprüft mit der linken Hand den Härtegrad seines Stehkragens, während er mit der rechten über das Rad seines iPod streicht. Ich muss schon sagen, der hat echt die Ruhe weg.

Ich habe noch nie verstanden, woher manche Menschen diese tiefenentspannte Haltung nehmen. Ehrlich gesagt beneide ich sie ein wenig darum. Ich habe mir nie etwas zuschulden kommen lassen, aber grundsätzlich ein schlechtes Gewissen, wenn ich einen Polizisten oder andere Ordnungshüter auch nur aus der Ferne sehe. Da steige ich auch auf ausgewiesenen Radwanderwegen im Naherholungsgebiet Emscher-Park automatisch vom Rad ab. Und jedes Mal, wenn Männer in schlichten Kapuzenjacken in die U-Bahn steigen und sich unauffällig umsehen, bekomme ich kardiale Arhythmien. Obwohl ich ein Isar-Card-Abo Gesamtnetz habe.

Nicht im Traum würde mir einfallen, mich an Bord eines Verkehrsflugzeugs irgendwelchen Regeln zu widersetzen, so dass die Stewardess kommen und mich persönlich darauf hinweisen muss. Erst recht nicht, wenn ich nichts mit der

Fliegerei zu tun hätte und die fatalen Folgen ja gar nicht einschätzen könnte!

Unbeeindruckt wippt der Typ mit seinem Fuß, der in italienischem Schnürschuhwerk steckt, stopft seine kleinen weißen In-Ear-Headphones noch tiefer in seine Gehörgänge und tut, als gäbe es mich gar nicht. Das wird keine schöne Sache mit uns beiden – er, der klassische Apple *iProll*, und ich, die klassische Konfliktvermeiderin.

Dass ich dieser Kategorie angehöre, weiß ich seit dem Skyline-Seminar »Menschen in der Luft – Energievampire in 30 000 Fuß«. Der Dozent meinte schon in der ersten großen Pause, dass ich dringend an meiner Harmoniesucht arbeiten und akzeptieren müsse, dass es Menschen gibt, die Reibungen gezielt suchen (um ihr prodominantes Unter-Ego zu beschützen oder so).

Fest steht jedenfalls, dass das hier wieder ein Teil meines Stewardessen-Alltags ist, den ich mir anders vorgestellt hatte. Ganz anders, nämlich gar nicht in dieser Form.

Könnte gut sein, dass Erich Wildberger damals so was gemeint hat, als er von irgendwelchen dubiosen negativen Seiten der Fliegerei sprach. Das müssen die echt in ihre Verträge schreiben, dass man sich den Hafenblick in Hongkong damit verdienen muss, einem arroganten Unsympathen mit Pomade im Haar (und ich glaube auch, gegelten Augenbrauen) zu erklären, dass er für fünf Minuten auf Dolby-Surround-Sound zu verzichten hat.

Außerdem steht auf jedem einzelnen Ticket rückseitig ausdrücklich: »Den Anweisungen des Bordpersonals ist Folge zu leisten.« Und das wäre dann wohl ich. Zumal mich ständig Menschen ansprechen, die überzeugt sind, die vorne auf der Bordkarte blass abgebildete Japanerin sei ich, und mir zu meinem ungewöhnlich rosigem Teint in natura gratulieren.

Das hier sollte alles anders laufen. Und zwar so wie auf den riesigen Werbeplakaten von Skyline: Eine ausgeschlafene, ihren Job über alles liebende Flugbegleiterin in einer Thrombose vorbeugenden Strumpfhose der Stützklasse drei reicht einem gut gekleideten Pärchen den Brotkorb. Das Paar strahlt vor lichtdurchflutetem Hintergrund dankbar zurück, der durchtrainierte Mann greift nach einem Fruchtplunder, und alle freuen sich auf Paris. Nette Passagiere, nettes Personal. Und das alles für nur neunundneunzig Euro. *Enjoy every mile. Skyline.*

Nur leider genieße *ich* hier wenig. Vor allem keinen Respekt. Natürlich unterscheiden sich auch Werbeplakate so sehr von der Realität wie TV-Spots, aber ich glaube, es ist nur menschlich, dass man immer wieder darauf reinfällt. Anders ließe sich der konstante Absatz von Enthaarungscremes auch gar nicht erklären.

»Kommen Sie, dann müsste ja hier jeder seine Quarzuhr ausschalten!«, schnauzt er jetzt unvermittelt und scheint endlich auch von mir ein wenig genervt zu sein.

Unfassbar! Er sollte sich lieber mal bedanken, dass ich ihn so energisch auf sein Fehlverhalten hinweise, das uns alle in nur wenigen Sekunden sinnlos in den Tod reißen könnte, noch bevor hier irgendjemand eine »Apfelschorle, aber mit stillem Wasser und mehr Saft als Wasser« bei mir bestellen kann. Und ich hoffe, dafür hat er dann keine neunundneunzig, sondern mindestens dreihundertsiebenundzwanzig Euro bezahlt.

Durchatmen. Ich werde mich nicht provozieren lassen. Ich werde professionell reagieren, deeskalieren und dabei mit meinen neuen Strähnchen in »Chocolate-Chip-Cookie-Braun« vom Friseur von Katie Holmes aus Boston glänzen.

»Kommen Sie, das ist doch wirklich albern heutzutage«, mault der iProll jetzt weiter, wobei er quasi in meinen Bauchnabel hineinspricht. Dann hebt er gnädig den Kopf und blitzt mich provokant-schmierig an.

Solche Männer schaffen es echt, dass ich mich elend fühle. Dabei sind Stewardessen und Stewards nur sekundär mit dem Service beschäftigt und primär Sicherheitsbeauftragte. Und auch wenn man das nicht weiß, müsste der Typ doch spüren, dass ich eine uniformierte und vom Luftfahrtbundesamt aufwendig autorisierte Person auf gefährlich hohen Schuhen bin! (Auf den flachen war ich bei Turbulenzen doch zu kipplig unterwegs …)

Mal überlegen, wie hier deeskaliert werden kann. In verfahrenen Situationen wie diesen kann es hilfreich sein, einen Stift fallen zu lassen und sich danach zu bücken, um die Spannungen zu lösen. Oder in die Knie zu gehen, um dem im Grunde hilflos in seinem Sitz auf sich zurückgeworfenen Gast ein Gefühl von gleicher Augenhöhe zu geben. Im Grunde steckt sowieso hinter siebzig Prozent aller Übergriffe auf Flugbegleiter reine Flugangst. Zumindest laut dem Seminar »Der Gast als emotionaler Terrorist«.

Ich betrachte den iProll genauer, kann aber keins der Symptome ausmachen, die sein Verhalten auf etwas anderes zurückführen ließen als auf pure Arroganz. Weder hat er sich diskret an mich gewendet und mir anvertraut, er habe seit drei Tagen Verstopfung aus Angst vor dem Geräusch, wenn das Fahrwerk einfährt, noch sehe ich kalten Schweiß auf seiner Stirn oder dass sich seine Hände bleich um die Armlehnen krampfen. Im Gegenteil. Er scheint jetzt irgendwas Schmissiges zu hören, beugt sich mit seiner solariumgebräunten Haut vor, holt zwei Dragees aus seiner Laptoptasche und grinst mich offensiv an:

»Aber Kaugummi kauen darf ich doch, oder?«

Also, das ist ja echt das Letzte! Das hier ist immer noch mein Flugzeug – ich stelle hier die Fragen! Und jetzt – oh Gott – zwinkert er mir auch noch zu! Glaubt der etwa, ich wäre korrupt?!

Vertraulich beugt er seine hundert Kilo weiter zu mir vor und hält den iPod zwischen Daumen, Zeige- und Mittelfinger, so dass ich ihn aus der Nähe betrachten kann.

»DAS ist ein iPod – und kein Handy! Da muss nichts aus!«, belehrt er mich.

Ich spüre, wie mein Herzschlag sich unangenehm beschleunigt und mein Mund ganz trocken wird. Ich versuche, mich an meine im Zentrum des Inneren Glücks in Mumbai erlernte Atemtechnik zu erinnern und *durch* mein Scheitel-Chakra *hinter* die Wut zu ventilieren.

Nicht, dass ich keine Antwort auf seine irrelevante Anmerkung wüsste. Ich könnte sogar zwischen den Antworten *wählen* und stundenlang über die empfindliche Bordelektronik im Allgemeinen und mein Lieblingsargument im Besonderen plaudern: Die Tatsache, dass er der Letzte wäre, der es mitbekäme, wenn das Heck des Flugzeugs beim Start in Brand geraten und alles in neunzig Sekunden evakuiert werden müsste!

Das ist wirklich schon passiert: Hinten wurde gelöscht, vorne sang Billy Joel noch fröhlich *»We didn't start the fire«*. Der betreffende Gast einer amerikanischen Airline merkte es erst, als er von seinem Fensterplatz aus alle anderen Gäste sah, die ihre angesengten Koffer auf dem Vorfeld sortierten.

Später hat er die Airline verklagt, weil man ihn nicht hinreichend darüber aufgeklärt habe, dass MP3-Player zu Start und Landung auszuschalten sind *und* er die Schallschutz isolierten Kopfhörer von Bang & Olufsen hätte absetzen müssen.

Eine juristische Grauzone, der ich meine Karriere nicht opfern werde!

»Was machen Sie denn, wenn ich es nicht mache, hm?« Offenbar ist der iProll nun zu allem bereit. Außer zur Einsicht. Zum Zeichen, dass seine Frage rein rhetorisch ist, lässt er seine speckigen Finger wieder über sein kleines Wunder gleiten und dreht den Lautstärkeregler auf Maximum.

Dass ich in Momenten wie diesen den Gedanken an Kündigung hege, ist natürlich nicht nur auf diesen einen läppischen Fall gezielter Renitenz zurückzuführen, sondern auf eine simple Hochrechnung: Fünf Flüge am Tag und fünf Tage Dienst am Stück bedeuten nämlich (bei Zugrundelegung eines Durchschnittswertes von rund zwei iProlls pro Flug und Start und Landung) rund *einhundert* Aufständische während eines einzigen Umlaufs.

Ich fühle mich wie Bill Murray in *Und täglich grüßt das Murmeltier*. Nur, dass bei mir täglich das Megabyte grüßt. Also, der BlackBerry. Oder das E-Book. Oder das iPhone. Oder das iPad. Oder die PlayStation. Oder … also, Herzschrittmacher sind natürlich okay. Die sieht man ja auch nicht. Aber der Punkt ist doch: Das Ganze ist eine revolutionäre *Bewegung*. So wie früher die Atomkraftgegner: Atomkraft, *nein danke!*

Man sollte in die Sicherheitsansagen an Bord wirklich einbauen, *wie* elektronische *Geräte* abzuschalten sind. Ich würde bei der Vorführung meine Arme hoch über den Kopf heben und statt einer Schwimmweste einen vorzugsweise in Stratosphäre-Hellblau gehaltenen iPod nano in die Luft halten, auf dem ich drei Sekunden lang die Pause-/Play-Taste drücke und zusätzlich, nach Dunkelwerden des Displays, oben noch die Tastensperre verriegele.

Aber ich werde mir meinen Tag von diesem Miesepeter nicht vermiesen lassen! Ich musste heute früh nämlich erst um sechs Uhr aufstehen (für Skyline-Verhältnisse ein Sonntag) und werde heute Nachmittag in Venedig auf dem Markusplatz sitzen und für acht Euro fünfzig einen Cappuccino trinken! Und der Stewardessenschreck hier wird zeitgleich in irgendeinem langweiligen Meeting in Mörfelden-Walldorf hocken. So sieht's nämlich aus.

Ich beschließe, ihm die Problematik einfach zu erklären (obwohl ich Männer in rosa Polohemden generell nicht für sehr lernfähig halte). Als ich ansetze, nimmt er immerhin großzügig einen Stöpsel aus dem Ohr, und ich beginne leidenschaftlich mit meinen Ausführungen zu den für ihn im Notfall eventuell nicht hörbaren Evakuierungskommandos und der Pantomime einer verkohlten Leiche mit schallschutzisolierten Kopfhörern.

Als ich mit einer dramatischen Pause ende, urteilt er:

»Ach, das glauben Sie doch wohl selbst nicht!«

Wirklich, jede noch so nachsichtige Grundschullehrerin mit Aszendent Krebs würde das Ding jetzt einkassieren. Dann mache ich es eben auch mal wie die Japaner – ich werde die nächsthöhere Instanz zurate ziehen.

Entschlossen marschiere ich nach vorne in die Galley und unterrichte Mark, den heutigen Purser, über den Ernst der Lage.

»Hast du ihn denn nett gebeten?«

»Ja.«

»Hast du ihm erklärt, warum …«

»Jaaaaaaa …«

»Charlotte, dann machen wir jetzt einfach erst einmal die Sicherheitsvorführung, und dann kannst du ja nochmal nach ihm sehen, okay?«

Nochmal nach ihm sehen? Man sieht nach süßen kleinen Kindern, die womöglich ein zweites Fläschchen wollen. Aber nicht nach fiesen Typen, denen jeder Anblick lieber ist als meiner. Deeskaliert der Purser etwa mich?!

Ich finde das äußerst unbefriedigend. Ich will, dass der iProll eine Verwarnung kriegt – diesen tollen vorgedruckten Brief, den der Kapitän unterschreiben muss und der ihn darüber aufklärt, dass er sich unmöglich verhält und er sich mir unterwerfen muss und dass er ansonsten notfalls mit Polizeigewalt in Handschellen …

Vielleicht hat Mark ja Recht. Ein wenig Abstand wird mir guttun. Rückzug. Und vielleicht ist es ja auch so, dass der iProll nur nicht unter meiner Aufsicht, sondern von ganz alleine bestimmen möchte, wann er sein elektronisches Gerät ausschaltet. Ich glaube, das ist überhaupt für viele Männer wichtig – das Gefühl zu haben, die Kontrolle zu behalten und nicht bevormundet zu werden.

»Guck mal …«, hat mich eine Purserette auf einem Flug kurz vor Istanbul getröstet, als ich nach einer ähnlichen Szene in eine Kotztüte geatmet und von zehn an rückwärts gezählt habe.

»Das sind Machtmenschen – Alphatierchen! Die sind in Führungspositionen, leben ihre cholerischen Launen den ganzen Tag an Sekretärin, Ehefrau und sonstigen Untergebenen aus, und dann kommst du und sagst ihnen, sie sollen dir bitte ihre Bordkarte zeigen, da zwei Personen zu viel in der Businessclass sitzen. Natürlich flippen so Leute da aus.«

Ich fand, sie war sehr weise. Auch weil sie meinte, man hätte kein Pech mit Männern, sondern Männer *seien* das Pech, was ja auch viel logischer sei.

Ich werfe dem iProll einen letzten mahnenden Blick zu und hole mein Demo-Kit hervor. Da wir nur innerdeutsch fliegen und uns somit nicht über neunzig Kilometer von einer Küste entfernen, ist das Vorführen der Schwimmweste überflüssig. (Natürlich besteht eine geringe Chance, dass wir in der Oder oder im Starnberger See landen, aber da muss dann jeder selber sehen, wie er zur Roseninsel schwimmt.)

Hoffentlich denkt der iProll jetzt nicht, dass ich vor ihm flüchte oder ihm gar seinen Willen lasse. Bis jetzt lässt er jedenfalls nicht erkennen, dass er seine unflexible Haltung überdenkt. Er sitzt unverändert da, schließt genießerisch die Augen und lehnt sich entspannt zurück. Spontan wünsche ich mir diverse Szenarien aus Katatstrophenfilmen herbei – dann würden wir schon sehen, wer hier weiß, wo die Leuchtpistole ist.

»… möchten wir Sie jetzt mit unseren Sicherheitsvorkehrungen vertraut machen«, hallt es durch den Flieger.

Ich eile an meine Vorführposition, den Notausgang.

»*Ladies and Gentleman, and now for a few safety tips!* Wir zeigen Ihnen nun, wie Sie Ihren Sitzgurt schließen und wieder öffnen können. *We will now show you, how to fasten and unfasten your seatbelt.*«

Synchron zur Lautsprecherstimme demonstriere ich den Verschluss des Gurtes und lasse gleichzeitig meinen Blick über den Fußraum an den Notfenstern gleiten. In kaum einer Reihe liegt Handgepäck auf dem Boden. Nur in den insgesamt vier Sitzreihen an den Notausgängen hängen Jacken, liegen Koffer, Zeitungen und Henkeltaschen und geben eine wunderbare Todesfalle ab. Und dann hieße es wieder: »Alle siebenundachtzig Opfer verbrannten, ein Opfer rutschte auf der *Financial Times Deutschland* aus und wurde zu Tode getrampelt«, wie in irgendwelchen mallorquinischen Diskotheken, bei denen ständig Feuerschutztüren durch Sangria-Fässer versperrt sind.

Während ich mir überlege, wo im Flieger ich den großen schwarzen Koffer und die XXL-Bag noch unterbringe, die ich jetzt sehe, lasse ich gekonnt die Sauerstoffmaske fallen – sie streift ganz leicht den oberen Rand einer Zeitung. Der Mann, der sie liest, wirft wiederum mir über den Rand seines Häagar-Comics hinweg einen Blick zu, der mich in eine Folterkammer ins Mittelalter verbannt.

Auch die Frauen reagieren extrem genervt, als ich ihnen nach der Demonstration mit Engelszungen mitteile, dass sie ihre Taschen zu Start und Landung *bitte* nach oben verstauen müssten, da sie an einem Notausgang sitzen. Dass jedoch ich das selbstverständlich gerne für sie übernehme und sie noch in Ruhe herausnehmen können, was sie augenblicklich brauchen. Während ich mich bemühe, diesen unglücklichen Umstand mit einem strahlenden Lächeln für alle Betroffenen erträglich zu machen, kassiere ich Augenrollen, genervtes Seufzen, bekomme die XXL-Bag wortlos entgegengeknallt, und die Dame ganz am Fenster, mit Nadelstreifenanzug und Ilona-Christen-Brille, sagt, dass sie nicht bereit ist, auch nur »das Nötigste« abzugeben.

In genau so einem Moment muss Steven Slater ausgeflippt sein. Dieser amerikanische Flugbegleiter, der sich ein Bier aus der Küche nahm, die Flugzeugtür aufriss und einfach auf der Notrutsche nach draußen geflüchtet ist. Und dann in allen Medien war, weil eine Initiative für ihn gegründet wurde, die sich für mehr Respekt gegenüber Menschen in Serviceberufen einsetzt und es sich zum Ziel gesetzt hat, ihn aus der U-Haft zu befreien.

Die Leute machen es einem wirklich nicht leicht, in bester Rettungsabsicht zu sein. Dabei hätten die Damen am Notausgang sich den Schock ersparen können. Denn wenn man einen kurzen Blick auf die vielen roten Schilder überall mit »Emergency Exit« und das hübsche Piktogramm mit dick durchgekreuztem Gepäck neben sich werfen würde, wäre die Überraschung weniger monumental.

Aber die meisten Menschen realisieren gar nicht, dass sie an einem Fenster sitzen, das sich bei Gefahr ganz einfach komplett hinauswerfen lässt, so dass man bequem aussteigen und auf der Tragfläche auf Hilfe warten kann. (Wie man am Beispiel Notlandung auf dem Hudson River sieht, kommt das sehr wohl vor.)

Ilona hält ihre Tasche fest umklammert, presst ihre Lippen energisch aufeinander und sieht mich feindselig an. »Ich werde sie behalten ...«

»Das verstehe ich, nur leider sitzen Sie am Notausgang und ...«

»Gut. Dann besorgen Sie mir einen anderen Sitzplatz!«

Ich sehe mich verzweifelt um, der Flieger ist komplett ausgebucht. »Leider habe ich für Sie keinen anderen Platz mehr. Aber es ist ja nur kurz für die Zeit des Startens. Sie können die Tasche in der Luft gleich wieder zu sich nehmen«, versuche ich einzulenken, als müsste ich einer trotzenden Dreijährigen im Spielzeuggeschäft eine unerschwingliche Prinzessin-Lilifee-Figur in Überlebensgröße entlocken.

Wortlos hält sie mir schließlich ihren riesigen schwarzen Beutel entgegen und denkt gar nicht daran, sich dafür zu bedanken, dass ich die gefühlten fünf Kilo nach oben hieve, wo ich zuvor umständlich herumräumen muss, um irgendwie noch etwas Platz zu schaffen. Bestimmt holt sie im Notfall erst die Tasche, anstatt das Fenster zu öffnen …

So, das wäre geschafft. Jetzt muss ich nur noch den schwarzen Trolley nach vorne schleppen. Ist das die neue *Sky Wheeler/Orient-Express-Edition* in Mattbeige?! Ich hoffe bloß, dass in der Business-Garderobe noch Platz ist. Ansonsten werde ich dem Besitzer beibringen müssen, dass sein ohnehin viel zu großes Gepäckstück nach unten ins Belly verladen wird, nachdem er es doch so mühsam bis in die Kabine geschleust hat.

Mark ist nicht nur Purser, sondern auch ein schwules Double von David Beckham, weswegen ich ein wenig abgelenkt war, als er mir beim Einsteigen der Gäste anbot, dass ausnahmsweise ich die Ansagen machen dürfe und er die Sicherheitsvorführung übernehmen würde und auch das Checken.

Eine ebenso charmante wie seltene Offerte, aber natürlich habe ich, typisch für mich, heldenhaft abgewunken und so etwas gesagt wie: »Ach, Quatsch. Trink du nur in Ruhe deinen Kaffee aus, ich mache das total gerne.«

Sonst hätte *er* jetzt den Kram hier an der Backe. Im Übrigen bin ich mir sicher, dass der iProll auf einen Mann von vornherein ganz anders reagiert.

Der Flieger rollt sachte zurück – Pushback. Da so ein Flugzeug von alleine nur vorwärts rollen kann, gibt es ein kleines Auto, das uns mit einer Stange rückwärts aus der Parkposition schiebt. Ein Vorgang, bei dem elektronische Geräte *längst* aus sein müssen. Eigentlich sobald die Flugzeugtüren schließen, was man daran erkennt, dass die kleinen gelben Lämpchen, die die Reihennummer anzeigen, ausgehen. Das kann man als Gast natürlich nicht wissen. Deswegen gibt es ja mich – und die Ansage, die Mark jetzt macht:

»… möchten wir Sie bitten, *noch einmal zu überprüfen*, ob Ihre elektronischen Geräte wirklich ausgeschaltet sind.«

So, jetzt ist es offiziell. Ich mache mich ans Checken.

Die Kontrollgänge vor Start und Landung sind auch ohne Notfenster und iProll wirklich mit das Undankbarste, was die moderne Luftfahrt zu bieten hat – neben der Aufgabe, der letzten Sitzreihe auf der Langstrecke zu erklären, dass es kein Auswahlessen mehr gibt, sondern nur noch Penne mit Pesto.

Ich lasse meine Augen sanftmütig über Sitzgurte, Tische und Rückenlehnen schweifen und bewahre auch hier alle vor Schaden. Genauer einem Klapptisch in ihrer Milz, im Falle eines Startabbruchs.

»Wären Sie so freundlich, sich noch anzuschnallen?«, spreche ich einen bärtigen Herrn im weißen Leinenhemd an.

»Bin ich!«, giftet der zurück.

Ich schrecke kurz zusammen, lasse aber meinen Blick unverwandt auf dem lose in den Gang baumelnden Gurtende ruhen.

»Oh …« Peinlich berührt fingert er hektisch danach, um seinen Irrtum schnellstens zu beheben.

Die meisten Passagiere, das muss man auch mal sagen, sind jedoch keine Querulanten, sondern sogar so pflichtbewusst, dass sie ihre Hände, Decken und Pullover entgegenkommend anheben, sobald ich in Sichtweite bin. Um mir zu beweisen, dass sie angeschnallt sind. Nicht selten ein amüsanter Moment, denn bei im Übereifer zu hoch gezogener Bekleidung enthüllen nicht wenige ihre Kaiserschnitt- und Blinddarmnarben oder die Einstellung, dass sie BHs für eine unnötige Anschaffung halten.

Da wären wir wieder, Reihe siebzehn.

Der iProll schlägt die Augen auf, so dass auszuschließen ist, dass ihn ein Wachkoma daran hindert, einen kurzen Druck auf die Play-/Pause-Taste auszuüben und die Stöpsel aus seiner Eustachischen Röhre zu nehmen.

Ich setze eine Bürgerkriegsmiene auf. Er hingegen starrt gezielt auf mein Dekolleté und lässt dann abschätzig seinen Blick über meinen gesamten Körper gleiten.

»Ich fordere Sie letztmalig auf, Ihren iPod auszumachen – ich kann die Kabine sonst nicht klar melden. Ich erkläre es Ihnen hiermit noch einmal höflich, dann erklärt es Ihnen der Kapitän.« Und in einem sehr versöhnlichen *Zwei-bei-Kallwass*-Ton füge ich noch hinzu: »Sobald die Anschnallzeichen erlöschen, können Sie ihn ja gleich wieder benutzen.«

Bei diesem Satz werfe ich gewichtig dem Sitznachbarn des iProlls einen Blick zu – mein auserkorener Kronzeuge im Falle eines Prozesses. Ich sehe uns schon alle drei in einem holzvertäfelten Gerichtssaal sitzen, wie ich der Staatsanwaltschaft aufmerksam zuhöre und den iProll, der auch dort das Ovatorium Opus 51 von David Johann Nepomuk mit Paarbeckenbesetzung hört.

»Ach, das ist doch Dummsinn!« Der Beklagte verschränkt bockig die Arme.

Na schön, ich kann auch anders. Ich will gerade eine Weltuntergangsdrehung auf meinen High Heels Richtung Cockpit vollziehen, da erhebt sich plötzlich ein tätowierter muskulöser Mann aus der Reihe direkt vor uns, angelt nach dem iPod, drückt auf die Play-/Pause-Taste und verriegelt akkurat die Tastensperre.

»Mann, du Kaspar – jetzt pack endlich deine Scheiß-Spice-Girls weg!!!«

Hochgradig beleidigt wickelt der iProll zackig seine Stöpsel um sein elektronisches Gerät. Ich sagte ja, dass er vermutlich auf einen Mann ganz anders reagiert.

Ermutigt von so viel Zivilcourage, fangen jetzt auch andere Gäste um uns herum lautstark an zu wettern: »Wegen Ihnen verpassen wir hier alle unsere Termine!«

Auch meine nächsthöhere Instanz sieht nach seinem zweiten Kaffee besorgt in die Kabine und fragt: »Gibt es ein Problem?«

Ich verneine lächelnd. »Der Herr hier musste nur noch kurz seinen iPod ausstellen.«

Wir eilen zu unseren Jumpseats, und ich schaue noch schnell, ob niemand mehr in den Toiletten ist und alle Boxen und Trolleys verknebelt sind. Dann lasse ich mich erschöpft auf meinen Swivel Seat fallen, von dem aus ich von hinten beim Start die Kabine einsehen kann. Sorgsam ziehe ich meinen Vierpunktgurt fest und melde mit erhobenem Daumen nach vorne klar. Vielleicht nehme ich später gleich zwei Cappuccino in Venedig. Ich finde, die habe ich mir verdient.

Der Kapitän gibt Schub, und schon rasen wir über die Startbahn.

Wir sind gerade in der Luft, da sehe ich, wie eine Frau am Notausgang halb stehend nach einer XXL-Chanel-Bag über sich angelt und sich ein speckiger Typ im rosa Polohemd abschnallt und mitten im Steigflug nach vorne in Richtung Toilette marschiert.

Free Steven!!!

Skyline – Meet the Angels.
Rundschreiben

Liebe Kolleginnen und Kollegen,

zum Winter hin möchten wir Sie an ein paar Regeln zur »Uniform-Trageordnung September bis Februar« erinnern.
Auch bei Minusgraden möchten wir Sie bitten, auf Stulpen sowie Overknees aus Strick zu verzichten, selbst wenn dies »auf MTV auch überall« zu sehen ist, insbesondere zum Etui-Kleid im Kennedy-Stil.
Sollten Sie ein ausgeprägtes Kälteempfinden haben, steht Ihnen im Rahmen Ihrer Uniform eine hochwertige Merinofeinwollschafjacke zur Verfügung, die mit einem Alpaka-Schal ergänzt wird.
Die Bezahlung erfolgt automatisch von Ihrem Kleiderkonto.
Bitte planen Sie aktuell eine Lieferfrist von 1–2 Wochen ein, da es bei unserem Zulieferer in Neuseeland aufgrund der Maul- und Klauenseuche derzeit zu Engpässen kommt.

Ich wünsche Ihnen, besonders bei der aktuellen Schneelage, »Always Happy Landings!«

Florinda von Metzingen-Miller
Skyline/Kleiderkammer FRA

9.

»Ihr seid doch immer nur in Flughafenhotels, oder?«

»You have a fuckin' job, have you?«
(JFK – MUC)

Flughafenhotels sind gar nicht mal so schlecht. Allerdings kann ich das nur vermuten, denn ich habe noch keines je von innen gesehen. Für mich sind das sagenumwobene Orte, an denen man auf Bildschirmen in der Lobby verfolgen kann, ob die erworbenen Hohlsaumstickereien und das handgearbeitete Kastagnetten-Set aus Las Palmas doch noch auf Band fünf angekommen sind.

Daneben gibt es Langzeitparkplätze, Jetlag-Massagen und bunte Werbeschilder, die an Ausfahrten für Mietwagen mit *Park, Sleep & Fly!* werben oder unschöne Erfindungen wie dem *Early Bird Breakfast*. Nichts also, wovon ich mich angezogen fühlen könnte.

Ich möchte nicht parken und bin nach Atlantiküberquerungen sehr aufs Ausschlafen bedacht. Auch lege ich noch gegen zehn Uhr Wert auf ein Schafskäse-Schnittlauch-Omelette oder eine belgische Waffel und sehe danach gerne ein bisschen was von der Gegend – wenn ich schon mal in Tokio bin. Da wäre eine wenig zentrale Lage neben den Quick Check-in-Automaten der japanischen *YAL* doch eher hinderlich.

Außerdem bin ich durch Skyline inzwischen unglaublich verwöhnt, was die internationale Hotellerie angeht. Das muss man mal ganz klar so sagen. Unsere Vertragshotels nämlich haben so wohlklingende Namen wie *Hyatt*, *Hilton*, *Kempinski* und *Marriott*. Luxuriöse Etablissements, in denen man schon mal den Emir von Bahrain zu Gesicht bekommt, eine prachtvoll mit Henna bemalte Braut der Mumbaier Oberschicht oder Brad Pitt, der in Los Angeles mit mir im Aufzug stand und den ich zunächst für den Liftboy hielt. Netterweise hat er trotzdem die Vierzehn für mich gedrückt.

Meine Bekanntschaften mit Zimmernachbarn, die in Flughafenhotels absteigen und extra aus dem Saarland zur Messe »Kunststoff und Kautschuk« angereist sind, halten sich also in Grenzen. Und das Beste: Jedes Crewmitglied bewohnt in den Skyline-Hotels ganz alleine ein Doppelzimmer! Anfangs dachte ich, ein derart ausgeprägter Anspruch auf Privatsphäre bestünde nur nach bestandener Probezeit. Immerhin ist die Belegung eines Doppelzimmers durch eine einzelne Person betriebswirtschaftlich betrachtet ganz schön unrentabel.

Also war ich in Newark lieber erst mal dem Kapitän aufs Zimmer gefolgt, der mich auch anstandslos mit reinnahm. Wir stellten dann aber schnell fest, dass wir verschiedene Interpretationen der Sachlage hatten. Ein zusätzlicher Schock, nachdem ich bereits hatte feststellen müssen, dass mein Jungfernflug doch nicht so richtig nach New York ging. Ich wähnte mich schon Hot Dog essend neben jeder Menge Broker auf der Wall Street, als ich erfuhr, dass es neben JFK noch zwei weitere Flughäfen gibt: LaGuardia und Newark in New Jersey, wo ich dann letzten Endes saß. Also, so was Trostloses habe ich ja noch nie gesehen!

Fakt ist, dass mir in einem Flughafenhotel erspart geblieben wäre, was mir dann bei meinem ersten richtigen New-York-Aufenthalt passiert ist und um ein Haar wieder zu meiner Kündigung geführt hätte. Immerhin war ich noch in der Probezeit – eine im Übrigen wenig selbstbestimmte Lebensphase, in der man mit einem kleinen blauen Schnellhefter herumläuft und sich von Gott und der Welt schriftlich dafür bewerten lässt, wie gut man die Schminktipps aus der *BRIGITTE* beherrscht und den Füllstand der Weißweingläser in der Businessclass bei Turbulenzen im Auge hat.

Das Beinahe-Ende meiner fabelhaften Zeit als Stewardess jedenfalls sah so aus, dass ich mit einer kleinen weißen Plastikkarte in der Hand verzweifelt über den Times Square raste und manisch das Wort *Marriott!* ausstieß. Noch dazu mit einem Erdbeer-Smoothie in meiner Linken, der ständig auf meine Kleidung schwappte, was mich aussehen ließ, als hätte ich ein Highschool-Massaker verschuldet. Ein Zustand, den ich mir nicht hatte träumen lassen, als wir am Vorabend zwischen Broadway und Ecke Seventh Avenue im Crewhotel ankamen.

Kaum waren wir aus dem Crewbus gestiegen und in der Lobby angekommen, entrissen alle dem Purser die Zimmerschlüssel, zogen Einkaufslisten hervor und verabschiedeten sich unter hektischem »Muss mich schnell umziehen, UGG-Boots besorgen in Chestnut …«, »Schnell rüber zur Fifth zu Abercrombie …« und »Muss Karten abholen für *König der Löwen* nachher!« auf ihre Zimmer beziehungsweise in die Straßenschluchten des Big Apple.

Time is Shopping.

Na gut, dann würde ich eben den nächsten Aufzug nehmen, ich war sowieso hundemüde und fix und fertig vom Flug und den vielen neuen Eindrücken, so dass es mir vorerst einfach reichte, nur da zu sein. Wahnsinn, morgens war ich noch in Sendling aufgewacht, abends schlief ich mit Blick auf den Hudson River ein.

In dieser Zeit war ich mir noch nicht sicher, was nun besser war: Der lange Kurzstreckentag mit den vier Flügen oder acht Stunden gefangen in der Economyclass, inmitten von rund zweihundert Menschen, die mich alle andauernd für zuständig halten und gerne auch mal bei drei verschiedenen Stewardessen gleichzeitig einen neuen Kopfhörer in Auftrag geben.

Unter den Kollegen gab es offen bekennende Kurz- *oder* Langstreckenfans. Ich hingegen versuchte, mich einfach auf die positiven Seiten des Berufes zu konzentrieren. Und dazu reichte an jenem Abend die Tatsache, dass ich es tatsächlich von den einsamen Nächten mit dem Dobermann bis nach Manhattan vor einen Fernseher geschafft hatte, auf dem die *Ellen DeGeneres-Show* lief.

Dank zugiger Einfachverglasung wachte ich am nächsten Morgen von nervigen Polizeisirenen auf. Auf meiner linken Wange prangte der tiefe Abdruck meiner Fliegerspange, da ich noch in Uniform eingeschlafen war, und meine Locken kräuselten sich wie Korkenzieher, denn die Feuchtigkeit des tief unter mir liegenden Hudson hatte sich in jede Pore des Zimmers gefressen. Und auch in meine neue Wellblechhaarspange, die großflächigen Rost aufwies. Das nächste Mal kaufe ich für das Geld doch lieber noch eine dritte Merinofeinwollschafjacke oder am besten gleich ein echtes Schaf aus Wellington.

Entsetzt stellte ich fest, dass seit dem Abend unserer Ankunft bereits zwölf kostbare Stunden vergangen waren und mir damit nur noch genau viereinhalb freie Stunden verblieben, bis es an den Rückflug ging. Die Kehrseite von Nichtflughafenhotels ist nämlich, dass man je nach Verkehrslage noch zwischen ein und zwei Stunden ins zentral gelegene Hotel fahren muss, was die Aufenthaltsdauer unerfreulich mindert.

In Windeseile streifte ich mir die Uniform ab, stellte die Klimaanlage an, duschte, zog Rock und T-Shirt aus meinem Koffer, der für alle Eventualitäten gepackt war, und stürzte ins Freie.

Am Anfang denkt man echt noch, man ginge in Mailand in die Scala, in Paris ins Moulin Rouge und reite an der Copacabana entlang, was selbstverständlich so viele verschiedene Outfits erfordert, wie Mattel sie sonst für Themen-Barbies entwirft.

Nachdem ich die nach künstlichen Zimtschnecken, flavourisiertem Kaffee und Abgasen riechende Luft eingeatmet hatte, war ich wie beseelt von einem Gedanken: Teil dieser pulsierenden Stadt zu werden. Und etwas zu Essen finden.

Grobe Fahrlässigkeit, sage ich heute.

Meine erste Amtshandlung war dann auch der überstürzte Kauf einiger Rollen Bin-Laden-Klopapier, von dem ich mir sicher war, dass es im europäischen Einzelhandel schwer erhältlich ist. Die verbleibenden Stunden würden viel zu schnell vorbeigehen in einer Stadt voll solcher Wunder, und ich wollte ja auch kulturell so viel wie möglich mitnehmen.

Also ließ ich mich zwischen dem Museum of Modern Art, Ground Zero und einem zauberhaften Restaurant treiben, das bis dreizehn Uhr ein fulminantes Frühstück anbot: *Blue-*

berry pancakes, *scrambled eggs* mit *hash browns*, *homemade original swiss Bircher Muesli* und *freshly squeezed orange juice* aus Gläsern, was man in Zusammenhang mit den USA durchaus hervorheben muss.

Ich war frei, ich war spontan, ich war in New York City!

Ich persönlich finde ja Menschen, die im Voraus planen, sterbenslangweilig. So Leute, die Frühbuchertarife nutzen, jedes Jahr zur selben Zeit mit denselben Freunden in den Skiurlaub nach Leutasch fahren oder einen Job anstreben, bei dem man im Vorstellungsgespräch gefragt wird: »Wo sehen Sie sich in zehn Jahren?«

Den würde ich im Leben nicht antreten. Da kann man nämlich davon ausgehen, dass man genau zehn Jahre später noch auf derselben Etage des Unternehmens arbeitet, in der einem diese Frage gestellt worden ist. Eine Arbeitsatmosphäre wie in *Stromberg*, wo der Filterkaffee schon durchläuft, wenn er im Trenchcoat ins Büro kommt und die Versetzung nach Finsdorf droht.

Mein kulinarisches Sightseeing rundete ich mit einem Strawberry Frappuccino mit extra *whipped cream* ab und besorgte mir die *New York Times*, mit der ich ein bisschen herumsaß – ohne sie zu lesen. Mein politisches, wirtschaftliches und gesellschaftliches Vokabular war damals noch ein wenig schwach, und es ging ja vor allem um das *Feeling*.

Schnell wurde es dann auch Zeit zum Hotel zurückzukehren; New York ist wirklich eines der kürzesten Layover bei Skyline. Wenn man am Ankunftstag spätnachmittags wieder in München aufwacht, denkt man, alles war nur ein Traum.

Und dann passierte der Alptraum.

Minuten später fuchtelte ich mit einer kleinen weißen

Karte, nämlich meinem Zimmerschlüssel, panisch vor einem Cop herum.

»Marriott!«, stammelte ich mit zitternder Stimme. Das war das Einzige, was ich mir gemerkt hatte. Dass ich mit Skyline in New York bin und im Marriott residiere und nicht im Waldorf-Astoria, das sicher besser zu finden gewesen wäre. Oder eines dieser weithin gut sichtbaren Flughafenhotels!

Warum hatte ich mir nicht wenigstens ganz grob die Fassade gemerkt? Alles war voller Gebäude! Ich wusste keine Adresse und nicht einmal meine Zimmernummer, ja nicht einmal meine Etage (nicht ganz unwesentlich in einer Stadt voller Wolkenkratzer). Mein Großstadt-Feeling verschwand schlagartig und wurde ersetzt durch ein fieses *Kevin allein in New York*-Gefühl.

Dummerweise stellte sich auch noch heraus, dass mein Freund und Helfer keine echte Streife war, sondern nur eine Promotion für ein neues Polizeimusical: *COPS – The new CATS!* Ein Hindernis, das ich hätte bemerken können, denn »Officer Man Hattan« trug zu Sakko und Schlagstock eine kurze Hose und ein Lederhalsband, dass sirenenhaft blau-rot aufleuchtete.

Der nächste Polizist, den ich erwischte, war echt, aber nicht sehr viel kompetenter. Mit verhärteten Gesichtszügen und rot leuchtenden Frappuccino-Masern stand ich vor ihm. Und mit ein paar lose wehenden Dollarnoten in meinem Top, denn man soll ja alles im Safe lassen und nur wenig Bargeld mitnehmen, das man Gangstern notfalls geben kann, damit sie nicht enttäuscht sind und einen gleich erschießen.

Offensichtlich hielt er mich für eine Stripperin. Dann für eine Irre. Dann für eine irre Stripperin. Schließlich wurde er etwas kooperativer – vermutlich, weil ich mich sekundenschnell empathisch auf ihn einstellte, so wie auf jeden einzelnen Gast an Bord. Ich müsse dringend zu einem Kunden ins *»Marriott*, Sir! *MARRIOTT HOTEL!«*

»In which one?«, fragte er als Nächstes.

In welches?! Oh Gott, gab es etwa mehrere davon?

»The one, where Skyline is, the airline!«, unternahm ich den verzweifelten Versuch eines Hinweises.

Er sah mich an, als hätte ich einen komplizierten medizinischen Terminus benutzt, der bei der Entfernung von Bombensplittern eine Rolle spielt. *»Sky … what? Never heard.«*

Also bitte, meine Airline ist eine der renommiertesten international operierenden Linienfluggesellschaften, bei der man in der First Class sogar kostenlos Golfgepäck … – wie auch immer. »MARRIOTT, Sir!«

Dann sollte er mir halt die Adresse von irgendeinem nennen, und ich würde beten, dass es das richtige war.

Ursprünglich hatte ich ja geglaubt, auf der kleinen weißen Plastikkarte in meiner Rocktasche prangten mindestens das Logo des Hotels, die Adresse, ganz viel Werbung und am besten noch meine Zimmernummer in Arial sechzehn Punkt fett. Aber, weil ja alles im richtigen New York so scheißgefährlich ist, ich die Karte verlieren, jemand sie finden und mich *Psycho*mäßig unter der Dusche massakrieren könnte, steht auf diesen Karten – *nichts*. Doch, ein winziger Pfeil, der anzeigt, wie herum man den Schlüssel in den Türöffnungsschlitz schieben muss.

Blanker Hohn, wenn man keine Tür mehr hat.

Vermutlich um mich loszuwerden, deutete der Cop auf ein rotes Backsteingebäude mit einem Starbucks unten drin.

Ich wollte gerade zu einem Sprint ansetzen, da sah er mich

eindringlich an und fügte hinzu: »*Take care with your customer, girl.*«

Hä?! Ach so, ja klar. »Mein … äh … Zuhälter always knows where I am.«

Mit diesem letzten Satz pflügte ich mich konsequent durch die Menschenmenge, die mit gigantischen Colabechern, Videokameras und Flyern für *Mary Poppins* und Hairspray im Schleichschritt den Times Square überquerte. Seit Giuliani eine Fußgängerzone daraus gemacht hat, wäre es fast sinnvoll, wieder ein paar Autos als Wellenbrecher darin zu parken.

Ich raste auf das ausgewiesene Hotel zu, das hoffentlich meines war und schon mal eine vielversprechende Drehtür hatte. Ich sauste hindurch und nietete fast den Pagen um, um blitzschnell festzustellen, das darin alles ganz anders war als in dem Hochhaus, das ich vor wenigen Stunden so arglos verlassen hatte wie *Alice im Wunderland* die Teeparty des Hutmachers.

Der Concierge war auf der falschen Seite und in der Mitte der Lobby stand ein Tisch mit einem gigantischen Blumenbouquet, umringt von lärmenden Italienern. Auf keinen Fall war das hier mein Hotel!

Ich sah auf die Uhr. Es war schon zehn vor zwei. In zehn Minuten hatte ich »Wake up«. Das heißt, in meinem Zimmer klingelte das Telefon, und ein netter Mann – manchmal auch eine Stimme vom Band – würde mir einen schönen Tag wünschen, mir die aktuelle Außentemperatur mitteilen und sagen, wie sehr der Hoteldirektor hofft, dass ich einen schönen Aufenthalt hatte. Eine weitere Stunde später wäre dann »Pick-up«.

Wenn ich nicht abhob, würden sie es nochmal klingeln

lassen, und wenn ich dann nicht da wäre, würden sie, *müssten* sie (laut Vertrag mit Skyline) jemanden raufschicken, der an die Tür klopft und fragt: *»Miss Loos, are you okay?«*

Mangels einer Antwort würde man dann in mein Zimmer eintreten und davon ausgehen, dass ich entführt worden bin, und die Deutsche Botschaft einschalten.

Ich stürmte aus der Lobby wieder in die noch immer nach Zimt riechende Luft hinaus – und direkt wieder zurück. Denn wer war kompetenter und auskunftsfreudiger als der Concierge eines Hotels? Ich hechtete auf sein Desk zu und musste mich hinter einem italienischen Pärchen mit übergewichtigem Teenager anstellen, das sich mit großem Palaver die McDonalds-Filialen der Umgebung auf dem Stadtplan einzeichnen ließ.

Unruhig trat ich von einem Bein aufs andere, um ein bisschen Hektik zu verbreiten, was auch sehr gut funktionierte. Die Italiener wurden nervös, lugten rücklinks über ihre Schulter und sahen mich in etwa so verächtlich an wie Bill Gates Steve Jobbs bei einer Pressekonferenz. Dann jedoch traten sie zur Seite und begutachteten erst mal die frisch verzeichnete Fast-Food-Dichte.

Der Mann hinter dem Tresen lächelte mir freundlich zu. Er war um die siebzig, trug eine goldumrandete Brille und holte prompt einen neuen Stadtplan für mich hervor, noch bevor er mich offiziell begrüßte: *»Hey, darling – what a loooovely day today, isn't it? What can I do for you, honey? You wanna go on a boat cruise? To the museum? Do some shopp …«*

»Hi – Marriott!«, würgte ich ihn ab.

Er guckte leicht konsterniert.

»I need you to tell me where the nearest other MARRIOTT from here is, please«, fügte ich schuldbewusst hinzu, nachdem

ich überlegt hatte, dass Höflichkeit womöglich die Trefferquote erhöhte.

Es war Punkt vierzehn Uhr. Sicher klingelte es gerade. Ein schrilles, unbeantwortetes Klingeln, das durch die verlassene Blümchentapete mit passender Bordüre in Eierschale hallte.

Mein potenzieller Retter zückte einen Stift, in dem eine Fähre zwischen Staten Island und der Kugelschreiberspitze hin- und herfuhr, wann immer er ihn bewegte. Dann rückte er seine Brille zurecht und studierte die Karte. Offenbar praktizierte er den neuen Trend *Slow-down-your-life*.

In der Zwischenzeit konnte ich ja weiterreden und damit die Wahrscheinlichkeit erhöhen, mein Hotel und damit auch ein Skyline-Flugzeug noch einmal aus der Nähe zu sehen.

»*I'm a flight attendant. And I lost my hotel – and I don't know, where I live!*«, plapperte ich auf ihn ein und hatte ihn damit fatalerweise in seiner Konzentration gestört. Erstaunt ließ er den Stift sinken.

»*Hohoho, young girl!*«, sagte er, als wäre ich Rudolph, das Rentier. »*What airline are you with?*«

Mein Gott, er schien wider Erwarten meine missliche Lage zu verstehen. Wie sehr ich Fachpersonal schätze! Zielführendes, präzises, Service orientiertes Nachfragen am Kunden zur akuten Problematik.

»SKYLINE!«, rief ich, eine Spur zu laut, aber dank des Lärmpegels der Italiener fiel es kaum auf. Sie entdeckten in der oberen Ecke der Karte gerade den Gutschein für eine Apfeltasche.

Der Concierge lachte gelassen, nahm wieder Stift und Karte zur Hand und zeichnete einen Punkt ein.

»*You, young lady, are heeeere … – and you liiiive …*«

Während er die Worte dehnte wie ein greiser Märchenerzähler den Beginn der Muppets-Weihnachtsgeschichte, setzte er mit der Stift-Fähre in einem Planquadrat über. Genau einen Zentimeter weit. Mann, dass die Amerikaner immer so tun müssen, als wäre alles meilenweit entfernt und kaum zu Fuß zu bewältigen. Und dann gehst du bloß rüber, ans Ende des Buffets.

Er zog die Linie so langsam, dass ich nahe dran war, ihm die Karte zu entreißen und ihn zu bitten, einfach auf das Hotel zu zeigen.

»*It's the Crowne Plaza*«, sagte er freundlich lächelnd.

Für einen kurzen Moment vergaß ich meine Panik. *Crowne Plaza?* Das könnten die doch wohl echt sorglos auf ihre Plastikdinger schreiben! Ich WOHNTE dort und schaffte es nicht mal, mich selbst zu überfallen.

Euphorisch-amerikanisch bedankte ich mich: »*Thank you, Sir! Thank you so much! You made my day!*«, ach was: »You *saved my life*!!!«

Mit dem Kringel-Stadtplan in der Hand schoss ich aus dem Gebäude und legte die Strecke in ein paar Minuten zurück. 14:13 Uhr, als ich in die Lobby stürzte. Welche Etage? Welches Zimmer? Hoffentlich war die Spurensicherung noch nicht da!

Ich raste auf die Rezeption zu. Zwei dunkelhäutige Angestellte weiteten panisch die Augen. Zu ihrer Beruhigung rief ich laut, noch aus einiger Entfernung:

»*I'm not a hostage! Tell the German Embassy I'm okay!*«

Skyline – Meet the Angels.
Rundschreiben

Liebe Kolleginnen und Kollegen,

wie jedes Jahr bieten wir denjenigen unter Ihnen, die an den Feiertagen fliegen müssen, an, bei vorhandener Sitzplatzkapazität kostenlos bis zu zwei Angehörige auf Ihren Umlauf mitzunehmen.
Allerdings möchten wir noch einmal darauf hinweisen, dass dabei die Einhaltung des Dress Code unabdingbar ist.
Unzulässig sind ausdrücklich Jeans, bauchfreie Tops, »wirklich unglaublich weiche Niki-Anzüge« der Marke Juicy Couture und Flip-Flops. Wir empfehlen Schuhe aus Leder, Sakko oder Blazer, Bluse oder Poloshirt und bitten um Stoffhosen.
Trainingsanzüge der Marke Adidas halten wir selbstverständlich für ebenso angenehm im Tragen wie Sie, dennoch eignen sie sich nicht für die gehobenen Klassen. Ebenso wenig Fußballtrikots – obwohl wir uns natürlich auch sehr über die Erfolge der deutschen National-Elf freuen.
Auch bitten wir darum, Ihre Angehörigen an Bord nicht unseren regulär zahlenden Gästen vorzuziehen. Der Beluga-Kaviar sollte vorrangig unseren Statuskunden zur Verfügung stehen.
Für die Hotelübernachtung bitten unsere Crewhotels wegen der Handtücher um eine kurze Information bis vierundzwanzig Stunden vor der Anreise; Ihre Angehörigen übernachten kostenlos mit Ihnen im Doppelzimmer.
Wie jedes Jahr obliegt es der Cockpit-Besatzung, auf Firmenkosten ein Weihnachtsessen vor Ort zu organisieren.
Bitte denken Sie daran, dass Sie ab zwölf Stunden vor einem Flug keinerlei Alkohol mehr konsumieren dürfen, wozu in der Tat auch »Suzi's egg punch« auf der Toronto Christmas Fair/Ontario zählt!

Wir wünschen Ihnen besinnliche Flüge, ein frohes Fest & Always happy landings!

Klaas Overbrecht
Skyline/Produktmanagment DUS

10.

»Dann bist du also ständig unterwegs?«

»Entschuldigung, wo sind denn hier im Flugzeug die Damen- und wo die Herrentoiletten?«

(BCN – MUC)

Als Stewardess muss man sich in Sachen Schlaf-/Wachrhythmus öfter verteidigen als die weibliche Hauptrolle in *Kung Fu Panda*. Konkret bedeutet das, anderen Menschen klarzumachen, was ein Jetlag ist, und zwar solchen, die sich lautstark jedes Jahr aufs Neue über die wiederkehrende Zumutung der Umstellung zwischen Winter- und Sommerzeit beschweren, die sie ja völlig aus dem Takt bringt.

Meine Zeitreisen zu erklären ist dagegen ähnlich schwierig, wie seinem Gegenüber beim Speed-Dating die Relativitätstheorie zu vermitteln. In der Regel werde ich mit verständnislosem Blick angesehen, und es folgt ein wenig verständnisvoller Monolog:

»Wieso kannst du denn nicht Samstag um zehn Uhr zum Frühstück kommen? Du landest doch schon um fünf Uhr aus Hongkong!«

Es gibt einen kleinen, aber feinen Unterschied zwischen physischer und sonstiger Rückkehr. Dem Trugschluss, rote

Blutplättchen und Unternehmungslust kämen zeitgleich wieder in München an, bin ich selbst am Anfang erlegen.

Ich bekam meinen Dienstplan und dachte: »Aha, am 8. komme ich aus Montreal, da kann ich ja am 9. morgens zum Sport« oder »Prima, vom 17. bis 20. bin ich in L.A., dann kann ich ja am 21. nachmittags zum Geburtstag meiner Schwester.«

Bei mir sind inzwischen ganze Freundschaften an dem sehr unsensiblen Satz zerbrochen: »Wie kannst du müde sein, wenn du schon seit zwei Tagen zurück bist?«

Noch bis zu einer ganzen eher locker kalkulierten Sieben-Tage-Woche nach Zeitreisen (nichts anderes ist Interkont-Fliegen!), bin ich nichts weiter als ein biorhythmischer Legastheniker auf High Heels, sofern ich mich zu Tageslicht-Zeiten überhaupt in der Senkrechten befinde.

Ich schleppe mich an Samstagabenden unmittelbar nach Flügen gerne noch um 19:57 Uhr in den Supermarkt, um überlebenswichtige Grundnahrungsvorräte für eine geraume Zeit im Bett anzulegen und höre die Kassiererin Dinge sagen wie: »Ein schönes Wochenende!« – sofern ich überhaupt daran denke, dass es Samstag ist und man in Deutschland sonntags verhungern muss, wenn man nicht rechtzeitig vorsorgt.

Seit ich nach Dienstplan lebe, lebe ich nach Daten, nicht mehr nach Wochentagen. Was ist heute, Mittwoch? Ach nein, heute ist Nishnij Novgorod.

Der enorme Vorteil ist andererseits, dass man an einem Dienstagmorgen eine private Führung durch den ALDI machen, an einem Donnerstagvormittag das städtische Freibad wie einen Privatpool nutzen und an schönen verregneten Montagen um die Mittagszeit *Shrek Forever* in 3-D im Cinemaxx sehen kann. Und zwar inklusive des Vorteils, dass die

Dame mit dem Eis nur für mich bis hoch in Reihe neunzehn kommt.

Deshalb ist der Umkehrschluss, Menschen mit Jetlag seien arme Schweine falsch. Wir sind einfach nur anders. Weniger wie Büromenschen, mehr wie Vampire, die auch nach dreiundzwanzig Uhr noch Lust auf eine warme Mahlzeit oder einen Espresso doppio haben.

Ich war unmittelbar nach Ende der Ausbildung vom Sky-Sleep-Hotel im hessischen Raunheim ins bayerische Umland gezogen, in die Nähe des Flughafens. Den Großteil meines Besitzes habe ich bei meiner Schwester abgeholt, aber finde nach wie vor, dass mein sechsteiliges Wellness-Set *Lavendel*, meine Deko-Elefantenparade aus Keramik und das Bücherregal in Kirsche sehr viel besser zu ihrem Einrichtungsstil passen als zu meinem, was sie sicher merkt, wenn sie nur noch etwas länger damit zusammenwohnt.

Kaum hatte ich meine letzten Bildbände Feng-Shui-gemäß von Osten nach Westen eingeräumt, da erhielt ich Post von meinen neuen Nachbarn. Zur Erklärung muss man sagen, es war inzwischen Hochsommer, und deshalb ließ ich, ob ich nun schlief oder nicht, die Rollläden meines hervorstehenden Panorama-Erker-Fensters gerne bis zur Hälfte unten, bis die größte Mittagshitze vorbei war.

In dem Schreiben stand, dass a) Kevin-Korbinian aufgrund meines Radioweckers, der ständig zu nachtschlafender Zeit (also vor 7:00 Uhr) ginge, vor dem elterlichen Doppelbett stünde, weil er auch *die LaLa* haben will und b), dass es nun mal nicht ginge, dass ich »bis in die Puppen alles verbunkert« hätte. Man bemühe sich um ein ansehnliches Haus. Man hätte ja nun wirklich viel Verständnis für meinen »Lebenswandel«, aber das ginge doch zu weit.

Ich war völlig schockiert. Weil ich es a) als unmöglichen Angriff auf meine durch bayerisch-überhöhte Miete teuer bezahlte Privatsphäre empfand und b) weil ich der Typ Mensch bin, der sich für gute Nachbarschaft krummlegt.

Ich bin der Typ, der die Nachbarn im Hausflur mit Namen grüßt und sogar fremden Besuchern die Haustür aufhält. Der Typ Mensch, der in der offenen Tür wartet, wenn er sieht, dass Frau Mayer aus dem ersten Obergeschoss mit ihren prallgefüllten Jutebeuteln noch rund dreihundert Meter vom Haus entfernt ist, die für *alle* um 8:00 Uhr morgens an freien Tagen beim obligatorischen Klingeln aufspringt und sämtliche DHL-Päckchen annimmt und auch noch raufbringt in den fünften Stock, damit die beleibte Frau, von der ich annahm, sie warte sehnsüchtig auf ihre Skiausrüstung, dann nur dumpf guckt, mir alles aus der Hand reißt, als hätte ich es ihr geklaut und kommentarlos die Tür schließt.

Ich frage mich, wie Anfang des Jahrhunderts in gutbürgerlichen Haushalten in Nordrhein-Westfalen damit umgegangen wurde, dass Manni die Nacht unter Tage verbracht hat. Als Ruhrgebietskind kenne ich mindestens zwei andere Kinder aus dem Kindergarten Fockenkamp, bei denen man tagsüber ganz leise sein musste, weil Papa Bergmann war und schlief.

Und was es noch schlimmer machte war, dass das ganze Haus andererseits platzte vor Stolz, dass »Frau Skyline« eingezogen war. Mich grüßte nämlich keiner mit Namen, wenn ich vor meinen Abreisen schlampte und nicht sorgfältig genug durch den Türspion geprüft hatte, ob die Luft rein war. Dann nämlich schlug aus der Ecke, in der keine Kinderwagen stehen durften (quasi der tote Winkel meines

Türspions) Frau Huber mit Dackel Emil zu, kaum, dass ich meinen Koffer hastig zur Tür rausgeschubst hatte.

»Mei, wohin geht's denn heit scho' wieder?«, überfiel sie mich gerne mit lauter Stimme aus dem Nichts und leerte alibihalber an solchen Tagen ihren bereits leeren Briefkasten gerne ein drittes Mal. Alleine das *Wieder* war völlig unangebracht.

»Immer am Verreisen. Dass Sie sich des leisten könna!«, fügte sie hinzu.

»Ich muss das ja nicht bezahlen, wissen Sie. Ich werde dafür bezahlt.« Ich fliege maximal vier Langstrecken im Monat, so dass ich ungefähr zehn freie Tage im Monat habe.

Ich glaube, im Gegensatz zur Normalbevölkerung sind wir Stewardessen, nach Hausfrauen, dank unserer gesetzlichen Ruhezeiten am zweithäufigsten zu Hause. Allein, wenn man die oft nur aus Sonntagen bestehenden Wochenenden anderer Arbeitnehmer gegenrechnet, kommen wir gut weg. Und vor allem: Wenn wir da sind, sind wir ganztags da und nicht bloß erst nach den *Tagesthemen* für unsere Kinder wieder ansprechbar.

Aber der fixen Idee, man sei nie da und immer weg, lebe aus dem Koffer und hätte nur einen sehr unregelmäßigen Eisprung, erliegt der Normalbürger mit tiefer Inbrunst/großer Begeisterung. Ich werde nie vergessen, wie enttäuscht ich war, als ich Männer kennenlernte, die keine Piloten waren, nur um dann festzustellen, dass man als Berater bei Roland Berger noch häufiger unterwegs ist.

Da ist ein Pilot einfach eine sehr solide Lösung, wenn man als Frau einen Partner möchte, der mit hoher Wahrscheinlichkeit vor Ort ist, wenn die Kinder Windpocken oder Geburtstag haben.

Bei Frau Huber war immer eine Antwort gefragt, die mindestens »Melbourne« oder »Osaka« enthielt, sonst enttäuschte man nämlich sie im Besonderen und die Leute im Allgemeinen – und entschädigte sie nicht im mindesten für die ganze Toleranz gegenüber meinem Lebenswandel, die sie tagtäglich aufbrachten.

Ich erdreistete mich meistens die volle Wahrheit zu sagen: »Frankfurt« zum Beispiel oder Hannover, wo zu der Zeit nicht einmal mehr die Expo war. Dann drehte Frau Huber gerne so beleidigt ab, als hätte ich ihr gesagt, dass Emil bei Regen streng rieche, was eindeutig der Fall ist.

Manchmal schob ich vor lauter schlechtem Gewissen dann doch noch hinterher: »Und von da aus nach Miami!«

Dann drehte sie sich gerne nochmal auf der Treppe um, lächelte säuerlich und sagte: »So finden Sie aber keinen Mann.«

Leider traf ich sie nie an den anderen zehn bis vierzehn Tagen eines Monats, in denen ich frisch geföhnt und duftig in zivil noch vor 12:00 Uhr deutschen Tugenden nachging wie Leergut wegbringen oder bei Tchibo Prozente-Biber-Spannbettlaken zu kaufen.

Auch bei der Rückkehr war Vorsicht geboten. Wenn ich mich, jedes Mal am Ende meiner Kräfte, mit Sky Wheeler-Übersee-Kofferset Panama, Pan-Am-Retro-Handtasche und *Damen-Flightkit Jackie Brown* den kleinen Treppenabsatz zu meiner Erdgeschosswohnung hochkämpfte, stand gerne unsere im Haus wohnende Vermieterin im Flur und unterhielt sich angeregt mit einer lokalen Größe des Schützenvereins Moosburg-Süd. Beide unterbrachen dann abrupt ihr Gespräch und musterten mich mit einer Mischung aus Abscheu und Neugier, so wie andere an einer Unfallstelle vorbeifahren.

Ich versuchte meinerseits die unangenehme Atmosphäre während des Hervorkramens meiner Wohnungsschlüssel zu durchbrechen, indem ich mein strahlendstes Lächeln aufsetzte (sofern mir das nach zwanzig Stunden Schlafentzug gelang), namentlich grüßte und sie mit einem souveränen Nicken bedachte, als es panisch aus ihr herausbrach:

»Mit den Schuhen gehen Sie aber nicht aufs Parkett! Die ziehen Sie sofort hier draußen aus!«

Beim ersten Mal war ich so perplex, dass ich mich öffentlich dem entwürdigenden Prozess unterwarf und meine Calvin-Klein-Pumps aus der Southpark Mall in Charlotte, South Carolina, neben dem Fußabtreter-Igel von der Kunsthandwerkmesse Freimann, den sie oberhalb der Treppe installiert hatte, parkte. So einer, wo die Stacheln zugleich Bambus-Besenborsten sind, an denen man den Matsch abstreift.

In solchen Momenten denke ich bis heute gerne: »Ich bin gar nicht Stewardess – ich bin Journalistin, Undercover auf Recherche … Das ist alles für den Pulitzer. Verdeckte Ermittlungen im Tomatensaft-Milieu.«

Jedenfalls war das der Tag, an dem alle meine Ichs beschlossen, mich in Drehstuhl-Torbjörn an meinem Schreibtisch Liatorp am Panorama-Erker-Fenster zu setzen und auch einen Brief zu schreiben.

Einen, der Kevin-Korbinian, seine Erzeuger, Emil und das ganze Haus von meiner Schmach befreite: Ich formulierte meine Kündigung. Und zwar mit meinem neuen fantastischen Stift, den dieses Kaff nicht zu würdigen weiß: einem Kuli, den ich geschenkt bekommen habe und in dem eine kleine Fähre zwischen Staten Island und der Kugelschreiberspitze hin- und herfährt, wann immer ich ihn bewege.

Skyline – Meet the Angels.
Rundschreiben

Sehr geehrte Kolleginnen und Kollegen des Kabinenpersonals,

mit großer Freude und großem Stolz haben wir zusammen mit Ihnen kürzlich die Einführung unseres neuen Langstreckenmusters, des Airjet 9000, gefeiert.
Als Skyline-Vorsitzender betrübt es mich zu hören, dass sich nun unter Ihnen der Kosename »Galeere« dafür eingebürgert hat.
Auch im Interesse des öffentlichen Images von Skyline möchten wir Sie bitten, diese der römischen Sklaverei entlehnte Umschreibung nicht in Ihrem Sprachgebrauch fortzusetzen.
Die stark gesteigerte Sitzplatzkapazität erklärt sich durch wirtschaftliche Vorteile, von denen wir langfristig alle profitieren werden.
Auch sichere ich Ihnen persönlich die schnellstmögliche Behebung der von Ihnen vielfach als »idiotischer Konstruktionsfehler« beanstandeten Unregelmäßigkeiten der Trolley-Aufzüge zu, die auf einigen wenigen Flügen das manuelle Herauftragen aller 422 Tabletts aus dem Lower Deck erforderlich gemacht haben.
Natürlich stimme ich Ihnen auch zu, dass es ein suboptimales Gefühl ist, in der Pause unmittelbar neben Lüftungsschlitzen schlafen zu müssen, durch die »scheißkalte Luft von der Air Condition« dringt.
Die Skyline-Techniker bemühen sich gemeinsam mit den Airjet-Konstrukteuren derzeit um eine schnelle Lösung.
Bis dahin bitten wir Sie ausdrücklich, diese Schächte nicht mehr mit den für Toiletten vorgesehenen »Defekt«-Aufklebern und den »prima zur Abdichtung geeigneten« Korken der Piper-Heidsieck-Champagnerflaschen aus der First Class zu verschließen.

Wir wünschen Ihnen weiterhin viel Freude bei Ihrer Arbeit in diesem modernen Flugzeug!

Ihr
Dr. Hugo von Bergwelt
Skyline/Vorstand FRA

11.

»Ah, dann ist dein Mann bestimmt Pilot?«

»Have a great time in Europe visiting the castles!«
»Oh no, we'll skip that – we've been to the one in Disneyworld already …« (ORD – MUC)

Als ich zu fliegen begann, war ich ein aufgeschlossener Mensch. Ich hatte keine Erfahrungswerte, aber auch keine Vorurteile in Sachen »Pilot«. Ich erinnere mich nur daran, dass sich William, ein Flugbegleiter, der mir als »Pate« für mein erstes Jahr in Festanstellung zugeteilt worden war, nach unserem letzten gemeinsamen Flug dramatisch auf einem Jumpseat niederließ, meine Hand ergriff und mich ansah, als würde er mir gleich erzählen, wo Bin Laden sich versteckt hält. Dann erklärte er mit feierlicher Stimme:

»Schätzelein, ich wünsche dir eine wundervolle Zeit in der Fliegerei. Nur eines darfst du niemals machen – lass dich *nie* auf einen Piloten ein. Ich habe schon so viel Leid gesehen.«

Leicht befremdet nahm ich seine theatralische Warnung zur Kenntnis und nickte ebenfalls bedeutungsschwanger, als ginge es um Landminen im Kongo.

Zwei Jahre später kehre ich als Kriegsveteran aus dem Cockpit zurück.

Was soll ich sagen? Es ist wie mit der Herdplatte: Man bekommt hundertmal gesagt, man solle sie nicht anfassen, aber am Ende möchte man eben seine eigenen Erfahrungen machen.

Vor mir steht Malte, knöpft äußerst gefasst sein dunkelblaues Jackett mit den goldenen Streifen am Ärmel zu und formuliert das Unaussprechliche so locker wie eine Einkaufsliste, der er noch eben Sahnejoghurt hinzufügt:

»Du bist bei mir sozusagen durch den Final-Check gefallen.«

Dann lässt er die Schnallen seines Flight-Kit einrasten, was das Ganze unschön unterstreicht und eine gewisse Endgültigkeit verströmt. Vermutlich, weil ich mich nicht rühre und es ja eher selten ist, dass ich betreten schweige, nutzt er seine Chance und versorgt mich mit ein paar Details zu seinem Entschluss:

»Du bist nicht die Frau, die in der Lage ist, ständig zu Hause zu sein und meine zwei bis drei Kinder großzuziehen, während ich immer weg bin und fliege.«

Zum ersten Mal in Gegenwart eines Ersten Offiziers von Skyline werden mir die Knie weich. Eine Wirkung, die Piloten bislang selten auf mich hatten, zumindest nicht aufgrund der Tatsache, dass sie diesen Beruf ausüben.

Ich gebe es gerne zu: Ich habe eine Schwäche fürs Militär. So wie früher blau-weiß karierte TCM-Shorts eine mysteriöse Anziehung auf mich ausübten, sind es heute frisch gestärkte weiße Hemden mit goldenen Streifen auf den Schultern und geputzte Budapester Schuhe wie aus einem Fred-Astaire-Film.

»Da kannst du nichts dafür«, hat meine Schwester diese

Neigung kommentiert. »Du bist einfach biologisch dazu veranlagt, Erbgut in Form einer Garderobe zu bevorzugen, die Verantwortungsbewusstsein ausstrahlt.«

Leider habe ich ziemlich schnell verstanden, dass in den schnittigen Fetzen aber dieselben Jungs stecken, die früher Kristalle gezüchtet haben, mit denen niemand in der Jugendherberge das Hochbett teilen wollte und die bis heute eine enge, pädagogisch fragliche Bindung zu ihrer Mutter haben. Dafür aber mit einem physikalischen Verständnis ausgestattet sind, das es erheblich erleichtert, eine Boeing 747 bei Advektionsnebel zu steuern. Noch heute warte ich auf den Tag, an dem ich meinem ehemaligen Mitschüler Ruben Willimzyck im Dienst begegne.

All diese Dinge erschließen sich einem jedoch nicht gleich beim Kennenlernen eines solchen Mannes, sondern werden zunächst durch den Besitz eines Aktien-Portfolios und eines Neuner-Eisens für den Golfplatz verdeckt und die Tatsache, dass es nie zu spät dafür ist, um L'Oréal Studiolight Stylingcreme mit Surf-Effekt auf einem Igelhaarschnitt anzuwenden.

So wie Malte es gerne tut.

Das Kinder-Argument entwaffnet mich jedoch völlig. Trotz seiner vielen Vorzüge, die ihn ansonsten nicht zu obigem Nerd machen, ist er der letzte Mensch, den ich mir mit einem Kleinkind auf dem Arm vorstellen kann. Undenkbar, dass ein dreijähriger Jim-Herkules oder eine fünfjährige Scarlett-Loreley, mit einem Buntstift bewaffnet, Kurs auf seine Wetterkarten nimmt.

Nicht einmal *ich* darf mich seiner Vitrine mit Flugzeugmodellen nähern. (Okay, vor allem nicht ich.) Da hat man im Tower of London schon wesentlich mehr Vertrauen zu mir, denn die Kronjuwelen habe ich aus nächster Nähe besichtigen können.

Und was ist das überhaupt für eine Nummer, mich deshalb aus unserer Beziehung zu werfen? An einem Dienstagmorgen, lange bevor die Kinderfrage je thematisiert wurde und ich meinen ersten Kaffee hatte? Wir sind Mitte zwanzig und wann immer ich einen Schritt in Richtung mehr Verbindlichkeit hatte machen wollen, war es Malte gewesen, der abgeblockt hatte.

»Nein, die bin ich auch nicht«, sage ich nun.

Das ist die einzige Antwort, die mir in meiner traumatischen Schockstarre einfällt, um einen letzten Rest an Würde zu behalten. Malte scheint gar nicht zuzuhören.

»Weißt du, Charlotte, eine Beziehung verläuft nicht selten wie eine Sinuskurve. Und wir sind gerade auf dem Nullpunkt der Gleichung angekommen.«

»Verstehe.«

Die Lebensplanung so analytisch und unemotional anzugehen wie einen Anflug auf Brüssel, liegt zweifelsohne in der Natur von Piloten. Die berechnen deine fruchtbaren Tage präziser als dein Körper selber. Im Grunde sind ohnehin kaum zwei Berufsgruppen weniger füreinander gemacht als Stewardessen und Piloten. Höchstens noch Umweltschützer und Ölmagnaten. Oder der UN-Generalsekretär und die Anführerin eines Ausläufers der Hisbollah-Miliz.

In so einem Flugzeug treffen zwei völlig konträre Persönlichkeitsprofile aufeinander: die extrovertierte, impulsive, empathische Masse der Flugbegleiter, mit teils krankhaft ausgeprägtem Helfersyndrom und durchschnittlichen Abgrenzungsschwierigkeiten, und die introvertierten, mathematisch-naturwissenschaftlich orientierten Egozentriker, mit einer fast schon digitalen Sprache, denen anderen zu gefallen ungefähr so wichtig ist wie Lothar Matthäus sein Image als ernstzunehmender Profisportler.

Aber das habe ich wohl einfach ausgeblendet, als Malte damals in Madrid zum ersten Mal in Zivil vor mir in der Lobby stand.

Wir sind zusammen von München nach Mailand geflogen, und er hat mir einige Klugscheißer-Fragen gestellt, zum Beispiel ab wie viel Kilometern Entfernung von der Küste man die Schwimmweste vorführt, oder ab welcher Höhe die Sauerstoffmasken automatisch auslösen. Ich hielt das für einen nahezu hilflos süßen Annäherungsversuch. Leider war es mehr eine Übersprungshandlung, die er im weiteren Verlauf unserer Beziehung beibehielt, wodurch ich viel über Luftwiderstand, Elektrosmog und schwarze Löcher lernte.

Seiner Meinung nach sei es mein authentisches Lächeln gewesen, das ihm gleich beim Einsteigen aufgefallen ist und ihn geradezu verzaubert hätte. Nach diesem Geständnis machte es mir auch nichts mehr aus, dass er beigefarbene Cordhosen mit dem Hemd *in* der Hose trug. Seit *Bauer sucht Frau* weiß man schließlich, wie einfach sich rotkarierte Oberbekleidung ausziehen lässt.

Inzwischen weiß ich natürlich auch, dass es ein fataler Fehler ist, einen Mann zu nehmen, bei dem man von vornherein Änderungswünsche hat. Das ist, wie ein viel zu enges Kleid von *Prada* mit kaputtem Reißverschluss zu kaufen, nur weil es runtergesetzt ist. Am Ende passt du nie hinein, bist zu faul, den Reißverschluss zu ersetzen, und starrst auf dem Flohmarkt jeden böse an, der es für unter zweitausend Euro kaufen will. Und dann liegt der ungeliebte Neuerwerb bloß wieder auf deinem Bett rum.

Malte schiebt mich jetzt energisch Richtung Wohnungstür. Ich hatte mich bis jetzt in unserer Beziehung so sicher gefühlt wie Fluggäste, die nach Lust und Laune ihre Gurte am Boden öffnen und unterschätzen, dass so ein Flugzeug noch mit gut fünfzig bis sechzig Stundenkilometer dahinrollt. Von innen fühlt es sich zwar nicht so an, von außen betrachtet sieht man es jedoch deutlich.

Mir schwant, dass dies eine ähnlich furchtbare Trennung für mich wird wie die von Take That. Und das nur, weil Malte meint, ich könne seinen Stammhaltern nicht die Rassel reichen, während er in Dubai am Strand liegt und vorsichtig ein A380-Poster aus der *Plane & Pilot* heraustrennt, um es später aerodynamisch zu rahmen.

Zügig dreht er den Haustürschlüssel um. Eigentum natürlich. Ich fühle mich wie eine Katze, von der man nicht will, dass sie sich flugs wieder hineinzwängt. Als könne er meine Gedanken erraten, versucht er die Wogen zu glätten.

»Charlotte, es ist keine Kritik an dir! Es bedeutet einfach nur, dass ich jemanden finden muss, der besser zu mir passt. Also, noch besser eben.«

Leider fühle ich mich dadurch nicht wirklich sehr viel besser. Dass er mich nicht mehr will, okay, aber dass er mich nicht für fähig hält, ein Kind zu gebären, chemisch unbehandeltes Holzspielzeug auszusuchen und der heranwachsenden Generation zu vermitteln, wer SpongeBob ist, kränkt mich doch ein wenig. Ich habe Malte noch nie in der Nähe eines Menschen unter einundzwanzig gesehen. Hingegen habe *ich* täglich mit Kindern zu tun!

Ich bastele Hunderte Kerosinchen aus nichts als einer Bordkarte und kenne *Die kleine Raupe Nimmersatt* und *Vom kleinen Maulwurf, der wissen wollte, wer ihm auf den Kopf gemacht hat* auswendig und mit verteilten Rollen!

Noch immer stehe ich auf dem obersten Treppenabsatz und sehe ungläubig die antiken Holzstufen hinab, die er athletisch bewältigt, mit der neuesten *Sky Wheeler/Maverick-Edition* aus Polium-Bicarbonat in Bronze-Metallic, zu der es eine Felgen-Kooperation mit Porsche gibt. Beim Frühstück bin ich noch sein *Zauberhase* gewesen und jetzt bin ich nur noch Charlotte. Da kann er mich auch gleich siezen.

Ungeduldig sieht er mich an, nicht einmal ein bisschen traurig. Höchstens mit einer leichten Ängstlichkeit, sollte ich es wagen, auf das abrupte Ende der Beziehung, die ich bis vor einer Stunde noch für ganz in Ordnung hielt, mit einer Emotion oder gar einer netten kleinen Szene zu reagieren.

Widerwillig setze ich mich in Bewegung und spiele mit dem Gedanken, mit meinen High Heels einen Kratzer in sein makelloses Kofferset zu zaubern – *Exfreundin-Edition.*

Ich sehe ihn förmlich vor mir, wie er sich auf diesen Morgen vorbereitet hat, am amerikanischen Riesengrill im Gartenanteil, mit seinen zwei besten Kumpels aus der Flugschulzeit.

Fabian (alias »Alter«) und Dino (alias »Pornobacke«) halten ein Bier in der Hand und in drei Sätzen ist die Sache beschlossen: »Willst du eigentlich mal Kinder mit Charlotte?«

»Weiß nicht.«

»Krass. Liebst du sie?«

»Doch, aber nicht so richtig.«

»Dann mach Schluss, bevor du Kapitän wirst. Prost!«

Nach dieser tiefschürfenden Psychoanalyse hat sich garantiert jeder von ihnen ein T-Bone-Steak genommen, und die nächste Frage war dann, wie viel noch von dieser geilen Jalapeño-Sauce da ist, da die Verbindung nach Cajun bald eingestellt wird und keiner von ihnen mehr an Nachschub kommt.

Ob es zwischen all den Skyline-Seminaren auch ein Trennungsseminar gibt? Andererseits, Seminare gibt es nur zu Themen, die eine große Anzahl von Mitarbeitern langfristig und wiederkehrend beschäftigen. Und das hier ist für Malte offensichtlich weder ein Thema noch ein Problem. Er regelt es genau auf die Art, auf die er einen Triebwerksausfall über Ashkhabad managen würde – Ruhe bewahren, Checkliste abarbeiten.

Ein wenig Wut überkommt mich, leider noch viel zu wenig. Ich habe wirklich alles getan, um perfekt für ihn zu sein! Ich habe bei Minusgraden alle beknackten Berge bestiegen, die der *Diercke-Weltaltlas* im Teil »Erzgebirge bis Ostkarpaten« zu bieten hat. Nicht zu vergessen mein interkultureller Charme, mit dem ich uns im Basiscamp des K2 gesellschaftlich integriert habe, während Malte mal wieder nichts anderes getan hat, als auf seinem Laptop die faszinierende Proportionalität von Höhenmetern zu geringer werdender Luftfeuchtigkeit in einer Excel-Tabelle darzustellen. Andere Frauen würden sich weigern, auch nur die vier Stockwerke zu seinen fünf ZKB hinaufzusteigen ohne Aufzug.

Ihm zuliebe bin ich der Traum aller sportlichen Männer geworden: Ich bin *Jacqueline Wolfskin!*

Gentleman-like verstaut er jetzt mein Handgepäck im Kofferraum seines BMW Touring. Kennzeichen MZ–A 321. Das ist der Flugzeugtyp, den er am liebsten fliegt. Der Airbus

321. Entsprechend ist seine Handynummer auch 321321. Die Nummer werde ich nie wieder aus dem Kopf kriegen! Mein Leben lang werde ich an ihn denken müssen, sobald ich einen bescheuerten Airbus der 320-Familie sehe!

Die Nachbarn verfolgen aufmerksam unseren Einsteigevorgang. Mein Chauffeur schlägt die Beifahrertür zu. Ich hätte Hunderte Gründe gehabt mit ihm Schluss zu machen, und jetzt tut *er* es!

Erst am Vortag bin ich aus Tokio gelandet und habe den Weiterflug zu ihm auf mich genommen, denn seine Basis ist Frankfurt. Wir haben ganze fünf Tage nicht miteinander kommuniziert, so lange hat mein Aufenthalt gedauert, und ich habe mich umso mehr auf ihn gefreut. Japan ist nämlich das einzige Land, in dem mein Handy nicht funktioniert. Und telefonieren findet Malte generell zu teuer. Immerhin bekommt man für drei Anrufe ins europäische Ausland schon die neueste Herpa Fahrwerksminiatur.

Er hat mir weisgemacht, dass wir stolz darauf sein könnten, nicht eines dieser Paare zu sein, die nicht auch mal ein paar Tage ohne einander auskommen könnten. Wir seien uns doch unserer Beziehung so sicher, dass dieses Vertrauen alle Weltmeere überwindet, und ich solle immer daran denken, dass, egal, wo er oder ich auf dem Planeten sind, wir doch immer nur einen Flug weit voneinander entfernt seien.

Dass ich ihm das abgenommen habe, war in etwa so naiv gewesen wie zu glauben, er würde eines Tages seine Hemden *über* der Hose tragen.

Das Thema Kleidung war zwischen uns ohnehin nie ein gutes gewesen. Es hatte ein Riesendrama gegeben, als ich mich eines Tages zu einem seiner Grillabende in sommerlicher Garderobe einfand und er in der Küche entdeckte, dass auf meiner weißen Leinenhose quer über dem Hintern ganz blass gedruckt stand: *Punkqueen*. (Ein Relikt aus Agenturzeiten.)

Am Ende hatte ich mich überreden lassen, den Kartoffelsalat beiseitezustellen und in eine seiner Cordhosen zu schlüpfen, mit der offiziellen Erklärung, ich hätte mich großflächig mit Gewürzgurkenessig bekleckert.

Als er nun sportlich auf die A3 Richtung Flughafen einbiegt, ist mir wirklich danach, mich von meinem Mageninhalt zu befreien, obwohl ich noch gar nichts gegessen habe. Wo ist eine Kotztüte im Auto, wenn man eine braucht? Als Stewardess übergebe ich mich in der Kurve einer hessischen Auffahrt viel eher als im Reiseflug, wenn ich gemütlich geradeaus über Kasachstan dahinschwebe.

Malte schaltet auf Beruf um und setzt seine verspiegelte Sonnenbrille auf. Eine der wenigen Anschaffungen, in denen meine Änderungswünsche bezüglich seines Stylings Früchte getragen haben. Hier und da hatte ich etwas für ihn ausgesucht, um es ihm zu Anlässen wie Weihnachten, Geburtstag, Einmonatiges, Halbjähriges und Einjähriges unterzujubeln, bis meine Mutter zu mir meinte: »Kind, mach den Mann nicht so schön, du willst ihn doch behalten!«

Nein, Malte Breuer will ich nicht behalten! Er ist ein Vollblutpilot – es grenzt an ein Wunder, dass er in der Spur fährt und nicht wie auf der Startbahn die gestrichelten Linien rechts und links mittig überrollt.

Gönnerhaft legt er seine Hand unvermittelt auf mein Knie. Womöglich nur ein Reflex, um Schub zu geben?

Wo zur Hölle ist die Kotztüte? Ich muss an die Werbung einer anderen Airline denken, die auf unsere Spucktüten den

Satz gedruckt hat: »Zeigen Sie uns, was Sie von den Preisen der Konkurrenz halten!«

Ich gucke auf gut Glück ins Handschuhfach. Piloten haben nämlich ständig Zeug von der Bordkabine bei sich. Das verteilen sie dann an fremde Menschen und fühlen sich noch toller als sonst.

Unvergessen, wie Malte mal im Skiurlaub im Lift ein Follow me-Car aus dem Ärmel zog und es einem kleinen Jungen hinter uns reichte. Dabei rutschte mein Ski aus der Spur, und ich kam oben mit einem halben Ankerlift und einem halben Meniskus an. Aber sobald der Zwerg einen Eco-Flex-Tarif auf Mittelstrecken buchen kann, hat Skyline einen neuen Kunden.

Fast scheint es, als bekäme Malte immer bessere Laune, je schlechter es mir geht und je näher wir dem Airport kommen.

Ich möchte etwas sagen. Einen möglichst diplomatischen Satz, der signalisiert, dass er völlig falschliegt, mir das aber vollkommen egal ist, ich die ideale Mutter seiner Kinder wäre, was er jetzt aber vergessen kann, weil er in meinen Augen nie einen würdigen Vater abgeben würde.

Während ich überlege, wie ich diesen Sachverhalt geschickt in einen schlagfertigen Satz ohne Tränen verpacke, schaltet er das Radio an und hört dem Wetterbericht zu.

»Charlotte, du findest jemand anderen«, sagt er auf einmal.

Also, das ist ja wohl der Gipfel der Unverschämtheit! Jetzt tröstet er mich quasi über sich selbst hinweg und verschachert mich auch noch an einen ominösen anderen, wie bei einem verpassten Flug. So, als könne man einfach den

Nächsten nehmen! Er sollte sich lieber die Tränen aus den Augen wischen bei der Vorstellung, ich könne mit jemand anderem glücklich sein! Ich habe keine Lust mehr, auf seine Ansagen einzugehen. Warum sagt er nicht die Dinge, die ihm liegen? »Links sehen Sie eine Notrufsäule, rechts einen überfahrenen Igel. Verbleibende Fahrtzeit: zehn Minuten.«

Mein Leben ist im Begriff, ins Klischee abzurutschen. Ab heute bin ich die Ex eines Piloten.

»Ich lasse dich hier raus.« Maltes Ton ist nicht einmal kühler als sonst oder gar betroffen, reumütig oder gespielt mitfühlend. Er ist einfach völlig normal und neutral. Eine nahezu ausgeglichene Stimmung, in der Malte sonst nur ist, wenn er einen echten Gipfel oder sonstigen Höhepunkt erreicht hat. Wenigstens dem Sex werde ich nicht hinterhertrauern.

Ich hatte nie für möglich gehalten, dass ich einmal »schlechten Sex« haben könnte. Ich hatte diese Wortschöpfung nie verstanden. Entweder man hat Sex oder man hat keinen. Erst durch Malte habe ich gelernt, dass guter Sex keineswegs selbstverständlich ist. Aber auch, dass schlechter Sex mit einem Typen, der dabei eine Pilotenmütze trägt und ein aufgerissenes Hemd mit goldenen Streifen auf den Schultern, auch wieder nicht so schlecht ist. Obwohl ich natürlich insgesamt zustimmen muss, dass es traurig ist, wenn eine echte Stewardess und ein echter Pilot ein Rollenspiel bemühen müssen.

Er bleibt vor dem Abflugterminal stehen. »Ich habe schon geguckt für dich, der nächste Flieger nach München geht in einer Stunde.«

Ich werde also nicht nur abserviert und ausgesetzt, man hat auch meine Abschiebung bereits minuziös geplant. Jetzt werde ich richtig wütend. Es kocht geradezu in mir, aber die

Zeit würde nicht reichen, um in Worte zu fassen, was mir alles durch den Kopf geht. Und letztlich, so dämmert mir bereits jetzt, würde jedes Wort augenblicklich doch nur wirken wie eine zickige Retourkutsche und nicht dem Maß an Verletzung gerecht, das er bei mir verursacht hat.

Also ist es wohl am besten, etwas völlig Unerwartetes zu tun: Ich lächle und sage: »Tschüss«. Malte Breuer hat es sich mit mir verscherzt, stellvertretend für die gesamte *Pilotenvereinigung Vorne*.

Stumm nehme ich mein Handgepäck, die North Face 900 X aus Tundra-proof Nylon und wende mich zum Gehen.

»Zauberhase, so kannst du es doch nicht enden lassen!«, ruft er nahezu entsetzt. Wahrlich einer seiner größeren Gefühlsausbrüche.

Zauberhase? Hat der sie noch alle?! Ab jetzt bin ich »C. Lo« für ihn, falls sich unsere Wege beruflich jemals wieder kreuzen. *Er* macht Schluss, und jetzt soll *ich* es nicht so enden lassen? Er hat wirklich genug Zeit mit mir verbracht. Obwohl wir diese selten wirklich *miteinander* verbracht haben.

Meistens befanden wir uns dabei in von Menschen weitgehend unbevölkerten Teilen der Erde und in einem speziellen Outdoor-Outfit, das körperliche Nähe verhinderte. Zum Beispiel in unseren Neoprenanzügen beim Apnoetauchen oder in unseren Polaranzügen beim Eismeerfischen vor Alaska. Abenteuer, von denen ich mich jetzt ernsthaft frage, warum ich sie mit ihm hatte erleben wollen. Aber eine Beziehung ist wie ein Zwei-Jahres-Vertrag im Fitnessstudio: Irgendwie kommst du einfach nicht mehr raus. Selbst wenn du feststellst, dass die Kurse alle für Fortgeschrittene sind, die Gewichte an den Geräten erst bei fünf Kilo anfangen und alle Stepper ab dem Vorabend durchgängig besetzt sind – immer wenn du kündigen willst, ist die Frist gerade um. Und dann bleibst du Mitglied.

Malte schließt mich ein letztes Mal in die Arme. So festgehalten hat er mich zuletzt auf dem Kilimandscharo bei unserer Versöhnung, nachdem ich den Campingkocher in die Luft gejagt und unsere gesellschaftliche Stellung in der Gruppe der europäischen Extrembergsteiger um Jahre zurückgeworfen hatte.

Alles hatte schon mit einem sehr unguten Streit um einen vergessenen Karabinerhaken begonnen, der mich veranlasste, mich für eine Weile beleidigt hinter eine Heidschnucke zurückzuziehen. Gott sei Dank befanden wir uns in einer Höhe, in der Flora und Fauna noch zugegen waren.

Neben Stoppern an Retro-Rollschuhen sind Campingkocher die eine Sache auf der Welt, mit der ich total auf Kriegsfuß stehe. Nach einer kurzen und erbärmlich kalten Nacht war ich mit gefrorenen Gliedern in meinen klammen Anziehsachen aus dem Zelt gekrochen. Während sich langsam die ersten Strahlen der Wärme verheißenden Sonne über das steinige Grau rundherum tasteten, dachte ich wehmütig an alle Frauen, die Urlaub auf den Seychellen machten und sich beklagten, dass sie allein beim Anblick des Meeresfrüchte-Büfetts zunehmen.

Ich beschloss, dass ich mir ein wenig Zivilisation hier oben verdient hatte. Da ich zu stolz war, Malte zu wecken und zu genervt davon, dass ihm alles, was ich verfluchte, offenbar höchsten Genuss bereitete (zum Beispiel mit Sauerstoffmaske einen Berg zu besteigen), kramte ich ein paar Streichhölzer und diesen kleinen gemeingefährlichen Flammenwerfer unter seinem GPS und meinen verschiedenfarbigen Ohrenschützern mit Rentierfell-Verstärkung hervor.

Mit meiner heimlichen Notration Lavazza-Pulver, meinem mobilen Milchschäumer und fettarmer H-Milch im Vakuumbeutel aus dem Campingbedarf suchte ich mir ein windgeschütztes Plätzchen inmitten der Zelte und drehte den Gashahn auf. Ich hielt sofort ein Streichholz daran, aber nichts passierte. Nun ja, ich war ja an der frischen Luft. Da muss man sich keine Gedanken machen, dass die auf Ratenzahlung gekaufte Küche inklusive Elektrogeräte hochgeht – dachte ich. Nach zwei weiteren fruchtlosen Versuchen wurde mir die Sache unheimlich, und ich drehte den Gashahn zu, als just in diesem Moment eine Stichflamme zu sehen war (Gott sei Dank war ich besser eingepackt als jeder Stuntman). Gleich darauf entstand unter ohrenbetäubendem Lärm ein regelrechter Krater, in dem alle Utensilien für italienischen Kaffeegenuss schmorend und stinkend versanken. Es war ein echtes Naturschauspiel. Und natürlich zog es schlagartig Touristen an, genauer alle anderen Campbewohner, die zunächst an ein Erdbeben glaubten und mich in verschiedenen Sprachen beschimpften.

Ich weiß bis heute nicht, was ich falsch gemacht habe. Vielleicht habe ich das Streichholz einfach an die falsche Öffnung gehalten? Möglicherweise war es auch mein Nagellackentferner, der darüber ausgelaufen ist.

Jedenfalls war für Malte mal wieder offensichtlich gewesen, dass ich zum Campen so wenig zu gebrauchen bin wie als Assistentin bei seinen Versuchen zur Antimaterie. (Man sollte das Ablesen über drei Wochen durchgeführter Versuche nicht seiner Freundin anvertrauen, wenn zeitgleich *Der Pferdeflüsterer* läuft.)

Erst die Ankunft auf dem Gipfel Tage später berauschte ihn dermaßen, dass er mich wieder in sein Herz und seine Arme schloss.

Diesmal lasse ich es regungslos geschehen.

»Na, siehst du«, kommentiert er, völlig unbeeindruckt davon, dass ich mich seinen einstmals geliebten Armen mit Lichtgeschwindigkeit wieder entwinde.

Ich werde mich auch nicht mehr umdrehen. Damit *er* sich mal ganz schön umguckt.

»Ich habe schon so viel Leid gesehen …« Ach, hätte ich bloß auf William gehört! Dann wäre mir einiges erspart geblieben.

Allerdings muss ich ihm widersprechen, wenn er sagt, Piloten seien alle gleich. Man kann sie nämlich prinzipiell in drei Kategorien einteilen: Da gibt es den Nerd, den unreifen Sunnyboy und zu guter Letzt den abgehalfterten Kapitän, der nach dem ersten Tsingtao-Bier in Schanghai schon einen Touchdown auf deine Brüste in Angriff nimmt.

Den Nerd habe ich jetzt gehabt.

Ich hätte mich letzte Woche trennen sollen, als mich selbiger informierte, dass er ein freiwilliges Zusatztraining mit simuliertem Absturz auf dem Frankfurter Kreuz unserem Wellnesswochenende in Bad Pyrmont vorzieht. Doch bevor ich meine Eingebung in die Tat umsetzen konnte, musste er auflegen, da die Telekom zwischen Mainz und Wien nichts anbietet, was einem telefonischen Eco-Flex-Tarif gleichkommt.

Während ich mich in Abflughalle A den Schaltern nähere und mich in die Schlange der Passagiere einreihe, versuche ich mich zu beruhigen. Ich muss positiv denken! Zum Beispiel an alles Negative, mit dem ich in Zukunft nicht mehr konfrontiert bin. Dummerweise fallen mir beim Einchecken nur schöne Momente ein.

Zum Beispiel, als ich ihm meine neue Wohnung in Schwabing gezeigt habe und er unvermittelt auf meine Klatschzeitschriften deutete: »Wenn wir zusammenziehen, müssen die aber raus.«

Meinen Protest hatte er geschickt mit dem Wort »zusammenziehen« erstickt. Ich meine, welcher Mann lässt sich schon gleich nach dem Kennenlernen zu solchen Schätzen der deutschen Sprache hinreißen?

Okay, jetzt nicht abschweifen. Als Erstes werde ich zu Hause meine gesamte Outdoor-Ausrüstung bei Ebay einstellen. Oder welche Frau braucht eine wasserabweisende Softshelljacke »Hundert Prozent Yellow Stone Grizzly-proof«, die »Big Horn Sunset-Duo Titansteigeisen bis fünftausend Meter Höhe« und ein Zwei-Mann-Tunnel-Zelt in Lavarot für Windverhältnisse bis acht Knoten? Und schon gar nicht brauche ich ein aufblasbares Kanu, das mehr Tiefgang hat als Malte Breuer selbst. Zumal keine der im Fachhandel erhältlichen Farben *Schlammgrün*, *Arktisblau* und *Khaki* meinen Teint vorteilhaft unterstreicht.

Mein Ex ist ein unbedeutender Airbusfahrer, der hoffentlich schon in dieser Minute erkennt, wie schwer es wird, wieder eine Frau zu kriegen, die ihm zuliebe den Sportbootführerschein See, den Open Water Diver, die Platzreife und die Advanced US-Skydiving Licence macht.

Im Grunde hat er sich auch von Lara Croft getrennt! Meine Wohnung wird noch heute Abend wieder zu etwas anderem werden als einer Kulisse, in der Reinhold Messner glaubhaft für Schwarztee werben könnte. Endlich werde ich statt der Stechkartusche »Nepal Millenium«, wieder Gebrauchsgegenstände des Primärbedarfs in mein Bücherregal räumen, wie zum Beispiel die streng limitierte DVD-Kollektion *Bridget Jones* im Handtaschenformat.

Und das Beste: An meinem nächsten Geburtstag werde ich erreichbar sein! Schließlich gibt es Menschen, die mich auch auf einem Boot des Floating Market in Bangkok anrufen würden! Eine Form der reibungslosen Kommunikation, die dank Malte an meinem letzten Geburtstag in Alaska nicht zustande gekommen war.

Grundsätzlich schalteten wir beide nachts das Handy aus, wegen der Strahlung. Neben der Gefahr, die Papillomaviren darstellen, immerhin eine unserer paranoiden Gemeinsamkeiten.

In der Nacht auf meinen Geburtstag jedoch habe ich es angelassen, aufgrund der zwei Stunden Zeitverschiebung zu Deutschland. Falls wir also noch im Bett unserer Blockhütte lägen, während meine Mama schon in Herten-Scherlebeck bei Recklinghausen am Kaffeetisch saß, bereit, ihrer Zweitgeborenen zu gratulieren, würde ich mich mühelos hinüber zum Nachttisch recken und in Federkissen von der Eiderente in Würde altern.

Als auf unserer Wanderung gegen vierzehn Uhr nordamerikanischer Zeit noch niemand Notiz von meinem Alterungsprozess genommen hatte, kramte ich mein Handy aus dem Wanderrucksack hervor. Zur Feier des Tages hatte Malte es übernommen, meine Habseligkeiten zusammenzupacken. Es war aus. Aber ich hatte es doch extra aufgeladen?!

»Ach das, das habe ich gestern Abend abgeschaltet. Ich

wollte heute Morgen nicht geweckt werden, falls dich Leute anrufen.«

Weitab von ihm, zwischen einem neugierigen Karibu und jeder Menge Packeis, erhielt ich nicht nur ein perfektes Netz, sondern auch die Mitteilung über dreizehn Anrufe in Abwesenheit, sieben SMS und zwei MMS:

»Schade, dass du nicht zu erreichen bist …«

»Zu dumm, vermutlich hast du kein Netz!«

»Happy Birthday – hätte ich dir gerne persönlich gesagt!«

»Alles Liebe, mein Schatz, hab versucht, dich zu erreichen … Küsschen, Mama!«

Auch hiernach hatte Malte es noch einmal geschafft, seinen Laufpass so einfach zu verlängern wie seinen Reisepass.

»Wir haben doch uns, Zauberhase! Der wichtigste Mensch in deinem Leben ist bei dir – reiche ich dir nicht?«

Nun ja – man will ja keine Zauberzicke sein. Und größere Streits, die in getrennten Betten enden, kann man als Frau in kalten Ländern einfach nicht riskieren.

Langsam rollen wir zur Startbahn.

Gleichzeitig mein Start in ein neues, ein besseres Leben, das im Grunde dasselbe ist, nur ohne Freund. Ein pilotenfreies Leben, so etwas wie Heilfasten nach F.X. Mayr.

Das erste Mal als Neu-Single schließe ich zwei Stunden später meine Wohnungstür in Schwabing auf und lege als Erstes meine neu gekaufte *InStyle* im Flur ab. Eine vergleichbare Stille habe ich nur auf der Etzerschlössl-Alm erlebt.

Ohne Zwischenstopps fahre ich meinen Rechner hoch. Sonntag, 18:00 Uhr bayerische Ortszeit, beste Verkaufs-Zeit. Ich sehe, dass zauberhase79 eine neue Bewertung bekommen hat: Danke! So macht Ebay Spaß!

Skyline – Meet the Angels.
Rundschreiben

Sehr geehrte Kollegen,

(selbstverständlich bin ich stolz, inzwischen 40% Damen unter der Cockpit-Besatzung verzeichnen zu können, jedoch betrifft Sie die folgende Angelegenheit im Regelfall nicht, weshalb Sie mir verzeihen, dass ich Sie in der Ansprache nicht erwähne.)
Die zivile Luftfahrt blickt auf eine lange Historie zurück, in der vor allem eines entscheidend ist:
Seriösität – wie wir sie bei Skyline leben.
Dies lässt sich leider nicht vereinbaren mit den bei Ihnen aktuell im Trend liegenden Aufklebern für Ihre Herren-Flight-Kits.
Wir möchten Sie daher bitten, Batman- & Superman-Aufkleber sowie großflächige Leuchtschriften mit »Touch heaven, kiss a pilot!« von Ihrem Arbeitsgepäck zu entfernen.

Natürlich freuen wir uns, dass Sie sich so sehr mit Ihrem Beruf identifizieren und wünschen Ihnen dabei »Always happy landings!«

Cpt. Linus-Alexander Rauh
Skyline/Flottenchef FRA

12.

»Dann musst du also immer schön sein?«

»You got CabSav?«
»Excuse me?«
»CabSav!«
»Do you mean Cabernet Sauvignon?«
»That's what I said.« (IAD – MUC)

Nun ja, natürlich verlangt Skyline nicht, dass man aussieht wie Kate Moss an guten Tagen, sondern einfach, dass man gepflegt ist und das Beste aus seinem Typ macht. Was gar nicht so leicht ist, wenn man von Natur aus kein Gesicht hat, das zu Verwechslungen mit Arielle oder Angelina führt. Woran man aber arbeiten kann, sind perfekt geschwungene Augenbrauen.

Ich kann nicht sagen, dass Theo Waigel und ich Ähnlichkeit hätten, aber mein Brauenschwung reicht auch bei weitem nicht an den von Nina Ruge heran. Hier und da wachsen ein paar Härchen drunter und drüber und möchten wenigstens einmal im Monat nachhaltig eliminiert werden. Eine Erfahrung, die ich erstmals am Set eines Werbespots sammelte, an dem die Visagistin entsetzt aufsprang, mich fixierte und mit einer Präzisionspinzette Kurs auf mich nahm.

Als mein neues Gesicht und ich hinter dem Catering-Fahrzeug hervortraten, starrten mich drei Beleuchter, ein Kameraassistent und der Regisseur an, und der Dobermann verzog sich winselnd in seinen Transportkorb.

Ich war die Letzte, die das Kunstwerk begutachten durfte, schaute verschreckt in den Seitenspiegel vom Catering-Fahrzeug und war etwas befremdet, die neue Greta Garbo kennenzulernen. Bis die kreisrunden Bögen verwachsen waren, litt ich eine Weile unter Schlafstörungen und dem wiederkehrenden Traum, nach einer selbst durchgeführten Begradigung derselben für den Vulkanier Mister Spock gehalten zu werden.

Mit dem Verlauf von Augenbrauen ist einfach nicht zu spaßen. Zwei Zupfer zu viel können das Ende einer Karriere als Lottofee bedeuten und das Berufsfeld »was mit Sprachen« eröffnen.

Da ich mich ganz klar im ersten Karrieresektor befinde, muss ich folglich meinen Beauty-Pflichten nachkommen. Und die Basis hierfür sind 1. Gewicht (inzwischen ist meines proportional zu Bord-Pralinen, Snack-Tütchen und Flughafen-Laufbändern zum Draufstehen und Sich-Fahrenlassen wieder leicht angestiegen), 2. intakte Gesichtsmuskeln zwecks Dauerlächeln und 3. eine fundierte Enthaarung an Stellen, die die Uniform nicht absolut blickdicht bedeckt.

Da hierüber Klarheit herrscht, steht nur die Methode zur Diskussion. Es ist ja nicht so, dass ich heute früh in meinem Hotelzimmer aufgewacht bin und feststellte: »Jetzt möchte ich, dass mir jemand mit Wachs die Härchen an den Extremitäten rausreißt«, so wie »Heute bespreche ich mal meine Mailbox neu« oder »Ich ändere mal mein Profilbild bei

Facebook«. Nein, dieser Gedanke ist über Monate, wenn nicht sogar Jahre gereift.

Und überteuerte Rasierklingen und Epiliergeräte, mit denen man im Mittelalter erfolgreich gefoltert hätte, haben mich systematisch und final zu meinem Entschluss getrieben: WAXING. Man könnte schon am brutalen Klang erahnen, dass dieses Beauty-Experiment kein Aufenthalt auf dem Ponyhof wird.

Dennoch beherrscht mich dieser Gedanke seit meiner Ankunft in Thailand derart penetrant wie das bohrende Gefühl, wenn man in den Spiegel schaut und denkt: »Ich muss unbedingt mal wieder zum Friseur.« Der Gedanke steigert sich binnen Stunden rapide zu einem wahnhaften: »Ich brauche jetzt sofort einen Termin, ich kann unmöglich noch das Wochenende über so bleiben.«

Und ich finde eben, dass meine Waden dringend zum Friseur müssen. Jetzt. Sofort. Und zwar zu einem Profi. Und dabei bin ich eben zufällig auf der Arbeit in Bangkok.

Schönheitsmodifikationen aller Art führt man ohnehin besser jenseits des eigenen Land- & Freundeskreises durch. Schließlich weiß man nicht erst aus Serien über verzweifelte Hausfrauen, dass ein Fruchtsäure-Peeling den gesellschaftlichen Tod bedeuten kann. Und auch der Kosmetikerin, die die ganze Wahrheit über meine Unterschenkel erfährt, muss ich hier nie wieder begegnen.

Allerdings kann das Exil in Bezug auf diesen Themenkreis auch so seine Tücken haben. Eine Ahnung, die ich darauf stütze, dass meine mitteleuropäische, kaukasisch pigmentierte Durchschnitts-Epidermis nicht zum ersten Mal Bekanntschaft mit der asiatischen Kosmetikindustrie macht.

Einer meiner *Bon-Bon-Flüge* ging nach Japan (Das sind seltene Einsätze mit besonders vielen freien Tagen vor Ort). Zwischen Stäbchen, sprechenden Ampeln und beunruhigend buntem Sushi, hielt ich mich zunächst an Vertrautes. Insbesondere nachdem unser Kopilot gleich am ersten Abend versehentlich ein Küchenmesser im Wert von zweitausend Euro erworben hatte, weil er sich bei der Umrechnung vertan hat.

So streunte ich durch die Kosmetikabteilung der Shopping-Mall, in der Wattepads, Ohrenstäbchen und Feuchtigkeitscremes vertraut wie im Reformhaus aufgereiht waren, nur mit lustigen Schriftzeichen überall. Es gab sogar alle gängigen Nivea-Produkte, und ich schlummerte gegen sechs Uhr morgens generalüberholt ein, nachdem ich mir die schlaflose Tokioter Nacht mit einem prickelnden Peeling und der ausgiebigen Hydratisierung meiner oberen Zellschichten per Over-Night-Maske vertrieben hatte.

Am nächsten Mittag sah ich mich im Bad einer mir fremden Geisha gegenüber. Ich fühlte meinen Puls, nahm eine Eisentablette und zog die Vorhänge weit auf. Immer noch sah ich aus wie Hui Buh auf Reha. Verstört beäugte ich mich im Vergrößerungsspiegel des kleinen Hotelbadezimmers und war sicher, dass bislang friedlich schlafende Gene über Nacht eine heimtückische Albino-Mutation durchlaufen hatten.

Da ich mich aber erstaunlich gut fühlte, beschloss ich, erst mal ein *Onigiri* (ein klebriges kaltes Reisteilchen mit Lachs, Gurke oder Sonstigem darin) zu frühstücken und den Kreislauf mit einem Seetang-Kaugummi in Schwung zu bringen – als ich vor dem Aufzug auf ein weiteres Opfer der neuen Pandemie traf. Meine Kollegin Nina.

Käsegesichtig sahen wir uns an, bevor ihre Lippen deprimiert die Worte formten: »Na, hast du dir auch Nivea *White Moisture* gekauft?«

Das hat man dann davon, wenn man meint, man könne den Großkonzernen im Ausland ein Schnippchen schlagen und dort die eigenen Standard-Drogerie-Artikel günstiger erwerben. Im Land der aufgehenden Sonne nämlich enthalten gemäß dem nationalen Schönheitsideal nahezu alle Artikel aggressive Whitening-Substanzen, die bei uns nur in Zahnpasta und als Außenfarbe für Gartenzäune zugelassen sind.

Auf dem Rückflug erntete ich besorgte Blicke der Fluggäste, die mir selbstlos ihre Getränke anreichten und mich ermunterten, mich doch einen Moment neben sie zu setzen.

Schlimmer traf es nur Nina, die versucht hatte, den Effekt mit etwas Selbstbräuner umzukehren. Sie durfte in Deutschland erst nach ärztlicher Untersuchung wieder einreisen, da man bei ihr einen bisher unerforschten Stamm von Fleckfieber vermutete.

Diese Anfängerfehler habe ich allerdings längst verdrängt, als ich jetzt im Sky Guide blättere, um ein für mein Vorhaben geeignetes Spa zu finden.

Berauscht von der hohen Luftfeuchtigkeit, der Zeitverschiebung und verschiedenen thailändischen Werbeplakaten für kurze Röcke, durchforste ich eifrig die Rubrik »Gesund & schön« des kleinen Heftes, das es für jeden Zielort von Skyline gibt. Darin werden von Kollegen alle HotSpots einer Destination verzeichnet und laufend aktualisiert – vom Imbiss gegenüber bis hin zu »Eckard«, einem pensionierten Kapitän, der sich in Phuket niedergelassen hat und Boote mit Crewrabatt vermietet.

Nicht selten kommt es vor, dass sich ein Purser in Nappa zur Ruhe setzt, um Trauben zu züchten, oder eine Stewardess in Paraguay ein Hotel Garni eröffnet, mit angeschlossener Hundepension.

Bis zu meiner Beziehung mit Malte habe auch ich gedacht, ich würde nach spätestens drei Flügen dem Mann meines Lebens in eine ganzjährig mediterrane Ecke des Globusses folgen, aber es ist nicht passiert. Gott sei Dank, muss man eigentlich sagen, denn ich hänge im Grunde viel zu sehr an vierfach geschroteten Brotsorten, der Punica-Oase und Karin Tietze-Ludwig, als dass ich mich je einer anderen Kultur als der bayerischen unterwerfen könnte. Und das war schon eine Höchstleistung in Sachen Integration gewesen.

Natürlich könnte ich meinen Haarwurzelkanal-Versuch auch gemütlich in Schwabing durchführen, beim trendigen *Wax in the City*, aber bisher habe ich mich einfach nicht getraut. Meinen Beobachtungen nach gehen da nämlich nur Frauen hin, die ohnehin so aussehen, als wachse ihnen kein unerwünschtes Härchen irgendwo. Und ich bin nun mal dunkelhaarig und vermutlich die einzige Frau auf der Welt, die dasselbe Problem hat wie Samson aus der *Sesamstraße*. Summa summarum also das perfekte Opfer für die zahlreichen Beautysalons, die hierzulande versprechen, mich als Leinwandgöttin wieder zu entlassen.

Naiv, willig, jedes einzelne meiner Härchen leid und verhältnismäßig vermögend dank Spesen, recherchiere ich mit TATORT-reifer Verhörtaktik auch bei den ortskundigen Kolleginnen. Die aber haben angeblich keine Erfahrung mit »so was«.

»Ich nehme die Pille, daher habe ich keinen Haarwuchs mehr«, ist noch die aufschlussreichste aller Antworten.

Nach der Pleite mit Malte Breuer brauche ich mich gottlob nicht mehr künstlich mit Gestagen zu versorgen, was wegen der Zeitverschiebung sowieso immer ein Problem war. Meine neue (und zu hundert Prozent effiziente!) Verhütungsmethode besteht aus Weißgold mit einem kleinen Brillanten darin – meinem Fake-Ehering! Ihn habe ich mir von meinem Ebay-Erlös gekauft und zwar bei *Tiffany* in New York und lasse ihn allen Männern mit Streifen an der Kleidung demonstrativ entgegenfunkeln.

Gemäß Entdecker-Vorbildern wie Christopher Kolumbus schwinge ich mich als frischgebackener »Maniküre-Marco-Polo« allein in ein klimatisiertes Taxi und lasse mich vom Fahrer mit seinen weißen Baumwollhandschuhen, wie sie in Asien alle Taxifahrer tragen, zur berühmt-berüchtigten Khao San Road kutschieren, einer sehr belebten Straße der thailändischen Metropole.

Kaum habe ich einen prüfenden Blick auch nur in Richtung einer der Beauty-Tempel geworfen, winkt mir auch schon eine typisch winzige, zierliche und extrem geschäftstüchtige Thailänderin zu und packt meinen Arm, kaum, dass ich in Reichweite bin. Dann schubst sie mich sanft ins kleine Foyer von *Kate's Salon*.

Sofort versöhnt mich die auch hier angenehm klimatisierte Luft und der Zitronengras-Tee, den sie mir sogleich serviert. Ein künstlicher Wasserfall, ein paar Goldfische und geschmacklose bunte Bilder, die paradiesische Orte mit Delfinen als Hologramm abbilden, zieren den gefliesten Raum.

Ich frage mich, ob das Gerücht stimmt, dass in Läden, in denen die Mafia Schutzgelder erpresst, schwarze Goldfische im Becken schwimmen. Ein Gerücht, das meine Mutter im

China-Restaurant in Oer-Erkenschwick in die Welt gesetzt hat. Vorsichtshalber gucke ich genau hin.

»You wanna buy fish?«, meint meine kleine Thailänderin sofort und stellte sich als »Candy« vor.

»No, thank you. Just looking«, antworte ich. *»Candy? Is that your real name?«* Ich habe schon davon gehört, dass sich Asiatinnen amerikanische Namen geben, die Touristen besser aussprechen können.

Verlegen kichernd entgegnet sie: *»You clever, I Mai-Ling.«* Na bitte, wer sagt's denn? Jetzt haben wir doch eine Vertrauensbasis.

Ich informiere Mai-Ling über meine Wünsche. Sie scheint sehr wohl bereits Bekanntschaft mit Kolleginnen gemacht zu haben, denn sie fragt prompt: *»You airline?«*

Dann startet sie ihre Anamnese und wirft einen schnellen prüfenden Blick unter meine Cargohose, kurz oberhalb meiner Knöchel. Wieder kichert sie und zieht mich am Arm.

»So, we do Landing Strip – for capt'n«, beschließt sie resolut.

»Äh, *maybe bikini area, only?«*, kontere ich und unterdrücke meine aufsteigende Panik, die Mai-Ling professionell ignoriert. Vermutlich berechnet sie schon, dass sie an mir einen gesamten Monatslohn verdienen kann.

Dann umfasst sie erneut mein Handgelenk und zieht mich hinter sich her, vorbei an Vitrinen mit amerikanischen Nagellacken, von *Mermaid Aqua No. 1* bis hin zu *Devil Diva Black No. 213*. Ich liebäugele spontan mit No. 17 *(Red-Carpet-Red)* und beschließe, mein Treatment später mit einem Neuanstrich ausklingen zu lassen.

Wir erreichen das Ende eines engen Ganges, der in beruhigender Eierschale gestrichen ist und betreten einen winzigen Raum mit einer opulenten Liege, einem Kleiderbügel und einer Mikrowelle, die sich die vorgewärmten »Made in Peru-Handtücher« der Kundinnen mit den *Pad-Thai*-Gerichten der Mitarbeiterinnen teilen.

Ein Deckenventilator und die obligatorische Klimaanlage sorgen auch hier für ein Raumklima, in dem man artgerecht Königspinguine halten könnte.

Candy-Mai-Ling kichert nochmals herzhaft, was für mich zunehmend diabolisch klingt, und verschwindet.

Als sie wiederkommt, verschüttet sie vor Lachen fast das kleine Eimerchen mit rosafarbenem Wachs, das sie mit Handschuhen, die eigentlich für die Gartenarbeit gedacht sind, hereinträgt. Dazu rund einhundert sehr kleine weiße Fleece-Streifen und einen Holzspatel, der definitiv aus dem HNO-Bedarf zweckentfremdet worden ist.

Mir kommen leise Zweifel daran, wie sie es schaffen will, mir mit dem kleinen Ding und den Kaugummipapierstreifen einen Look zu zaubern, der mir eine Sprechrolle in *Baywatch* sichern könnte.

Eineinhalb Stunden später weiß ich es.

Ich hätte diese Behandlungsmethode durchaus in Guantanamo vermutet, aber nicht in einem sogenannten *Amüsierviertel.*

»Wer schön sein will, muss leiden«, murmele ich tapfer vor mich hin, als Mai-Ling gegen Ende der Tortur die letzten Folterindizien sorgsam mit Melisse wegwischt und sich nun (ich will gerade aufspringen und das Weite suchen) in einer weiteren Prozedur daranmacht, mir mit einer silbernen Riesenpinzette zu Leibe zu rücken.

Ich bleibe widerwillig liegen, auch um nicht einen Kreislaufkollaps zu erleiden, und starre weiter brav die Rotorblätter des *Spitzbergen Millennium 2000 X*-Deckenventilators an.

Die ab und zu immer noch von Lachern geschüttelte Mai-Ling missinterpretiert meinen Angstschweiß und sorgt verstärkt für Minusgrade, indem sie an der Wand den Schalter »Maximum Power« betätigt – und ihn einen Kampfhubschrauber der Apache-Afghanistan-Klasse verwandelt.

Das kleine heiße Handtuch auf meinen Füßen wird schlichtweg weggeblasen und nicht nur die eisige Kälte, sondern auch Mai-Lings kitzelnde lange Seidenhaare streifen nun hemmungslos über meinen Körper. Etwaige Rest-Härchen müssten eigentlich längst schockgefrostet sein und automatisch abbrechen.

Jetlag-bedingt oder durch die hypnotische Wirkung des Rotors über mir schlafe ich kurz ein, oder mein Körper versetzt sich aus Selbstschutz vorübergehend in ein Koma. Als ich aufwache, fährt mir Mai-Ling mit einer beleuchteten Vergrößerungslupe über die Schenkel, als sei sie eine Pathologin aus *Navy CIS*.

Ich hätte nichts gegen ein wenig Nachlässigkeit auf meinem Obduktionstisch, aber die Asiaten übertreffen die Schweizer an Genauigkeit bei weitem. Ich beginne zu überlegen, ob die nahe gelegene Deutsche Botschaft auch Menschen wie mir Asyl gewährt. Immerhin werde ich in einem fremden Land gegen meinen Willen gefangen gehalten und gefoltert.

Doch endlich sinkt auch Mai-Lings Enthusiasmus. Sie seufzt tief, schreit dann etwas in den Gang und beruft damit, wie ich bald verstehe, ein Konzil zu drei meiner verbliebenen Stoppeln ein. Zwei weitere Thai-Mädchen rauschen durch den IKEA-Duschvorhang zu uns herein und beugen sich über meine Kniescheibe wie über ein seltenes Insekt.

Leider scheint dies ein Fall für jemanden mit wesentlich

mehr Berufserfahrung zu sein, und auf diese Person warten wir nun zu viert. Es ist mir unangenehm, so viel Wirbel um meine Person zu verursachen, und ich entscheide mich für ein wenig Smalltalk zur Auflockerung der Situation.

»What's your name?«, frage ich das Mädchen, das direkt an meinem Kopf steht. »Mai-Ling«, sagt sie und kichert.

Bevor ich dazu komme, eine Diskussion über die Häufigkeit thailändischer Voramen anzuzetteln, scheucht die erste Mai-Ling die Mädchen unter lautem »Sch!« wie eine Horde Gänse wieder hinaus und überbrückt die Wartezeit selber mit dem dritten Feinschliff.

Das fiese Ziepen oberhalb meines rechten Knöchels wird unerträglich, es macht mich langsam richtig aggressiv. Natürlich will ich aber die auswärtigen Beziehungen Deutschlands nicht gefährden und sage diplomatisch: *»Oh, I think it's good enough …«*

Mai-Ling jedoch ist nicht an Einigungen interessiert und formuliert diktatorisch: *»No! You not ready. Airplane cannot land yet!«* Dann zupft sie unerwartet an meinem Venushügel herum, so dass ich vor Schreck aufquietsche.

Zur Abwechslung starre ich auf ein elektronisches Bild, das eine deutsche Heidelandschaft zeigt, die abwechselnd in Pink, Blau und Algengrün aufleuchtet und einen röhrenden Hirschen einrahmt, dessen Geweih ebenfalls farbig leuchtet.

Plötzliche Empathie keimt in meiner Peinigerin auf: *»You cold?«*, fragt sie mich, und noch vor Minuten hätte ich diese Frage genutzt, um meine Behandlung um einen Ganzkörper-Wrap aus Pad-Thai-Badetüchern zu erweitern, aber jetzt will ich nur noch so schnell wie möglich weg. Das will ich ihr aber nicht sagen, denn mich plagen auch Schuldgefühle.

Die armen Asiatinnen hier haben gegen einen Mindestlohn so viel Arbeit mit mir, und ich liege nur faul herum und ärgere mich über ein paar Eiszapfen an meiner Ferse. Also versuche ich, mich mit der Aussicht auf das makellose Endergebnis über Wasser zu halten.

Ich habe jegliches Zeitgefühl verloren und sehe weit und breit kein Härchen mehr, abgesehen von der sehr akkuraten »Landebahn«, auf die Mai-Ling bestanden hatte.

Das Hirschgeweih wechselt von Blau auf Lila.

Noch immer tagt vorm Vorhang hörbar Mai-Lings Gefolgschaft, als endlich eine beeindruckende asiatische Variante von Eva Mendes mit einer schwarzen Pinzette durch den Türrahmen weht. Binnen drei Sekunden hat sie die letzten Schwachstellen des Gesamtkunstwerks aufgespürt und mit steinerner Miene eilt sie wieder hinaus. Ihre Waxing-Azubis lässt sie wortlos und beschämt zurück.

Mai-Ling knipst den Hirschen aus, und ich bin erlöst.

Ich will gerade schwungvoll aufstehen, cancele in Gedanken die Maniküre, sehe mich euphorisch mit Trink- (vielmehr Lösegeld) um mich werfen, den Goldfischen zuwinken und wähne mich schon in der warmen Luft draußen vor der Tür – als ihre flache Hand abermals auf meiner Brust landet und sie mich zurück auf die unbequeme Liege drückt. Perplex lasse ich es geschehen.

Mai-Lings lange schwarze Haare landen in meinem Gesicht, und ich starre in ihre sorgenvoll geweiteten Pupillen. Haben ein paar Mikrowellen-Streptokokken zusammen mit der Klimaanlage in so kurzer Zeit Pusteln oder sichtbar Schlimmeres auf meiner Stirn hervorgerufen?

»*You need Eyebrow-Waxing!*«, diagnostiziert sie messerscharf.

Ich lächele erleichtert, bereit, meine Flucht mit allen Mitteln fortzusetzen.

»Oh no, thank you, they are fine!«, blocke ich ab.

Leider scheint das nicht der asiatischen StVO zu genügen. Unbeeindruckt hebt Mai-Ling ihre Alupinzette auf Augenhöhe. Vielleicht muss sie sich die schwarze erst verdienen? Aber gefälligst nicht an mir und schon gar nicht mehr heute!

Nicht dumm, bemerkt sie meine schlechte Laune und wechselt die Taktik. Mit großen Kulleraugen legt sie mir die Hände besänftigend auf die Schultern und flötet:

»You wanna go so soon? You beautiful! Why not let me make you more beautiful? You my friend!«

Ich vermute, dass sie nicht mit mir spricht, sondern mit meiner Crewcard.

»You said, you flight attendant, right?«

Ich nicke.

»So you must be perfect!«, schlussfolgert meine neue Freundin.

Ein starkes Argument, mal wieder hängt das Vertrauen der Öffentlichkeit in die Luftfahrt von meinem äußeren Erscheinungsbild ab.

Noch während ich darüber nachdenke, ob ich auf dieses Image pfeife, knipst Mai-Ling entschlossen den bunten Elfender wieder an.

Ich lasse weitere zwanzig Minuten Zupfen und Ziepen über mich ergehen und erlaube mir lediglich gegen Ende eine Frage: *»Do I still have eyebrows?«*, die durchaus ernst gemeint ist, aber nur mit vertrautem thailändischem Gekicher abgetan wird.

Als ich endlich wieder vor Kate's Salon in der wohltuenden feuchten Hitze der Khao San Road stehe und meine Beine wieder spüre, dämmert es längst. Erschöpft und durstig lasse ich mich mit einer Dose Cola auf den staubigen Stufen eines Hostels nieder und wage vorsichtig einen Blick in das spiegelnde Glas der Eingangstür.

Ich traue meinen Augen kaum – ich sehe aus wie eine Kennedy! Mai-Ling hat hervorragende Arbeit geleistet!

Als ich mich einen Tag später zum Rückflug in der Lobby einfinde, ernte ich weitere Reaktionen auf mein wirklich leicht verändert wirkendes Gesicht.

»Wow, was hast du gemacht?«, »Irgendwie anders, aber super!«, resümieren meine weiblichen Kolleginnen.

Ich beschließe, meinen im Selbstversuch erprobten Tipp an die *SkyGuide* zu mailen, so dass die Mai-Lings schon bald zu Spitzenverdienern werden können.

Das Ergebnis dieses Nachmittags hält wesentlich länger an als meine leichten Erfrierungen an den Extremitäten, und ich muss zugeben, diese Erfahrung hat sogar mein Brauen-Trauma kuriert.

Wieder in Deutschland angekommen, entdecke ich verblüfft einen kleinen Stapel Visitenkarten von »Candy«, den sie mir in meine Handtasche geschmuggelt haben muss. Schmunzelnd verstaue ich sie in meinem Bordverkaufs-Portemonnaie. Für den Fall, dass ich mal Theo oder Nina an Bord haben sollte …

Skyline – Meet the Angels.
Rundschreiben

Sehr geehrte Kolleginnen und Kollegen des Kabinenpersonals,

aufgrund der aktuellen weltweiten Sicherheitslage möchten wir Sie bitten, an Bord die nötige Sensibilität walten zu lassen.
Bitte verzichten Sie bei der Abfrage von Getränken in puncto Wasser auf die Formulierung »with gas?«
Hierzu möchten wir Ihnen alternative Redewendungen an die Hand geben:

Would you like/May I offer you/Do you care for ...
... still/flat or sparkling water?
... Vittel or Gerolsteiner?
... natural or carbonated water?
... water with or without bubbles?

Entsprechend im Deutschen:
Möchten Sie/Kann ich Ihnen noch anbieten ...
... stilles Wasser oder Sprudel?
... Tafelwasser mit oder ohne Kohlensäure?
Die Formulierung »Leises oder lautes Wasser?« halten wir für ungeeignet.

Freya Nilsson
Skyline/Trainingsabteilung Service FRA

13.

»Aber das Hotel musst du immer selbst zahlen?«

»Bitte geben Sie mir einen Baby-Adapter!«
»Wie bitte? Meinen Sie einen Adapter zum Laptop Aufladen? Oder soll ich Ihnen das Fläschchen aufwärmen?«
»Nein, einen Baby-Adapter – diesen Gurt für Kinder!«
(MUC – HKG)

Ich bin echt ziemlich vergesslich. Das geht sogar so weit, dass ich mich frage, ob ich das Duplo in der Küche jetzt schon gegessen habe oder nicht. Und vorsichtshalber ein zweites esse.

Aber mein Hotel, meine Etage und meine Zimmernummer zu vergessen, wird mir nie wieder passieren! Nach nunmehr zwei Jahren als Skyline-Engel bin ich längst eine ganz andere: kosmopolitisch, weltgewandt, elegant. Heute muss ich nicht einmal mehr raus aus dem Hotel, um Probleme zu bekommen. Die Probleme kommen jetzt einfach zu mir aufs Zimmer.

Zum Beispiel in Delhi, in Form einer Amöbenruhr. Ich hatte leider zu spät festgestellt, dass alle anderen wirklich nur am Pool *lagen*, was einen Pool-Aufenthalt für meine Begriffe überflüssig macht. Ich sah noch nie viel Sinn darin, in der sengenden Sonne auf einem zweitklassigen Frotteehandtuch vor mich hin zu schwitzen, mit dem man morgens um sechs Uhr schon eifrig die Liege als Alleineigentum gekennzeichnet hat.

Jedenfalls, niemand in Indien ging ins Wasser. Ein Umstand, den ich dazu genutzt hatte, ausgiebig zu planschen, zu tauchen, meinen Delfin-Stil zu verbessern, mich abzukühlen und das alles herrlich alleine. (Okay, unter den Blicken der Umliegenden, die mich auffallend anstarrten, was ich auf den Erwerb meines neuen todschicken Bond-Girl-Bikinis zurückführte.)

Als ich eine Stunde später mit einem Champagner-Kühler (Brechschalen und Putzeimer sind in Fünf-Sterne-Hotelzimmern Mangelware) auf der Toilette saß, musste ich notgedrungen die Purserette informieren.

»Was hast du denn?«, fragte sie alarmiert.

»Ich weiß nicht, ich war nur im Wasser«, gab ich wahrheitsgemäß, von Krämpfen geschüttelt und mit schwachem Stimmchen, an.

Ein wenig mitfühlendes Stöhnen ihrerseits war die Reaktion.

Nun ja. Ich habe gerade so überlebt. Und wurde immerhin als regulärer Fluggast am Tropf zurücktransportiert, sobald ich mich wieder einigermaßen auf den Beinen halten konnte. Allerdings konnte ich zu diesem Zeitpunkt noch nicht wieder feste Nahrung zu mir nehmen, und so war »Ashrams Best Ayurveda-Tee« das einzige Highlight der Businessclass, in dessen Genuss ich kam.

Neben der Freude über meine erneuten Modellmaße und der auf ein baldiges Wiedersehen mit Dr. Eckert, der neuerdings Betriebsarzt in München war, also kein wirklich angenehmer Flug. Zumal meine Sitznachbarn schnell spitzhatten, dass es besser war, nicht unmittelbar nach mir die Toiletten zu benutzen.

Aber der Punkt ist, meine Probleme machen sich nicht einmal mehr die Mühe sich zu tarnen, etwa in Form einer kleinen weißen Plastikkarte, um mich dann in einer gottverdammten Millionenmetropole, irgendwo zwischen zwei Musicals, aus dem Hinterhalt zu überfallen. Nein, inzwischen tippen sie mir ganz offensiv auf die Schulter.

Ich stehe an der Rezeption unseres Hotels in Barcelona – ein schickes Designerhotel direkt an den Ramblas, der Touristenmeile der Stadt. Zentraler geht es kaum. Man muss erst mal wieder stadtauswärts laufen, um ein paar bezahlbare Tapas und einen echten Spanier zu Gesicht zu kriegen.

Alles ist voller Amis, Skandinavier, Starbucks-Filialen und Taschendiebe. Und Ständen mit Malern und Tieren, die beide, glaube ich, auch nur dazu da sind, die Touristen abzulenken, damit die Taschendiebe zuschlagen und Känguruhbeutel abschneiden können.

Links vom Hotel geht es in die Innenstadt, rechts gleich runter zum Hafen, wo ich regelmäßig einen Crêpe-Stand anpeile,der von zwei Thailänderinnen geführt wird. Seit der Begegnung mit Mai-Ling hege ich eine ausgeprägte Sympathie für dieses gewissenhaft arbeitende Volk. Entsprechend sind die Kokos-Sahne-Crêpes mit Ananas-Chutney spitze!

Ich habe am Vortag einen schönen freien Nachmittag gehabt, natürlich nicht ohne die obligatorische bleierne Müdigkeit, da wir um zwei Uhr früh in Moskau aufgestanden waren und bereits bei der Landung in Spanien vier Flüge hinter uns hatten.

Es gibt wirklich wenig Deprimierenderes, als wenn du um

7:10 Uhr in München im Flieger stehst, die ersten Deutschen verschlafen einsteigen und denken, man wäre auch gerade erst aus dem Futon-Bett am Englischen Garten gestiegen. Ebenso wie abends, wenn sie einem »Gute Nacht!« und »Schönen Feierabend!« wünschen, dabei steigen direkt nach ihnen wieder dreihundert Griechen ein und wollen noch nach Athen.

Da ist der frühe Feierabend gestern um 15 Uhr Pamplona-Zeit eine wohltuende Ausnahme gewesen.

Nach einem Nickerchen bin ich gegen Abend am Hafen auf ein Bitter Kas und einen *Café con leche* eingekehrt und habe mir danach sehr dekadent im Spa des Hotels noch eine für Crewmitglieder um fünfundzwanzig Prozent reduzierte Fußreflexzonenmassage gegönnt. Alles in allem: ein rundum gelungener Aufenthalt!

Bis heute früh. Bis jetzt.

Ich werde von hinten angepöbelt. Und es ist wirklich kein sanftes Tippen, à la »Entschuldigung, Miss …« Es ist ein deutlich verärgertes, aggressives *Tipp, Tipp, Tipp!*, das begleitet wird von lautstarkem: *»Why are you just standing around and talking!?«*

Ich drehe mich um. Hinter mir steht ein Mann um die dreißig, mit Baby auf dem Arm. Er sieht mir wütend ins Gesicht, mit der freien Hand vorwurfsvoll gestikulierend: *»I wanna check out! Maybe you start doin' your job!«*

Nun, dann muss der Gute eben warten, bis er dran ist, denke ich als Erstes. Immerhin checke *ich* ja gerade aus. Dann aber wird mir klar, dass er mich für eine Hotelangestellte hält, die einen frühen Flirt mit dem Rezeptionisten wagt und von Arbeitseifer nicht gerade getrieben wird.

Noch vor Wochen hätte ich den Mann hinter mir trotz seiner Attitüde angelächelt und warmherzig geflötet: *»Oh,*

I'm so sorry, Sir. Actually, I do not belong to the staff, I'm checking out myself. I'm a flight attendant, with Skyline – but of course, you can go first!«

Dann hätte ich nochmal kräftig gelächelt, damit ihm die Verwechslung nicht peinlich ist, wäre mit meinem gesamten Geraffel zur Seite gesprungen und hätte später zu Ende ausgecheckt, wodurch ich auch auf den Kaffee an der kleinen Lobby-Bar verzichtet hätte, wegen dem ich extra früher aufgestanden bin.

Aber mal ehrlich: Da stehe ich in voller Skyline-Montur vor dem schwarzen Marmortresen mit eingelassenen Leuchtdioden, habe in der Hand meine Kreditkarte (okay, ich habe nach der Massage auch noch ein bisschen Room-Service und eine halbe Stunde Internet gehabt), und »José« ist gerade dabei, mir meine Rechnung in einen Papyrus-Umschlag zu stecken und mich gut hörbar und huldvoll zu fragen: *»Miss Loos, did you have a nice stay with us? Was everything alright?«*

Wirklich, man kann doch wohl zwischen einem spanisch aussehenden Hotelangestellten im designermäßig schlichten schwarzen Karateanzug und meiner Wenigkeit unterscheiden, in einer knallhellblauen Stewardessenuniform mit rostiger Wellblech-Haarspange! (Ich wollte sie nach New York erst wegschmeißen, aber dann waren alle ganz neidisch und sprachen mich ständig an, ob das eine limitierte Edition in Rubin sei.)

Aber es gibt ja so Menschen, die können keine Gesichter unterscheiden. Sie sind in dieser Hinsicht einfach blind und können gar nichts dafür. Und offenbar gibt es auch Leute, die keine Stewardessen erkennen können. Ihr Sehnerv oder ihr Gehirn hat kein Scanprogramm für zur Sonne gewandte Polyester-Halstücher, Fliegerspangen am Revers, Skyline-

Ausweise am Sakko und Koffer mit riesigen Metallanhängern, auf denen in großen goldenen Großbuchstaben auf hellblauem Grund steht: SKYLINE CREWBAGGAGE.

Ich stehe ja auch nicht an der Rezeption und sage zu José: »Barkeeper, wo bleibt mein Gin Tonic?«

Im Übrigen ist diese permanente Servicebereitschaft auf Dauer ungesund. Und ich werde es nicht so weit kommen lassen, dass ein ausgeschiedener Nierenstein in einer Kloschüssel in Bangalore mir das sagt. Eine Gefahr, der ich mir so richtig bewusst bin seit dem Seminar »Krankheit als Zwischenstopp – wenn der Körper aussteigt«.

Noch immer stehe ich zu dem »Baby-Mann« umgedreht da und sehe ihn aufs Äußerste brüskiert und einfach nur fragend an. Eine Frau, offensichtlich seine, schreitet ein.

Ob ich meinen zukünftigen Mann wohl auch jemals so ansehen werde? Hoffentlich nicht. Sie zieht ihn mit einer kurzen Handbewegung von mir weg, so wie man einen Hund beiseitenimmt, der nach dem ersten Schnuppern zur Bestie wird, weil er beschlossen hat, den Pinscher gegenüber doch zu hassen.

Vielleicht ist es auch nur meine offene Aura, die den Mann zu falschen Schlüssen geführt hat? Mir fällt sofort auf, wenn sich jemand auf der anderen Straßenseite einer Kreuzung suchend umblickt und biete meine Hilfe an, sobald die Ampel auf Grün springt. Im öffentlichen Personennahverkehr muss ich den Reflex unterdrücken, mich beim Busfahrer wie beim Crewbusfahrer persönlich zu bedanken und ein wenig Trinkgeld zu geben. Und in der U-Bahn stehe ich immer, weil ich den anderen Gästen nicht die Plätze wegnehmen möchte. Ich fürchte, ich muss dringend lernen, mich da wieder abzugrenzen.

Umgekehrt wird man aber auch gerne eingespannt, wenn man wirklich abschalten will. Erst kürzlich befand ich mich auf dem Weg zu einer Hochzeit und hatte mir ein ermäßigtes, aber immer noch teures Mitarbeiter-Flugticket geholt.

Bereits für die Anreise an den Ort der Trauung, die Abgeschiedenheit Hattingens, war ich standesgemäß aufgerüscht – mit Rock, Schminke, High Heels und apartem Federschmuck auf dem Kopf nahm ich meinen Fensterplatz im Flieger nach Düsseldorf ein. Ich saß keine drei Minuten in mein Buch vertieft da, da kam die Purserette auf mich zu und sprach mich lautstark, mit ernster Stimme und ziemlich unfreundlich an: »Frau Loos?«

Ich lächelte sofort reflexartig und entgegnete aufmerksam: »Ja?«

Sie guckte auf ihre Passagierliste, die mich lediglich als Skyline-Mitarbeiter auswies (genauso gut hätte ich im Marketing sein können oder Pilotin) und vergewisserte sich:

»Sind Sie fliegendes Personal?«

Wieder bejahte ich – fröhlich, wie man es von mir erwartet. Immerhin könnte ich schon nächste Woche mit ihr fliegen.

Sie hingegen verzog keine Miene und stellte trocken fest:

»Ach super, dann hab ich ja dich, wenn ich jemanden extra brauche.«

Ich finde, das geht eindeutig zu weit.

Natürlich ist es ein ungeschriebenes Gesetz, dass man bei einer Evakuierung nicht die Hände in den Schoß legt, sondern hilft, aber selbst da stellt sich doch die Frage, ob die Passagiere auf eine Frau mit Federschmuck hören, die sich sehr wichtig nimmt und durch ein Megafon schreit, wer wann zu rutschen hat.

Aber hier nun, an der Rezeption, kann ich mir ein Stück meiner Würde bewahren.

Ich werfe mich in eine selbstbewusste »Ich bin hier auch nur Hotelgast«-Pose und drehe mich wortlos zurück zu José. Wieder tippt mir der Mann auf die Schulter. Stumpfsinnig. Verständnislos. Bis seine Frau ihn lapidar zischend aufklärt:

»She's not working here.«

Ich bin mir ziemlich sicher, dass es sich hier um eine Ehe handelt vom Typ: »Er sieht geil aus, der Sex ist sensationell, und es stört mich nicht, dass er dumm ist wie Brot, schließlich bin ich leitende Bankangestellte.« Ein verzeihliches Phänomen unserer Zeit. Frauen haben ja heute von alleine alles: Führungspositionen, ausreichend Geld für Kaviar-Peelings und Fastenkuren auf Sylt, schöne Autos und Bulgari-Schmuck. Also sucht man sich was Gutaussehendes fürs Bett dazu aus und diskutiert die politische Lage in Aserbaidschan dann eben mit dem eigenen Vater.

Das weiß ich so genau, weil ich das auch schon so gemacht habe. Nur, dass mich Janek, den ich bei einem Shooting für Thermounterwäsche kennengelernt hatte, dann aber nicht heiraten wollte. Und ich ihn sowieso auch nicht, weil ich es anstrengend finde, dass Models morgens um sechs ihre Sit-ups neben meinem Bett machen und meine ganze Zahnseide verbrauchen. Dennoch hielt es eine Weile, denn wir hatten derart guten Sex, dass ich es eher als »Bewusstseinserweiterung« umschreiben würde.

Es endete nach sieben Wochen in einem sehr hässlichen Streit, weil ich ihn angeblich irgendwo gekratzt hätte bei ebendiesem Vorgang, was eine winzige Kruste auf seinem Steißbein vermuten ließ, und er am nächsten Tag für einen Sonnenmilch-Werbespot tipptopp sein musste. Letztlich kam heraus, dass es an meinem Kopfkissenüberzug mit Reißverschluss gelegen hatte, während er nur Bettwäsche zum Einschlagen kaufte. Den Disput hatten wir nie kitten können.

Und genau so ein Typ steht jetzt hinter mir und nervt.

Während ich betont langsam den Umschlag einstecke, hat er sich von seinem Frauchen losgemacht. Offenbar hat er es wirklich eilig, denn ich spüre, wie er anfängt, hyperaktiv herumzuhampeln. Zieht aber bei mir nicht.

Ich nehme es tagtäglich mit Hunderten von Menschen auf, die angeblich jetzt und sofort auf der Stelle sterben und für meine Kündigung sorgen, wenn sie ihren Anschlussflug nicht kriegen. Da macht mir ein bisschen Gedrängel rein gar nichts.

Was kann man denn hier noch machen? Ah ja, es gibt eine Preferred Member Card. Die möchte ich jetzt beantragen.

Der Typ hampelt so sehr, dass das Baby wach wird und zu schreien beginnt.

In diesem Moment kommt meine Kollegin Filippa angerast – barfuß. Das Baby wird von ihrem lauten regelmäßigen Taptaptap auf dem Marmorfußboden sofort ruhig und quietscht begeistert beim Anblick ihrer wehenden blonden Haare.

Ich nehme meinen Preferred-Member-Antrag, mit dem ich ab sofort Minibar-Meilen sammeln kann, im Meridien Bora Bora einen kostenlosen Mangrovensaft zum Frühstück bekomme und ermäßigten Internetzugang in allen Resorts auf den Cayman Islands, und rutsche endlich zur Seite.

Filippa rast erneut an uns vorbei, zurück zu den Aufzügen, ruft strahlend: »Morgen« in meine Richtung – und wird dann sehr unelegant von einer Frau abgebremst und fast zu Fall gebracht, die ihr einfach einen Koffer in die Hand drückt, dazu einen Dollar und sagt: *»It's the black Subaru outside.«*

Mir tut es natürlich leid, dass meine Kollegin so etwas erleben muss. Andererseits ist es ein sehr beruhigender Anblick für mich. Es liegt also nicht an mir persönlich, an meinem offenen »Was kann ich für Sie tun? Beim Umziehen helfen? Ihre Steuererklärung machen?«-Blick. Es sind einfach die Leute und die Wirkung einer Uniform per se.

Ich treffe auf den Rest der Crew.

»Was ist denn mit Filippa?«, frage ich neugierig in die Runde.

»Sie hat nachts das Zimmer gewechselt, weil ihre Klimaanlage kaputt war, und heute früh erst festgestellt, dass sie ihre Schuhe in dem alten Zimmer vergessen hat.«

Verstehe. Auch zu anderen kommen die Probleme ins Hotel.

Während wir zum Ausgang gehen, wo ein Page unsere Koffer netterweise die Stufen hinunterträgt, beschließe ich, in Zukunft einfach so zu tun, als wäre ich das, wofür mich die Menschen halten: *»Buenos dias, señor!* Natürlich können Sie bei mir auschecken! Hatten Sie etwas aus der Minibar? Macht einhundertelf Euro und vierzig Cents!«

Das wäre ein netter Nebenverdienst. Dinge, die man nicht ändern kann, muss man akzeptieren.

Ein Kollege von mir mit Fernbeziehung, macht es ähnlich: Nach dem Dienst war er zum Hauptbahnhof gerast, um seine Freundin abzuholen. Sie lagen sich gerade in den Armen, schmiegten sich aneinander, liebkosten sich, er hielt ihr Gesicht in seinen Händen, und sie drückte ihre Stirn gegen seine – da bestürmte ihn äußerst pampig ein Mann, ob er sich vor Abfahrt des Zuges noch eine Zeitung holen könne. Und ich verstehe mittlerweile nur zu gut, dass er im Liebestaumel sagte:

»Natürlich, kein Problem.«

Der Mann hatte noch nicht nach dem *Focus* im Zeitungskiosk gegriffen, da fuhr der ICE Conrad Röntgen auch schon ab.

Ich schwöre, wenn das *mal* passiert, käme ich niemals auf die Idee, mich darüber aufzuregen oder die Situation auszunutzen. Aber ich werde immer, ständig, täglich und überall von Menschen für etwas gehalten, das ich nicht bin.

Ich stand in einer Steppjacke, mit meiner nudefarbenen It-Bag und einem Regenschirm im Kleinelektrobereich eines Geschäftes, hielt in der rechten Hand einen Caffè Latte und wühlte mich mit der linken durch die DVDs – und dann wurde mir kurzerhand Inkompetenz in Sachen Leuchtdioden in der Abteilung Heimbedarf vorgeworfen!

Die nächste Frau, die mich im Wäscheladen fragt, ob wir die Stütz-BHs von Passionata wieder reinkriegen und mich bittet, das Seidentop in zweiundvierzig zu holen, werde ich bitten, sich schon mal eine Umkleide zu sichern und sich zu entkleiden, ich reichte ihr das gute Stück dann rein, mit passendem Slip. Und dann werde ich einfach rüber zum Bäcker gehen und in aller Ruhe eine Nussschnecke essen.

Der Kapitän deutet mir, ich solle noch kurz auf Filippa warten und in Ruhe meinen Kaffee austrinken, da fällt mir plötzlich auf, dass ich ihn von der Langstrecke her kenne, aus Washington D.C., wo ich eine unschöne Hotel-Episode ganz anderer Natur erlebte …

Nach einer komatösen ersten Nacht blieben mir wie so oft nur wenige Stunden bis zum Rückflug, also empfahl es sich, ein bisschen Gas zu geben in Sachen Freizeitgestaltung und ein *Hop-on/Hop-off*-Ticket zu buchen, das es einem ermöglicht, schnell das Wichtigste einer Stadt zu sehen. Außerdem war es Hochsommer und der Sightseeing-Bus vollständig klimatisiert, was durchaus einen Anreiz bot. Mein großer Stopp war dann das *National Air and Space Museum*. Ich gestehe, ich bin ja nicht so der Louvre-Typ, aber diese Art von Museum ist toll! Die richtige Mischung zwischen Geschichte und gelungenem Entertainment in Form von 3-D-Luftangriffen zum Mitfliegen auf Rosinenbombern. Das ist Amerika.

Mir stellten sich allerdings nach geraumer Zeit bei der Kälte die Härchen auf, und ich versuchte, dem mit einer Umklammerung meiner selbst entgegenzuwirken, wie ich es im Emergency-Training gelernt habe: Treibt man nach einer Notwasserung im Atlantik, vorzugsweise mit Schwimmweste, soll man die Knie an die Brust ziehen und umarmen, da der Körper *zentriert*. Das heißt, er leitet alles warme Blut in die lebenswichtigen Organe Herz, Hirn und Lunge und lässt die eher unwichtigen Extremitäten wie Arme und Beine zuerst absterben. Diesen Prozess kann man haltungsbedingt fördern, indem man die Knie an den Körper zieht, umarmt und die Wärme in der Körpermitte so konserviert.

In ähnlicher Haltung schob ich mich zum Top Gun-Stand, kaufte eine schicke Kette mit zwei Marken, wie sie US-Soldaten tragen, und beschloss, sie nie wieder abzulegen.

Doch schon nach circa zehn Metern, beim Erreichen der Originalkapsel aus dem Film *Apollo 13*, verursachte die billige Aluminiumlegierung leider Pusteln auf meinem Brustbein. Es war ohnehin Zeit, den Rückweg ins Hotel anzutreten. Durch die Kälte bekam ich auch langsam wahnsinnigen Hunger, den die Hitze unterdrückt hatte.

In meinem Zimmer angekommen, verblieben mir noch eineinhalb Stunden, um mich in Ruhe fertig zu machen – und etwas zu essen. In Deutschland würde es Mitternacht sein, bis wir abflogen. Und bis der erste Service im Flieger vorbei war und ich in die Nähe eines Tabletts kam, das ich mir unter den Nagel reißen konnte, würden locker drei Stunden vergehen.

Ich setzte mich mit der In Room Dining-Karte aufs Bett und bestellte einen kleinen Ceasar-Salad, das Clubsandwich, dazu *extra mashed potatoes* und ein Stück Strawberry Cheesecake. Außerdem einen Iced Tea. Dann schaltete ich den Fernseher ein und sprang unter die Dusche. Auf allen Kanälen ging es um Hurricans, die auf irgendeine Küste zurasten.

Gerade als ich in meinen Hotelbademantel geschlüpft war, klopfte es an die Tür.

»Roomservice!«

Ich legte ein paar Dollar Trinkgeld bereit und öffnete. Die Badezimmertür zu meinem Chaos aus Schminkutensilien, Feuchtigkeitsmaske und Haarkur zog ich noch schnell zu.

Doch statt des Tabletts, das ich erwartet hatte, schob ein Kellner mit Fliege einen ganzen Wagen herein. Einen richtigen Tisch, der für zwei Personen gedeckt war.

Nachdem ich ihm gedeutet hatte, alles einfach neben das Bett zu stellen und er auf der anderen Seite einen Stuhl heranrückte, fühlte ich mich genötigt zu sagen: *»Thank you, so much! We appreciate that – my boyfriend is still in the shower.«*

Kaum hatte er die Tür hinter sich zugezogen, stellte ich noch mit verschiedenen Stimmen und viel Geplätscher eine intakte Beziehung nach. Wie peinlich! Aß ich wirklich so viel, dass man annehmen konnte, ich dinierte zu zweit?

Schnell zog ich mich an, packte zu Ende, schminkte mich,

frisierte die Haare, widmete mich meinem Clubsandwich, für das ich achteinhalb Minuten einkalkuliert hatte, und setzte mich abwechselnd auf beide Seiten, so dass der Eindruck gewahrt blieb, meiner besseren Hälfte hätte es auch super geschmeckt.

Inzwischen war ich so müde, dass mir nach allem war, aber nicht danach, einen Rückflug über zehn Stunden anzutreten. Gerade als ich das dachte, knisterte es an der Tür. Jemand schob ein DIN-A4-Papier darunter durch:

Dear Crew,

due to the latest wheather situation, your flight tonight, SL 419, has been cancelled.
For further information, please contact your station manager.

Sincerely,
Hilton Managment

Mein Flug? Gecancelt?! Das war mir ja noch nie passiert! In diesem Moment raschelte es wieder.

Dear Hilton Hotel guest,

we are concerned about your safety! As you might have heard, hurrican »Igor« is on its way to hit the city.
While we do not expect any major inconvenience, we would like to present some safety rules to you.
Moreover, we will be sending most of the staff home, a competent core will be available for you from now on.
Please call 0, if you do need anything.

The Hilton Hotel Direction
Hilton – travel is more than A to B.

Mein Gott, ein Hurrican! Ich komme aus Herten-Scherlebeck! Als Naturkatastrophe bezeichnen wir bei uns eine Schneckenplage in der Schrebergartenkolonie Oer-Erkenschwick – ich hatte keine Erfahrung mit so was!

Die aufgelisteten Regeln waren eine Reihe von Verhaltensmaßnahmen, die wohl auch bei einem Atomkrieg angebracht gewesen wären. Im Wesentlichen, dass man es sich mit einer Taschenlampe, die sie noch brächten, unter dem Bett gemütlich machen und abwarten solle, bis die Rettungskräfte eintreffen.

In diesem Moment klingelte das Telefon, ich zuckte erschrocken zusammen. Es war Stefan, der Purser. In einer halben Stunde war eine Lagebesprechung in seinem Zimmer angesetzt.

Doch außer, dass wir im Fernsehen weiter zusahen, wie Hurrican Igor bedrohlich infrarot gefärbt über den Atlantik auf uns zuwirbelte und seine wahren Ausmaße erst beim Auftreffen auf Land absehbar wären, änderte sich an unserer Lage nicht viel.

Leider war die Crew auch diesmal keine, mit der man besonders warm werden konnte. Also hoffte jeder das Beste, und wir verabschiedeten uns nach einer Stunde Katastrophen-TV wieder auf unsere Zimmer.

Meine Taschenlampe und ich verbrachten eine äußerst unruhige Nacht bei fest geschlossenen Vorhängen (wegen der möglicherweise berstenden Fenster). Am nächsten Morgen durfte man das Gebäude nicht mehr verlassen, und in der Lobby stand ein kleines Frühstück parat. Den weiteren Tag verbrachten wir wieder vorm Fernseher.

Ich hatte mich im Training damals ja durchaus an den Gedanken eines Erdbebens während eines Japanaufenthaltes gewöhnt und den *Skyline-Erdbeben-Leitfaden* immer dabei, aber einen »Storm-Guide« gab es nicht. Was bitte schön viel mehr Sinn macht, wenn es um Leben und Tod geht, als der beknackte SkyStyle!

Mittags war klar, dass der Flughafen mindestens einen weiteren Tag lang geschlossen bleibt. Das einzig Gute an der Sache war: Die Spesen liefen weiter, und bei meiner Rückkehr (*falls* ich je zurückkehrte und nicht im Atrium des Hotels unter Schutt und Glas begraben wurde) hätte ich ein beachtliches Sümmchen gespart.

Nach drei Tagen spärlichem Essen, reiner Klimaanlagen-Hotelluft, endlosen Rundgängen durch den winzigen Souvenirshop und einer Fülle von Horrornachrichten im Fernsehen, die genauso gut auf diese Art den Weltuntergang hätte ankündigen können, wurde der Flughafen endlich wieder geöffnet, und es ging nach Hause.

Außer einigen herumwehenden Zweigen und Ästen im Garten des Hotels deutete nichts darauf hin, dass wir knapp dem Tode entronnen waren. Aber was soll's. Ich war reich!

Tiefenentspannt schlenderte ich zur Rezeption, um auszuchecken. Einen Vorgang, den das *competent core* übernahm, und prompt sah ich mich meinem Zimmerkellner gegenüber, der mich ebenso wiedererkannte.

»*So, did you as a couple have a nice stay, Misses Loos?*«

Ich nickte gefasst.

»*Is he also Skyline crew?*«

»*Yes* … äh … *he is.*«

Ich deutete im Affekt auf den Rücken unseres ahnungslosen, gut dreißig Jahre älteren Kapitäns, was den Kellner-Rezeptionisten zu einem verschwörerischen Grinsen veranlasste.

»So, shall I put everything on his Crewcard?«

»Oh no! I … äh … *will invite him*!«

Mein Gegenüber lächelte beeindruckt.

Ich erlitt meine erste offizielle Panikattacke, als er mir die gebündelte Rechnung des Kapitäns und meine überreichte und den gesamten Betrag von meinem Spesenkonto abbuchte. Beim Überfliegen von zweimal Pay-TV, einer Flasche Moët & Chandon Ice Impérial, sämtlichen Süßigkeiten aus der Minibar und drei Massagen im Spa, hatte ich ein enges Gefühl in der Brust. Womit zumindest geklärt war, wie die anderen Verängstigten die Nächte so durchgestanden hatten.

Die Tür des Aufzugs öffnet sich, und Filippa kommt angerannt, mit Schuhen an den Füßen.

»Danke fürs Warten, Charlotte!«

Gemeinsam entfliehen wir dem Baby-Mann und der Subaru-Frau und steigen in den Crewbus.

Als der Kapitän mir beim Einsteigen helfend die Hand reicht, bleibt sein Blick auf mir haften. Mist, er scheint sich an Washington zu erinnern.

Ich starre verschämt auf meinen Beckengurt, den ich jetzt hoch konzentriert schließe, ohne eine Möglichkeit zur Flucht vor dem nun folgenden peinlichen Gespräch.

Er steigt als Letzter nach mir ein, schließt die Schiebetür und setzt zum Unvermeidlichen an:

»Waren wir nicht zusammen in Schanghai?«

Skyline – Meet the Angels.
Rundschreiben

Sehr geehrte Kolleginnen und Kollegen,

natürlich ist uns Ihre große Verunsicherung bezüglich Aufenthalten im Burj el Sheikh Palace in Dubai bewusst, und wir waren bestrebt, in den letzten Wochen ein anderes, Ihren Bedürfnissen entsprechendes Crewhotel für Sie zu finden.
Leider gestaltete sich die Suche danach als äußerst schwierig, da sich unser Budgetrahmen final nicht mit Ihren Wünschen nach Flughafen- & Stadtnähe, Nähe zum Gold- und Schuh-Souk, Zugang zum Yachthafen vom Poolbereich aus und vergünstigten Mani- bzw. Pediküremöglichkeiten in unmittelbarer Umgebung vereinbaren ließ.
Wir haben uns nun nach sorgfältiger Abwägung entschieden, das alte Crewhotel beizubehalten.
Nach Rücksprache mit den arabischen Behörden und der Hotelleitung gehen wir davon aus, dass der Fund einer Leiche unter dem Bett einer Kollegin eine einmalige tragische Angelegenheit war, die sich nicht wiederholen wird.
Sollten Sie weiterhin Bedenken gegenüber eines Einsatzes mit Zielgebiet Dubai hegen, können Sie von der sog. Angstklausel §9 Abs. III/Skyline-Arbeitsvertrag Gebrauch machen, auf die Sie sich auch bei Einsätzen Richtung Bagdad, Erbil/Kurdistan und Tel Aviv berufen können.
Die Befragungen Ihrer Kollegin durch den Sultan von Brunei und das auswärtige Amt sind inzwischen vollständig abgeschlossen, und es konnte keine Verbindung zum organisierten Verbrechen nachgewiesen werden.

In Zusammenhang hiermit möchten wir Sie daran erinnern, Ihre regelmäßig wiederkehrende Zuverlässigkeitsüberprüfung (ZUP) bei der Luftsicherheitsbehörde rechtzeitig in die Wege zu leiten. Einen entsprechenden Link finden Sie im Intranet unter »AskMissUniverse/Company-Safety«.

Leander Carreras, Skyline/Hotelkommission BRE
Hendrik von Metzingen-Miller, Skyline/Rechtsabteilung FRA
LL. M. (Harvard), J. D.

14.

»Bringst du mir was Kleines mit – ein iPad vielleicht?«

»Ich weiß, der Flieger ist voll. Aber unsere Religion verbietet es uns, mit Frauen in einer Reihe zu sitzen. Sie müssen bitte alle umsetzen.« (MUC – JFK)

Seit kurzem bin ich nicht nur bereits an siebenundneunzig Destinationen von Skyline angekommen, sondern auch an einem Punkt, an dem ich nicht mehr als Teil der arbeitenden Bevölkerung wahrgenommen werde, sondern nur noch als eine Art Figur aus einem Überraschungsei – »Ina Import« oder »Elena Einkauf«. Und das immer stärker werdende Gefühl, dem ein Ende setzen zu müssen, wird noch dadurch bestätigt, dass es deswegen neuerdings zu Unfällen und sinnlos aufgetautem Spinat kommt.

Für Menschen mit Burn-out ist es ja charakteristisch, dass sie sich erst über Jahre zu viel zumuten und dann plötzlich gar nichts mehr können, was sich in einer gewissen Gleichgültigkeit gegenüber der eigenen Umwelt äußern kann. Tatsächlich befinde ich mich am Ende einer ganz ähnlichen Entwicklung, wie ich auf der Geburtstagsparty meiner Schwester eindeutig feststellen muss.

Ich fürchte, ich habe einen »Bring-out«.

Vor mir sitzt Jessica, eine Arbeitskollegin meiner Schwester, und sagt mit unnachgiebiger Miene zu mir:

»Du hast so ein tolles Leben! Menschen wie ich sehen Dinge wie du nur im Schaufenster – da wirst du doch ein bisschen von deinem Glück teilen und zwei läppische iPhones für mich importieren können!«

Ihr Blick kommt mir vertraut vor. Nur dass in diesem Fall ein leicht desolates Schielen hinzukommt, das bei mir ziemliche Schuldgefühle weckt, die noch schlimmer werden, als über den flehenden Augen langsam eine Beule anschwillt. Trotz meines schlechten Gewissens frage ich mich aber, ob diese Krisensituation es wert ist, von meinem jüngsten Vorsatz abzuweichen, ausnahmslos *nichts* mehr aus dem Ausland mitzubringen. Nicht mal mehr eine Erkältung.

Ich versuche, die drohende Wunschliste durch schwaches Gestammel abzumildern: »Ich habe da in Boston auch gar nicht viel Zeit …«

Aber auch darauf ist Jessica vorbereitet: »Ach, da ist doch alles *twentyfourseven*!«

Also, außer bei *Jack Bauer* und dem *Elvis-Channel, broadcasting live from Graceland*, ist da meiner Erfahrung nach gar nichts *twentyfourseven*. Selbst in Metropolen wie San Francisco stehst du um 21:00 Uhr hektisch winkend vor der Glastür von *Marcus Niemann*, weil du dringend eine Night Repair-Maske brauchst. Der einzig nennenswerte Unterschied des US-Einzelhandels auf dem Weg in den Feierabend, gegenüber einer bayerischen Backwarenfiliale, ist, dass man nicht mit gequälter Miene angeguckt wird, wenn man um 17:55 Uhr noch ein Plunderteilchen und einen Milchkaffee dazu bestellt.

Außerdem verlasse ich doch nicht gegen Mitternacht

mein kuscheliges, sicheres Hotelzimmer, um mich in einer Jetlag-Kamikaze-Aktion durch gewisse Viertel mit Pennern, Junkies und Serienkillern hindurch zu irgendeinem Supermarkt zu kämpfen, der vorgeblich als Einziger *diese einen coolen Chips* führt. Nur damit ich dann zurück in Deutschland erfahre: »Ach du, ich hatte mich vertan, die gab's in unserem Urlaub auf Amrum.«

Aber das kann ich so nicht sagen, sonst denkt mein Umfeld einmal mehr, in meinem Kempinski durchseuchten Alltag wäre kein Platz für die Sorgen und Nöte anderer berufstätiger Menschen mit Schufa-Auskunft und Kaufkraft. Und schon gar nicht kann ich das schwache Opfer meines Übergriffs (beziehungsweise meiner unterlassenen Hilfeleistung) damit konfrontieren.

Obwohl Jessica aber auch irgendwie selbst schuld daran ist, dass sie jetzt so blass vor mir sitzt, mit einem kühlenden Esslöffel an der Stirn.

Es hatte alles sehr harmlos begonnen, und ich freute mich darauf, die großartigen Salate und Kuchen meiner Schwester zu futtern, die es zu solchen Anlässen gibt, und dabei auf ihrer Terrasse in hochwertigen Gartenmöbeln herumzusitzen und über das diesjährige Preisniveau von Grillkohle und Zitronella-Fackeln zu sprechen.

Doch leider kam ich nicht einmal bis zur Terrassentür.

Beim ersten Glas Begrüßungssekt an der Garderobe blickte ich bereits in rund zehn mir überwiegend fremde Gesichter und Kuchenmünder, die begeistert fragten:

»Ach, und du bist die Stewardess?«

Mit der anschließenden klassischen Tirade aus: »Hast du da auch Aufenthalt?«, »Trinken die Leute wirklich alle

Tomatensaft?« und vor allem dem allseits beliebten: »Cool, dann kannst du mir ja aus den USA was mitbringen ...«

Dennoch war es mir gelungen, mich wie eine Bienenkönigin mit einem schnell wachsenden summenden Schwarm bis zur Donauwelle vorzupirschen, bevor ich endgültig genug hatte, als ich gebeten wurde, aus Servietten eine Artischocke zu falten, wie sie in der First Class als Tischdekoration Verwendung findet.

Mit einem »Ich hole mal noch Cola«, verschwand ich zur Verblüffung aller in den Keller. Bei den Partyvorräten angelangt, verharrte ich regungslos und unentschlossen im Halbdunkel unter der Wendeltreppe, in der beruhigenden Stille aus Gästeklo, Tennisschlägern und einem alten Billy-Regal mit verstaubten Brettspielen, auf dem ich meinen heißgeliebten Teddy aus Kindertagen entdeckte, den ich glaubte, an meinem vierten Geburtstag in einer Eisdiele in Castrop-Rauxel liegen gelassen zu haben. Ich identifizierte ihn einwandfrei an dem angekokelten Ohr, das er hat, seit ich dachte, ihm sei kalt und ihn am Adventskranz aufgewärmt hatte.

Jessica hatte sich von diesem billigen Fluchtversuch leider nicht abschütteln lassen, war mir kurzerhand gefolgt und rief hartnäckig-fröhlich ins Dunkel:

»Charlotte, wo bist du? Ich helfe dir tragen! Wann sagtest du, fliegst du wieder in die USA?«

Statt zu antworten, entschied ich mich für eine spontane Ganzkörpertarnung hinter der Weihnachtskrippe, statt ihr zuzurufen: »Vorsicht, Stufe!«

Kurz vor dem Anwerfen des Grills sitzt Jessica also nun zwischen Kalter Schnauze und Toast Hawaii in dem eigentlich für mich reservierten Gartenmöbel.

»Ist dir immer noch schwindelig?«

Zehn besorgte Augenpaare richten sich auf ihre Beule, die trotz intensiver Versorgung mit tiefgekühltem Iglo-Rahmspinat, im Sekundentakt weiter anschwillt.

Caroline ist die Erste, die sich wieder mir zuwendet:

»Gibt es in den USA wirklich frei verkäufliche Medikamente im Supermarkt?«

Interessiert fixieren die Schaulustigen nun alle wieder mich und Mister Teddy, der sicher verwahrt unter meinem Arm klemmt.

»Oh ja, kannst du mir vielleicht bitte Carmex mitbringen, wenn du wieder da bist? Das ist so ein irre guter Lip-Balm«, stimmt ein junges Mädchen mit ein, die sich als »Doris … ach wirklich, du bist Stewardess?« vorgestellt hat.

Ich stehe kurz vor einer zwischenmenschlichen Kernschmelze. Ohne Zweifel wird die nächste Anfrage bezüglich eines ausländischen Mitbringsels einen Super-GAU auslösen, von dem sich das Stiefmütterchenbeet und die Gäste meiner Schwester weniger schnell erholen, als ich mich vom drohenden Zusammenbruch unter der Gesamtlast beim Zoll.

Es gibt nur einen Weg, einem Großauftrag zu entgehen, ohne erneut mein staubiges Monopoly-Versteck aufsuchen zu müssen. Ich muss meine ganze Konzentration auf die Geschädigte lenken und sie dazu bringen, mein zollfreies Budget für den nächsten Flug derart auszureizen, dass sonstige Bestellungen nicht möglich sind. Immerhin kann ich dann alles zielgerichtet bei einer Person abliefern und habe zugleich meine karmischen Schulden beglichen, die meine möglicherweise leicht verlangsamte Reaktion vor ihrem Sturz verursacht hat.

Theoretisch könnten zwar alle etwas bei mir bestellen,

aber erfahrungsgemäß ist das iPad dann doch nicht mehr so dringend, sobald die Menschen das Wort »Zoll« hören. In der Regel schlägt mir dann ein entrüstetes: »Aber du bist doch Stewardess!« entgegen.

Und ich entgegne dann zur allgemeinen Überraschung:

»Ja, aber auch und gerade wir unterliegen den Zollbestimmungen. Flugpersonal darf nur ein Viertel dessen zollfrei einführen, was ein normaler Tourist steuerfrei importieren darf.«

Dann werden die meisten Bittsteller mir gegenüber meist sehr unfreundlich und ziehen ihre Wünsche schnippisch zurück, als wäre ich ein lästiger Händler am tunesischen Strand, der versucht hat, sie übers Ohr zu hauen.

»Da kann ich ja auch gleich selber in den Apple Store gehen!«

Genau. Denn wo bitte liegt der Nutzen eines iPod aus San Francisco gegenüber einem in München gekauften? Ein Preisvorteil ergibt sich da aufgrund von hinzukommender Tax, Zoll und Wechselkursschwankungen nämlich kaum. Zumal für einen Japaner wiederum das Erstehen eines solchen in München spannender ist als in Tokio.

Wenn man bedenkt, dass jedes dieser technischen Wunderwerke an einem Standort gefertigt wird, an dem sich tapfere Arbeiter aus dem Fenster stürzen, weil die angestrebte Menge pro Quartal nicht erreicht wird, erscheint mir der Besitz dieser Errungenschaft ohnehin sehr zweifelhaft.

Und ein anderer Teil sieht mich dann an, als wäre ich nicht ganz für voll zu nehmen und sagt grinsend: »Ach komm, da kannst du doch einfach so tun, als wäre das dein Laptop, den du schon ganz lange hast.«

An dieser Antwort sorgen immer wieder verschiedene

Aspekte dafür, dass sich ein unschöner Nesselausschlag an meiner rechten Oberlippe bildet:

1. Mir ist unbegreiflich, dass Menschen ganz entspannt von mir verlangen, die Kündigung meiner Festanstellung zu riskieren.

2. Der Zoll ist eine Institution, die sich hauptberuflich mit dieser Thematik befasst. Es ist ein Irrglaube, man könne mir billige Tricks zu dessen Überlistung vorschlagen, wie zum Beispiel zu behaupten, ein Laptop mit fortlaufender Seriennummer ohne Software gehöre mir schon seit der Vereidigung des Altkanzlers.

3. Entferne und vernichte ich die Originalverpackung, Garantie und Gebrauchsanweisung sowie den Kassenbon eines Mitbringsels, um es als meines auszugeben, steht der wahre Besitzer dumm da, falls sich herausstellt, dass genau dieser iPod in Taiwan vom Fließband gefallen und defekt ist.

»Was hättest du denn gerne?«, frage ich Jessica, und ein Glanz huscht in ihre konsumsüchtigen Augen. Auch ihre konsequent vorwurfsvolle Miene hellt sich schlagartig auf, sie hebt trotz Drehschwindel mühelos eine Pobacke von der Teakholzliege und holt einen Zettel aus der Gesäßtasche ihrer Jeans. Dann beginnt sie mit einer kurzen Ansprache, von der ich nur fetzenhaft Stichpunkte wie »eBook«, »Größe achtunddreißig – musst du gucken, was das in US-Größe ist« und »Nur wenn noch Zeit ist, Harvard Universität-Kaffeebecher und -Schlüsselanhänger« wahrnehme.

Mich mit Bestellungen zu überhäufen und sich dann wohlwollenderweise bereitzuerklären, auf das ein oder andere zugunsten meiner Entlastung zu verzichten, ist eine der manipulativen Taktiken, denen ich am häufigsten ausgeliefert bin.

So sehr mich ihre unverkennbare Besserung freut, frage ich mich doch, warum Jessica einen Zettel in der Hosentasche hat, der schon vor dem Sturz existiert haben muss und spezifisch auf Massachusetts abgestimmte Wünsche enthält. Mein Schwesterherz muss über meinen Dienstplan geplaudert haben.

Andererseits kann man mit derart durchdachten Bestellungen noch sehr zufrieden sein. Im Gegensatz zu vielfach verlangten exotischen Nahrungsmitteln wie Erdnussbutter nämlich, die man auch hier in jedem Edeka bekommt.

Mit Jessicas Wünschen im Gepäck entschließe ich mich auf dem Flug nach Boston ein paar Tage später, eine zweite Meinung zum Importgeschäft einzuholen.

Irgendwo über Island spreche ich meine Crew zwischen Hühnchen, Pasta und Brötchen auf das »Sachen-Mitbringen« an. Bereits bei den ersten Kommunikationsversuchen ernte ich eine aggressive Welle von »Ich bring nix mehr mit«, »Da bin ich knallhart« und »Da mach ich mir keinen Stress mehr …«, gefolgt von wahnsinnigem Lachen, das mich ein bisschen an *Nosferatu* erinnert, obwohl das ja ein Stummfilm ist. Aber man sieht eindeutig das Weiße in den Augen meiner Trolley-Genossen, als ich Reizwörter ausspreche wie »Marshmallows«, »Seven Jeans«, oder »Ed Hardy-T-Shirt«.

Vermutlich war es auch für sie ein hartes Stück Arbeit gewesen, immun zu werden gegen flehende Augen und gesellschaftliche Ereignisse ohne Camouflage-Outfit und Fluchtplan überstehen zu können. Auch ich bin mir endgültig sicher: Wenn ich auch nur noch eine Mozartkugel aus Wien importieren soll, laufe ich Amok. Eine sehr ungünstige emotionale Lage, die ich, gerade in Boston angekommen, vorerst beschließe, bei einem *»Tall iced coffee Latte extra shot espresso für Abigail«* zu verdrängen.

»Abigail« ist übrigens mein Starbucks-Name. Obwohl »Charlotte« sich ja englisch auch ganz prima aussprechen lässt. Aber Gruppenzwang ist selbst in meinem Alter noch ein Thema, und seit irgendwann einmal ein Steward seinen *»Grande mocca frappuccino for Manfred-Detlef«* hatte abholen müssen, heißen wir bei Skyline alle solidarisch »Pam«, »Matt« oder »Eugene«.

Eigentlich stellt Asien das Eldorado für Freunde importierter Markenartikel dar. Endlose Märkte mit gefälschten Dolce & Gabbana-Gürteln, North Face-Jacken und Rolex-Uhren ermöglichen den Millionärslook auch ganz ohne eine einzige Million. Allerdings muss man beim Einkaufen höllisch aufpassen: Selten entspricht das abgebildete Logo dem Original einer Firma.

Mein Vater läuft nun mit einem sehr exklusiven Lacoste-Otter und einem Ralph-Lauren-Polo-Känguruh durch Nordrhein-Westfalen, und meine Mutter erzählt gerne, dass *Louisa Vuitton* die geschiedene Ehefrau des berühmten Designers ist, die noch viel kostspieligere Koffersets vertreibt, wie zum Beispiel ihres.

Zu den Highlights der »Fake-Markets« in Fernost gehören aber vor allem auch DVDs. Hierzu sei erwähnt, dass jeder, den ich kenne, eher stirbt, als einen Kinofilm auf Deutsch zu gucken. Alles muss immer unbedingt im Original angesehen werden.

So sitzt man dann gegen 23:30 Uhr im kleinsten Kino in München, mit jeder Menge komischer Cineasten, die Popcorn als kapitalistisches Teufelswerk verurteilen, knuspert verängstigt in sich rein und versteht bei *Brokeback Mountain* nur das Stöhnen im Zelt und die Tatsache, *dass* ein texanischer Akzent gesprochen wird.

Aber wehe, man bringt die heiß ersehnte Raubkopie des noch unveröffentlichten Staffelfinale von *LOST* für ein paar Yen mit nach Hause – große Augen, vorwurfsvolles Verschieben der Unterlippe, verärgertes Räuspern und dann ein einziges, scharfes, zu Tode beleidigtes: »Das ist ja alles auf Englisch!«

Weniger anspruchsvolle Menschen hingegen möchten, dass ich »lediglich« etwas für sie abhole, wie zum Beispiel der Milky-Way-Mann, der sich drei Jahre nach meiner Kündigung wegen limitierter Sneaker mit Air-Max-Technik und lizensierter goldener Goofy-Applikation vertrauensvoll an mich wandte. Und ich finde nun mal, man kann es sich heutzutage nicht leisten, Kontakte zu potenziellen, eines Tages und in einer Notlage wieder interessant werdenden Exarbeitgebern aufzugeben.

Also klickte ich ohne zu zögern auf »Drucken«, als mich seine Mail erreichte, die eine Reihe von Anweisungen enthielt. Ich war ein wenig pikiert, dass er sich nicht einmal die Mühe gemacht hatte, sie in ein scheinheiliges Höflichkeitskorsett zu verpacken (»Wie geht es dir – Ich wollte mal hören – Bist du glücklich mit deiner Entscheidung? – Und wenn du schon mal in den USA bist …«). Aber immerhin wusste er genau, was er will, hatte selbstständig Recherche betrieben und das Ganze eigenhändig telefonisch vorbestellt, bei einem Laden in Chicago, der den seltenen Schuhkarton mit Inhalt beherbergte. Meine Chancen für diesen Einsatz standen also bestens, und ich war fest gewillt, meinen Auftraggeber nicht zu enttäuschen.

Als wir spätabends, nach einem langen Flug, endlich im Hotel ankamen, war es bereits dunkel in der »Windy City«, wie Chicago aufgrund der Witterung auch heißt. Außerdem herrschte ein unschöner Blizzard, und wie fast alle Kabinenkollegen war ich zu fertig, um mich noch auf einen Absacker in eine nahe gelegene Sportsbar zu schleppen. Eine Unternehmung, die das Cockpit voller Elan vorschlug, während wir überwiegend weiblichen Stewardessen uns verzweifelt nach einer Sitzgelegenheit in der Lobby umsahen. Dramatischerweise gab es nur zwei besetzte Ohrensessel, so dass wir uns alternativ unauffällig auf unsere Koffer stützten und verstohlen den ein oder anderen High Heel hinter einer Dekopflanze auszogen. Ich persönlich entschied mich entlastungshalber für eine praktische Flamingo-Haltung, während der Purser die Zimmerschlüssel holte.

Nicht, dass die Jungs vorne nicht auch hart arbeiten würden. Allerdings können sie dabei gemütlich auf ihren Lammfellbezügen sitzen, ein bisschen Mongolei gucken und jeden Körperteil, den sie nicht zum Verzehr von Kaviar brauchen, schonen, während jeder Kabinenkollege pro Flug ein straffes Training absolviert: rund vier Kilometer Dauerlauf, muskelintensives Trolleyschieben und -ziehen und, nicht zu vergessen, circa zweihundert Kniebeugen beim Herausziehen und Reinschieben von Tabletts, Flaschen und Dosen aus den unteren Schubladen der Getränkewagen. Statt »Bauch-Beine-Po« sollte man in Fitessstudios das sehr effektive »Trolley-Tablett-Bin« einführen.

Verständnislos sah der Kapitän in die Runde aus Einbeinigen: »Geht denn niemand mehr mit?«

Kopfschütteln allerseits, leichtes Stöhnen und entnervtes Augenrollen. Wir wollten nur noch eines: auf unsere Einzelzimmer, uns die Stützstrumpfhosen von den Waden reißen und mit einem Sanddorn-Peeling in meditativ-kreisenden Bewegungen die lehmähnlichen Make-up-Schichten entfernen.

Als ich wieder aufwachte, fantasierte ich kurz von einem gemütlichen Frühstück und der Wiederholung von *Harry Potter* auf HBO, doch ich ließ das TV diszipliniert ausgeschaltet. Schließlich war ich nicht zum Vergnügen hier, sondern auf der Arbeit, genauer als Auftragsshopper. Arbeit auf der Arbeit.

Eine halbe Stunde später stand ich an der Rezeption, bewaffnet mit der Shop-Adresse und einem maßstabsgetreuen Farbausdruck des zu organisierenden Schuhwerks. Allein, dass der Concierge die »Chicago Area«-Karte zur Seite legte und eine andere Karte mit Aufschrift »Greater Lakes Area« hervorzog, beunruhigte mich. Dann zeichnete er unser Hotel ein, drehte die gesamte Karte um, überflog mit der rechten Hand den Lake Michigan und kam erst wieder an der Grenze zu Kentucky zum Stehen.

»So, you wanna start by boat?«, fragte er freundlich.

Ich starrte erschrocken auf die Karte, die seine gesamte Theke einnahm und mir erstmals eine Vorstellung von der Größe der USA vermittelte, wenn man bedenkt, dass alleine Illinois über seinen abgestellten Milchshake, den Locher, seinen Donut und das Tesafilm seines Office hinausging.

Schiere Panik stieg in mir auf, die noch dadurch forciert wurde, dass es bereits halb zehn war und wir schon um vierzehn Uhr wieder abgeholt würden. Ich müsste mich sehr weit vom Hotel entfernen und schaffte es eventuell nicht pünktlich, zum Pick-up zurück zu sein. Man muss ja auch berücksichtigen, dass mir eine Dusche vor der Rückreise nicht schlecht täte, der Koffer gepackt werden möchte und umfassende kosmetische Renovierungen nötig wären, um wieder halbwegs wie auf dem Hinflug auszusehen.

Dem Concierge entging meine plötzlich auftretende viktorianische Blässe nicht. *»Are you okay?«*

»Well, I didn't know, it was so far away …«, nuschelte ich geknickt.

Nun sind Distanzen in den USA ja nicht das, was sie bei uns sind, und so sah er in meinem Ausflug kein Problem:

»If you grab a cab or rental car, it will take you around two or three hours to get there – one way.«

Ich starrte missmutig hinaus auf die Michigan Avenue. Zwei Pagen in einem Polarkreis-Expeditions-Outfit nahmen vermummt neue Gäste in Empfang, deren Gepäck beim Ausladen aus dem Kofferraum eines Jaguars von einer Böe erfasst und einige Meter weit gegen eine eingeschneite Laterne geschleudert wurde.

»And how much would that be?«, fragte ich, mehr aus Neugierde, denn längst war klar, dass meine Mission nicht machbar wäre.

»Around eighty, ninety Dollars – one way.«

Ich hustete. Nur die Fahrtkosten schöpften meine kompletten Spesen für diesen Umlauf aus, und ich beabsichtigte, während meines Aufenthaltes ja auch noch eine Kleinigkeit zu essen.

»You know what, I'll take that trip another time …«

Leicht enttäuscht entsorgte der Concierge das bekritzelte Kartenmaterial in den Mülleimer, und ich ließ mich mit einer Mischung aus Erleichterung und Panik vor meiner bevorstehenden Liquidierung durch meinen Exchef in einen der jetzt freien Ohrensessel fallen.

Eine Crew der Air Canada kam gerade an und quetschte

sich zu dritt in den gegenüberliegenden Sessel. Schuldbewusst stand ich gleich wieder auf, was ich sofort wieder bereute, denn der dicke Kopilot der kanadischen Mannschaft ließ sich ächzend darauf nieder. Für den war der Platz eigentlich nicht gedacht gewesen. Aber es freute mich zu sehen, dass auch die Füße der Kanadierinnen nicht für Langstrecken-Strapazen auf Stilettos ausgelegt sind.

Während ich vor die Tür in den Blizzard trat, um quer übers Glatteis wenigstens ins gegenüberliegende »Cosy Corner«-Pub zu schlittern, dachte ich daran, wie unverschämt es von jemandem mit Firmenhandy, Firmenwagen und begehbarem Schuhschrank ist, von mir zu verlangen, dass ich rund dreihundert US-Dollar für Turnschuhe und Taxifahrten auslege, während ich zu diesem Zeitpunkt gerade mal in Gehaltsstufe eins von dreizehn war.

Ich versuchte erfolglos, mich mit zwei Eggnog-Latte und einem *»It's the season!-Pumpkin-Spice-Muffin«* abzulenken.

Zurück in Deutschland schlich ich in die Agentur wie ein angehender Klein-Mafiosi, der den Paten enttäuscht hat. Vorsichtig klopfte ich an die Bürotür, und sofort strahlte mir der Milky-Way-Mann entgegen und sprang in Erwartung seines Paketes hinter einem neu eingeführten Stehschreibtisch hervor (die Agentur findet es wichtig, dass man nicht unnötig zur Ruhe kommen …):

»Und, Charlotte, wo sind sie?«

»Hallo. Ja, weißt du, deswegen bin ich hier. Die Zeit hat leider nicht gereicht, und der Laden war ziemlich weit ent…«

Weiter kam ich nicht, denn seine Gesichtszüge entglitten, als hätte ich ihm gerade eröffnet, er sei dem Tode nahe und habe nur noch drei Tage Zeit, um einen geeigneten Erben für sein Turnschuhimperium zu finden.

»Nee, oder? Charlotte, das ist nicht dein Ernst?«

Kopfschüttelnd und mit wütendem Gesichtsausdruck stapfte er an mir vorbei aus dem Zimmer und ließ mich stehen.

Dagegen war Jessicas Bestellung geradezu harmlos.

Immerhin werde ich den Bundesstaat, in dem ich mich befinde, dafür nicht einmal verlassen müssen. Und um in nicht noch größere Zeitnot zu geraten, als die ohnehin schon knappe Aufenthaltsdauer von achtzehn Stunden verursacht, bin ich diesmal um sieben Uhr aufgestanden und habe mich mit den ersten Sonnenstrahlen zum »BestBuy« aufgemacht, dem amerikanischen MediaMarkt, der mir um 9:01 Uhr das erste E-Book des Tages verkaufte. Um ihre Converse Chucks und die Harvard-Souvenirs, für die ich zum Universitätsgelände muss, auch noch besorgen zu können, habe ich am Vorabend noch sorgfältig eine geschickte U-Bahn-Route ausgearbeitet, inklusive einer Abkürzung durch den Boston Public, eine beliebte Parkanlage, die es mir ermöglichen soll, fünfzig Minuten vor Abfahrt zum Flughafen wieder mit allen Besorgungen in meinem Zimmer zu stehen.

Im Stechschritt meistere ich bravourös das Sport-Outlet für die Chucks und den Hindernisparcours aus Joggern, Hundehaltern und dem großen Ententeich des Stadtparks und fühle mich irgendwie an Bombay erinnert, als ich bei dem Versuch einen ganz bestimmten Ayurveda-Tee für meine ehemalige Yogatrainerin aufzutreiben, auf dem Bazaar ausgeraubt wurde.

Heute aber erreiche ich ohne Zwischenfälle den Souvenirshop der Harvard University. Zwischen Pullovern mit dem Aufdruck »Harvard Mum«/»Harvard Dad«/»Harvard Medical School« und einem Regal mit Wimpeln, Golfbällen und Basecaps finde ich den gewünschten Kaffeebecher nebst Schlüsselanhänger. An der Kasse umgeben mich lauter Touristen, die alle Zeit der Welt haben und ausgiebig plaudern, was sie in den nächsten Tagen besichtigen werden. Bei ihren Umschreibungen von Cape Cod und des Whale Watchings werde ich irgendwie wehmütig. Ich denke daran, wie gerne auch ich hier mal mehr als einen halben Tag Zeit hätte, die Stadt wirklich kennenzulernen.

Stattdessen sitze ich planmäßig um fünfzig Minuten vor Abfahrt auf meinem Sky Wheeler und versuche, den von mir stark unterschätzten raumfordernden Prozess von Jessicas Bestellung mit beherztem Quetschen meiner eigenen Sachen zu kompensieren. Es gelingt mir schließlich derart virtuos, dass meine Jogginghose gleichzeitig ihr E-Book und den Kaffeebecher polstert, aber nicht zu sehr auf die Chucks drückt.

Meine verbleibende Freizeit nutzte ich, um im Business Center des Hotels ins Internet zu gehen und eine offizielle Rundmail an mein soziales Netzwerk zu verfassen. Zugegeben eine sehr ruppige Mail, was ich meiner akuten Gefühlslage und einer emotionsgeladenen Folge der Anwaltsserie »Boston Legal« zuschreibe, die ich kürzlich sah.

Lieber Consumer-Club,
wie Ihr alle wisst, habe ich seit geraumer Zeit eine Stelle im Importgeschäft inne. Ich wusste selbst nichts davon, ist das nicht verblüffend? Aber ihr wisst es alle – wie sonst ließe sich die aktuelle Auftragslage in meinem »Büro« erklären? Mit besonderem Stolz erfüllt mich dabei meine 24-Stunden-Service-Hotline:
Bedingt durch die Zeitverschiebung und dadurch, dass ich im Dienst das Handy immer anlasse (es könnte ja mal Skyline sein), bin ich immer erreichbar gewesen.

Einige von euch kennen ja meine verschlafene Stimme, wenn sie mich in Tokio aus dem heiß ersehnten Tiefschlaf reißen, um ein japanisches Küchenmesser mit V-Schliff zu ordern.
Nach nun drei Jahren in dieser Branche kann ich sagen:
»Ich habe es geschafft.« Meine Beliebtheitswerte konkurrieren nur noch mit denen von Mutter Teresa. Dazu die jüngsten Zahlen meiner Marketingabteilung:
10 von 10 Personen assoziieren mit dem Wort »Charlotte« Konsumgüter. Dagegen gaben nur 8 von 10 Befragten an, bei dem Unternehmen »OTTO« an Bestellungen zu denken.
(Quelle: CHARLOTTE-Gfk.)
Als Topklientel habt Ihr selbstverständlich Anspruch auf einige Quartalszahlen, die ich euch heute offenlegen möchte:
209 Konsumartikel habe ich aus den USA/Kanada, Thailand, Japan, China und dem Nahen Osten im letzten Jahr für Euch importiert. Ca. 97 kg »Fracht« habe ich durch Hotellobbys, über Flughäfen, durch die S-Bahn und in deutsche Privathaushalte geschleppt. 114 Mal musste ich nach den Flügen dafür noch zum Zoll, sehr zum Unmut der restlichen Crew, die so lange übermüdet im Crewbus auf mich wartete. Rund 1000 Dollar, Yen, Franken, Pfund etc. habe ich privat ausgelegt, immerhin 887 davon habe ich von euch wiederbekommen. Die Importschlager stammten überwiegend aus dem Bereich Körperpflege, Geschenkartikel, Nahrungsmittel und Kleidung sowie Unterhaltungselektronik.

Daher, liebe Aktionäre und stille Teilhaber:
Die »Charlotte Import Inc.« wird mit dem heutigen Datum und sofortiger Wirkung offiziell geschlossen! Noch nicht ausgeführte Aufträge werden automatisch storniert. Auch logistische Transportleistungen (»Nimmst du Susannes Skischuhe schon mal mit nach Denver?«) sind ab dato nicht mehr möglich und stellen keine Ausnahme dar.
In dringenden Fällen wenden Sie sich bitte selbstständig an: www.be-part-of-skyline.com/jobs_und_karriere.html.
Ich bedanke mich für die mehr als rege Teilnahme und bitte ausdrücklich darum, von weiteren Aufträgen/Anfragen in Zukunft abzusehen.
Alle, die mich auch so liebhaben, ignorieren bitte diese E-Mail.

Charlotte Loos
CEO, Geschäftsführung

Gut, möglicherweise ist diese Maßnahme ein wenig dramatisch, und ich stehe nun ohne Freunde da. Aber selbst wenn – es würde bedeuten, dass mir ein ganz neues Leben bevorsteht. Eines, in dem ich Aufenthalte genießen, Sport machen oder ausschlafen kann oder auch nur in Ruhe frühstücken. Okay, meine Geburtstage werde ich vielleicht alleine feiern müssen, aber wen stört das, wenn man dabei nicht mehr neben der eigenen Torte steht, sich artig für ein kleines Geschenk bedankt und dann sagen muss: »Moment, ich hole mal eben die mitgebrachten Sachen für euch …«, um kurz darauf mit diversen Abercrombie & Fitch-Hoodies und Push-ups von Victoria's Secret beladen wieder aufzutauchen und in die Runde zu rufen:

»Ähm, für wen war nochmal die Green Tea Honey Drops Body Cream von Elizabeth Arden?«

Dank meiner Meisterleistung beim Packen, Polstern und Isolieren überreiche ich Jessica eine Woche später unversehrt die gewünschten Artikel. Sie freut sich aufrichtig und hat sogar das Geld bereits umgerechnet und abgezählt in einem kleinen Umschlag für mich vorbereitet. Vielleicht habe ich sie falsch eingeschätzt?

Als sich der erste Jubel gelegt hat, eröffnet sie mir vorsichtig: »Sag mal, ich hab deine E-Mail bekommen …«

Plötzlich fühle ich mich unglaublich kleinlich, und es tut mir nahezu leid, dass sie meine Laune abgekriegt hat, wie sie in ihren neuen Chucks dasteht, mit ihrer inzwischen changierend schillernden Beule und Ingwertee aus ihrem neuen Harvardbecher mit Aufschrift *Veritas* schlürft.

Fieberhaft suche ich nach ein paar versöhnlichen Worten.

»Es ist eben nicht jeder so nett wie du und gibt mir gleich das Geld wieder …«

»Hm …«, macht sie, und wir schwiegen einen Moment.

»Finde ich jedenfalls echt unverschämt, was andere so von dir verlangen, das du mitbringen sollst!«

Ich starre sie verblüfft an. Doch sie fährt fort:

»Und, was hast du sonst so gemacht in Boston?«

Ich verstehe die Frage nicht, so dass ich nachhake: »Wie meinst du das?«

Sie runzelt die Stirn. »Na, du wirst ja wohl nicht nur geshoppt haben, oder? Ich meine, du warst in *Boston* …«

Da ich sie noch immer verständnislos ansehe, hilft sie mir mit ein paar Stichworten auf die Sprünge: »Indian Summer, das MIT, Hummer essen, Boston Teaparty, der Freedom Trail – da gibt es doch so vieles! Also weißt du, Charlotte, wenn ich Stewardess wäre, dann würde ich das nutzen. So siehst du ja gar nichts von der Welt!«

15

»Kommst du gut mit schwulen Stewards klar?«

»Eine Cola light, bitte. Und einen Kaffee.«
»Gern. Möchten Sie Eis?«
»Light!«
»Ja, aber möchten Sie Eis und Zitrone dazu?«
»Zum Kaffee?«
»Nein, zur Cola.«
»Ich sagte, light!«
»Ich weiß, aber möchten Sie Eis zur Cola light?«
»Und einen Kaffee! Wie oft soll ich Ihnen
das noch sagen?« (LHR – MUC)

Sich als Frau für ein schwules Lokal aufzubrezeln ist in etwa so sinnvoll, wie sich Telefonnummern auf ein Post-it zu schreiben und es auf sein Handy zu kleben. (Eine weit verbreitete Taktik bei älteren Reisenden, die ich jedes Mal mit dem Einspeichern der Nummern im Flugmodus in Erstaunen versetze.)

Diese Erkenntnis beschleicht mich, als ich zum ersten Mal ganz weltoffen mit zwei Kollegen ausgehe und mich binnen weniger Minuten fühle wie *Der letzte Mohikaner*, nur mit Push-up.

Ich werde ja gerne gefragt, ob denn wirklich alle Stewards

schwul sind und entgegne dann genauso gerne, dass mich inzwischen vielmehr die Frage beschäftigt, ob sie es schon sind bei der Bewerbung oder im Laufe der Flüge erst werden. Ausnahmen bestätigen die Regel, und man muss natürlich vorsichtig sein gegenüber denen, die Augencreme auftragen, aber trotzdem Elektrotechnik studiert haben und wissen, was ein Nuvaring ist.

Aber ja, dieses Klischee trifft überwiegend zu. Genauso wie auf Frisöre, Make-up-Artists, Modedesigner und Juroren bei Model-Sendungen. Die Jungs haben einfach ein Händchen für schöne Dinge.

Am dramatischsten finde ich aber persönlich, dass diese Bewegung auch vor der Cockpittür nicht haltmacht. Sie nimmt uns die ganzen hübschen Kopiloten weg, mit denen ja ursprünglich ich geplant hatte, ins Ländliche zu ziehen und einen Golden Retriever aus dem Tierheim zu adoptieren.

Stattdessen sitzen potenzielle Väter von Kindern mit hübschen Stewards zusammen auf der Veranda einer Finca auf Ibiza, suchen gemeinsam Vorhänge aus und gucken *Queer as folk*, um sich von den Strapazen des letzten Christopher Street Day in San Francisco zu erholen.

Es war in der mit Mistelzweigen verhangenen vorweihnachtlichen Lobby einer britischen Hotelkette in Stockholm, in der ich endgültig Abschied nahm von der Vorstellung einer wundervollen Ehe mit Gütertrennung und einem Mann, der ein Flugzeug landen kann.

Ein zuckersüßes Exemplar, Marke »Ich habe früher in einer Boygroup gesungen. Vielleicht kennst du mich aus der *Bravo*?« stieg adrett in Pilotenuniform aus dem Aufzug, durchquerte auf dem Weg zum Pick-up die Halle und zog hinter sich her nicht sein Köfferchen, sondern – Philipp.

Trotz aller Aufgeschlossenheit ist der Anblick von Pilot und Steward Hand in Hand in Uniform, mit ein wenig Kajal aufgepeppt, doch noch neu und lässt sich eher weniger mit der Seriösität vereinbaren, die man als Mitarbeiter einer Airline zu jedem Zeitpunkt ausstrahlen soll. Da schadet das zur Schau getragene Privatleben leider generell, wobei es egal ist, ob es sich um ein homo- oder heterosexuelles Paar in der Crew handelt. Der Vollständigkeit halber darf man nämlich nicht unerwähnt lassen, dass es natürlich auch zwischen Stewardessen und Pilotinnen Paare gibt.

Noch auf der Fahrt zum Flughafen gab es für das verliebte Pärchen dann eine Standpauke vom ebenfalls schwulen Purser zum Thema *Auftritt in der Öffentlichkeit/Betragen im Dienst*, die wir anderen mit ausgeschalteten iPods in den Ohren interessiert verfolgten.

Eine immer noch angenehmere Situation als die, in der ich mich jetzt seit geschlagenen vier Stunden befinde.

Ich stehe aufgerüscht in einem Club in West Hollywood, dicht gedrängt gegen einen Käfig, dessen Gitterstäbe fiese Abdrücke auf meiner neuesten Shopping-Errungenschaft hinterlassen, einem ganz schmissigen Top mit Neckholder in Altrosa.

Eine Heerschar Tanzwütiger stürmt begeistert in die Mitte, als ein neuer Titel angespielt wird, und ich hätte nicht gedacht, dass es einen Ort wie diesen wirklich gibt. Genauer gesagt ist der Club nämlich eine umgebaute Neobarockkirche, deren Deckenmalereien von Michelangelo höchstpersönlich stammen könnten und gleichzeitig die Aufhängung für mehrere Trapeze bilden, auf denen Go-go-Tänzer über der Menge schweben.

Ein letztes Mal ziehe ich verzweifelt am Strohhalm meiner Flasche Pellegrino, und es macht genau dieses traurige Geräusch wie damals in der großen Pause, wenn der Kakao alle war.

Als ich zögerlich den Eingang passiert habe, kamen mir sowieso schon erste Zweifel, ob das hier eine gute Idee für einen von zwei Abenden meines Aufenthaltes in Kalifornien ist. Wie im alten Troja loderten am Tor Säulen unter nahezu olympischem Feuer, und zwei durchtrainierte Gladiator-Türsteher bewachten die Pforte ähnlich furchteinflößend wie das letzte Level von *Ninja Nightmare II*.

Es mag eine optische Täuschung gewesen sein, aber ich meine doch, es waren eine Art Ricky Martin und ein »Complete-Makeover-Klaus Wowereit« im Kettenhemd, die auf mich herabgesehen hatten wie auf eine Amöbe, bevor sie mich einließen. Schließlich ist wieder einmal Madonnas Geburtstag, und natürlich ist man an einem solchen Abend sehr wählerisch, was das Publikum angeht.

Ich denke, ab da begann ich bereits zu bereuen, dass ich nicht einfach in meinem Kingsize-Bett liegen geblieben bin und mich in mein Horoskop vertieft habe. Aber wie so oft hat mich mein schlechtes Gewissen gegenüber der reisetechnisch benachteiligten Dritten Welt von Baden-Württemberg bis Schleswig-Holstein nach draußen getrieben.

Ich dachte an Studenten und Pensionäre, die über Jahre auf eine derartige Reise sparten und sehnsüchtig die Angebote in den Fenstern von Reisebüros in Bottroper Einkaufspassagen verfolgten. Und ich lag bloß faul herum, in der *Stadt der Engel*. Unverantwortlich.

Also ging ich ins Bad, zog meine zivilen hohen Schuhe aus dem Koffer, verkuppelte mein Glätteisen mit dem Adapter und stand kurz darauf am allabendlichen Treffpunkt in der Lobby.

Zwei männliche Kollegen waren bereits da und unterhielten sich über die qualitativen Unterschiede der Massagen auf der AIDA Diva, verglichen mit denen auf der MS Deutschland. Spätestens seit Sascha Hehn auf dem *Traumschiff* einen Abschluss in Nautik simuliert hat, weiß man ja, wie gut schöne Männer und Bullaugen zusammenpassen.

Obwohl sie mich lächelnd empfingen, setzten sie ihre Fachsimpelei fort, und ich fühlte mich ein bisschen überflüssig. Gegen acht Uhr siebzehn war klar, dass vom Rest der Crew niemand mehr kommen würde.

»Na, dann machen wir eben einen Dreier …«, kommentierte Edgar trocken die Situation, und in dieser Sekunde war meine Chance vertan, mich doch lieber wieder hinzulegen.

Sebastian sah unsere Menage à trois weniger humorvoll und stöhnte, kaum dass wir die Drehtür des Hotels durchschritten hatten: »Gott, ich kann nicht glauben, dass ich hetero weggehe.«

Ich fühlte mich spontan schuldig, und während uns einer der Pagen ein Taxi heranwinkte, sagte ich unüberlegte Sätze wie: »Nehmt auf mich gar keine Rücksicht«, »Bin quasi gar nicht da« und »Ich bin für alles offen«.

Das ist jetzt volle vier Stunden her.

Von Edgar und Sebastian war seit den ersten Gitarrenriffs von »Hollywood« keine Spur mehr zu sehen. Es ist schon wieder eine Weile her, dass ich mich so gefühlt hatte, wie Carrie aus *Sex and the City*, die mit ihrem schwulen besten Freund Stanford ausgeht.

Nachdem ich mich entschieden hatte, aus Moosburg weg und in die Stadt zu ziehen, erlag ich kurzzeitig der Idee, ein schwuler Mitbewohner sei genau das, was ich bräuchte.

Und zwar nach mehreren Anzeigen, die mich im *Sendlinger Abendblatt* als »festangestellte Nichtraucherin ohne Haustiere« ausgelobt hatten, die »nur in zentraler Lage sucht«, woraufhin sich aber ausschließlich Leute aus dem Landkreis Erding meldeten, die der Meinung waren, eine Stewardess müsse täglich zum Flughafen und bräuchte daher ein Domizil direkt neben den Langzeitparkplätzen.

»Ich muss nur circa viermal im Monat zum Flughafen.«

»Aber Sie sind doch Stewardess! Brauchen Sie da überhaupt eine Wohnung? Wir dachten, an den Tagen, an denen Sie nicht da sind, könnten wir zusätzlich untervermieten!«

Nach diesem unerquicklichen Telefonat mit dem Anbieter einer Einliegerwohnung und einem, der keine »Preißn« im Haus wollte, hatte ich meine konservativen Vorstellungen aufgegeben und war zu so ziemlich allem bereit gewesen, sogar zu einer Kommune.

Als ich mein Fahrrad nach Ablauf meiner Inserate in einen Laden namens »Brokeback-Mountainbike« zur Reparatur brachte, nahm Olivier sich schnell meines Plattens und meiner Probleme an.

Beim Bezahlen war klar, dass wir nicht nur gleichermaßen an lichtdurchfluteten Maisonette-Wohnungen mit offener Küche, Granitarbeitsplatte und Fußbodenheizung interessiert waren, sondern auch dieselbe Vorliebe für *Dawson's Creek*, kostspielige Kurztrips nach Capri und Männer mit Tennisschlägern, Polohemden und Nasenhaarschneider teilten.

Leider währte unser WG-Glück nicht lange, nachdem

er zunehmend bemängelte, dass ein Mülleimer für Damenhygieneartikel im Nassbereich und mein im Flur stehender Koffer, der sich keiner Nobelmarke zuordnen ließ, das ästhetische Konzept unserer Dachgeschosswohnung mit Südbalkon ruiniere.

Nach einem heftigen Streit, in dem der intolerante Satz fiel: »Es ist wirklich eine Zumutung, dass du in unserem Bad eine Tampondose stehen hast und das alle zehn Tage, oder wann immer das bei euch ist!«, war ich ausgezogen.

Natürlich nicht, ohne eine Monatspackung ultrastarker Binden mit Aloe Vera und Flexi-Flügeln im Nassbereich zu hinterlassen.

Seither genoss ich es ausgiebig, in meinem neuen kleinen Appartment in Schwabing auch bei Tageslicht BHs aufhängen zu können und nicht von der Streisand in Zimmerlautstärke geweckt zu werden.

Stattdessen dringt heute Abend *Vogue* aus begehbaren Boxen in mein Ohr.

Ich wünsche mir sehnlichst die amerikanische religiös motivierte Anti-Homosexuellen-Demo herbei, auf die ich erst gestern geprallt bin. Allerdings nur, um mich unbemerkt einreihen und mit ihnen rausschleichen zu können.

Nach dem Kauf des Tops hatte ich mich hinter der Shopping-Mall verlaufen, obwohl ich mich sorgfältig an einem McDonalds orientiert hatte, dann aber feststellen musste, dass die Mall von Filialen umstellt war. Orientierung verschaffte mir schließlich erst wieder die Gruppe der Demonstranten, die zielstrebig auf die Hauptstraße zumarschierten, mit Banner-Texten wie: »God made Adam & Eve, *not Adam & Steve*«.

Zwei tanzende Unterwäsche-Models, die aussehen wie Zwillinge, drängen mich ab. Es ist höchste Zeit, mich aus meiner misslichen Käfig-Lage zu befreien.

Ich will gerade energisch zu einem Vorstoß ansetzen, als die beiden sich gegenseitig ihre Muskelhemden vom Oberkörper reißen, zu Boden schleudern, als sei dies die letzte Vorstellung der Chippendale Male Strippers weltweit und zu einem Knäuel verschmelzen. Nie wieder werde ich einen Pornofilm bemühen müssen, dieses Bild brennt sich für immer in meinen Kopf ein.

Ihre Gürtel fallen, und ich habe für Sekunden die Befürchtung, ich werde versehentlich mit ausgepeitscht, als es mir endlich gelingt, mich durch sie hindurch nach vorne zu schieben.

Es ist, als wolle man das Rote Meer teilen. Beide lassen kurz auf der einen Seite voneinander ab, aber nicht auf der anderen, so dass ich in ihrer Mitte gefangen bin.

»Excuse me …«

Höflichkeit kommt ja immer gut an in den Staaten, allerdings komme ich gegen *»Like a prayer«* nicht an.

Majestätische Brustmuskeln pressen sich von vorne und hinten an mich, ein paar erstaunlich weiche, vermutlich mit Conditioner behandelte Bartstoppeln schmiegen sich an meinen Hals, und mir kommen erste Zweifel an meiner Widerstandsbewegung.

Ich meine, wenn ich nicht *jetzt* in diesem Land, in dem mich keiner kennt, mit diesen bestimmt total netten, zufälligerweise recht gut aussehenden schwulen Mitmenschen ein Sandwich zu Madonnas dreizehnter Single-Auskopplung bilde, habe ich womöglich nicht gelebt.

Ich verharre also ein wenig in meiner neuen Tanzgruppe –

ich wollte ja sowieso wieder mehr Sport machen. Etwas Bewegung kann ja nicht schaden, nur ein Album lang …

Bei *»Justify my love«* befindet sich mein Ego langsam, aber sicher auf einem nie gekannten Höhepunkt. Ich bin nicht länger Stewardess mit Aufenthalt, ich bin zu etwas mutiert, das seinen natürlichen Lebensraum zwischen Bacardi-Insel und Becks-Dreimaster hat. Rhythmisch bewege ich meine Hüften und wage einige laszive Moves, die auf ihren Einsatz warten, seit ich sie mir in *Basic Instinct* abgeguckt habe.

Leider beschließt der mit den Bartstoppeln im Zenit meiner Choreographie, dass es nun an der Zeit ist, sich näher kennenzulernen.

»What's your name?«

»Charlotte!«, schreie ich gegen diverse Bässe an.

Die beiden tauschen verzückte Blicke aus.

»Hi, Charles!«, meint meine langgehegte Boxershort-Fantasie und legt den Arm um mich.

Ich finde, dass sie als Experten schon beim Tanzen hätten merken können, dass *Charles* nicht stimmen kann. Ich fürchte, wenn ich nicht *jetzt* schnell verschwinde, bin ich spätestens zu *»Erotica«* schwanger und weiß nicht mal, von welchem der Klone. Ich habe ja schon manches Mal gedacht, ich ende als alleinerziehende Mutter. Gott, war ich da noch optimistisch. Jetzt läuft es wahrscheinlich auf eine Leihmutterschaft hinaus.

An der Bar resumiere ich, dass ich nicht für den Tanzsport gemacht bin und bestelle eine Virgin Colada, um mich zu sammeln.

Dankbar ergreife ich das Glas, das mir der Barkeeper-Adonis reicht, ohne mich eines Blickes zu würdigen, und stelle fest, dass hier statt kleiner bunter Cocktailschirmchen die

Amarena-Kirschen auf kleine schwarze Peitschen gespießt werden, was das Trinkerlebnis thematisch vollendet.

Es ist ein Uhr, und ich finde langsam, ich habe genug gelebt für die nächsten zwei Jahre. Wo sind nur Edgar und Sebastian?

Mein Blick schweift über das Meer aus Muskeln und Latex.

Ich brauche eine Toilette. Zu blöd nur, dass es keine Damentoiletten gibt. Angespannt schiebe ich mich an der Wand entlang durch die Tür zur Herrentoilette.

Die Kabinen sind besetzt mit Pärchen, die definitiv gerade gar nicht zur Toilette müssen und für mich lebensrettende Privatsphäre blockieren. Dummerweise verbietet mir meine Anatomie, ein Pissoir in Hüfthöhe zu benutzen.

Ein anderer Klogast, mit einer modischen Raffinesse im Schritt seiner Lederhose, den ich spontan »Bronco, der Stripper« taufe, bringt sich am Nachbar-Pissoir in Stellung und grinst mich an.

Grundgütiger, *Blair Witch Project* hat mir wesentlich weniger Angst gemacht. Ich beschließe, auf ein Verdunstungswunder zu hoffen und quetsche mich durch die Tür wieder hinaus in die Menge der sich nun überall aneinanderreibenden Körper. Nebenbei komme ich zu dem Schluss, dass Julian mich über Jahre hinweg knallhart angelogen hat.

»Ach was, Charlotte, kein Mensch sieht in Wirklichkeit so aus, das ist doch alles Photoshop! Stress dich nicht mit Sit-ups!«

Ich lasse mich auf einen Barhocker nieder, in einer Position, die möglichst wenig auf meine Blase drückt, und überlege, wie ein Madonna-Poster daheim bei mir im Flur aussehen würde. Dabei hypnotisiere ich meine letzte Amerena-Kirsche, die es rechtfertigt, dass ich hier auf meinem

Barhocker in Sicherheit sitze. Die Menge scheint sich ein wenig zu lichten, immerhin wird es draußen schon wieder hell.

Ich mache eine schwungvolle Hundertachtzig-Grad-Drehung auf meinem Hocker, stelle entschlossen mein Glas mit rosa Zuckerrand ab, bereit, mich alleine in ein Taxi zurück ins Hotel zu schwingen und mich auf dem Rückflug des mangelnden Teamgeistes anklagen zu lassen, als ich endlich – Sebastian und Edgar erblicke! Selten war ich froh, zwei Männer zu sehen, die nicht an meiner Körbchengröße interessiert sind. Sie lehnen an einer phallusartigen Eisskulptur und scheinen ebenfalls ziemlich erschöpft zu sein.

Am Eingang scheinen wir einen bleibenden Eindruck hinterlassen zu haben, denn das dynamische Duo Ricky und Klaus winken uns zum Abschied hinterher. Vielleicht sind sie auch einfach nur froh, den untersetzten kleinen Transvestiten in altrosa Baumwolle wieder los zu sein.

Der Taxifahrer dreht das Radio auf und wieder ertönt Madonna. Sebastian murmelt im Halbschlaf genervt was von: »Hetero-Taxifahren«, und ich bin irgendwie doch ganz froh, mein Horoskop *Zwilling* gegen eine kurze Begegnung mit zwei nahezu echten getauscht zu haben.

16.

»Kannst du dir nicht einen reichen Mann aus der First Class angeln?«

»Would you like a sandwich? It's ham or cheese.«
»Beef.«
»I'm sorry, there is no beef. I can only offer you ham or cheese.«
»Okay. Chicken.« (MUC – SOF)

Die First Class.

Ich glaube, das ist ein ähnlich mysteriöser Ort wie Stonehenge oder das Glottertal. Noch heute pilgern Hunderte von Menschen mit Ischiasleiden und Blasenkatarrh zum Drehort der *Schwarzwaldklinik*, nur um dort festzustellen, dass Professor Brinkmann und Oberschwester Hildegard ein Mythos sind.

Und ähnlich verhält es sich mit dem Allerheiligsten von Skyline.

Bei der letzten Umrüstung der Ersten Klasse erhielten wir als Mitarbeiter nicht etwa eine Gesamtansicht der modernisierten Kabine, sondern lediglich ein paar Stoffmuster und Metallproben. Plüschige Teppichfransen in Chefetagen-Grau glitten samtig durch meine Finger und ein mattiertes

Metall-Mosaik hätte sowohl ein Teil des Duschkopfes im Nassbereich sein können, als auch das neue Tafelsilber. Ich kam mir vor wie in einem Teppichgeschäft mit angeschlossenem Bäderstudio! (Ich persönlich fände es ja viel wichtiger, die Aeroserver, also die Servierwagen mit ABS-System auszustatten, damit ich nicht versehentlich die herumliegende nudefarbene It-Bag eines Promis anfahre.)

So ist es kaum verwunderlich, dass sich auch durch die First Class beim Aussteigen ein eklatanter Touristenstrom etabliert hat, den ich ähnlich gerne beobachte wie Ornithologen Haubentaucher auf Island.

Es ist ja nicht so, dass ich die Leute nicht verstehen könnte, die auf dem Weg nach draußen mit einem hektischen Panoramablick blitzschnell alles scannen, was noch so herumliegt: kleine Samsonite-Koffer-Miniaturen mit Zahnbürste und Tampons drin oder liegen gelassene Bordkartenhüllen zum Beispiel, die man ja quasi immer gebrauchen kann. Und der ein oder andere Artikel ist zweifelsohne auch ein beliebtes Sammlerstück bei EBay. Aber es gibt Grenzen.

Eine verläuft für mich zum Beispiel entlang des Schlafanzugoberteils, das über Nacht ein dicker Russe anhatte und durchgeschwitzt hat. Auch wenn es inzwischen sicherlich probate Fleckenentferner für *Foie Gras* und dreifach getrüffelten Pistazie-Mascarpone gibt.

Und mir wäre es schlichtweg zu peinlich, mit den gebrauchten Überziehsocken von Veronica Ferres durch meine Wohnung in Schwabing zu rutschen, oder durch eine abgetragene Schlafmaske das Meersalz-Nasenspray von Mario Adorf einzuatmen. Ich meine, wem will man da was vormachen?

Trotzdem, der Versuchung, etwas vom Glamour der oberen Zehntausend in dreißigtausend Fuß spüren zu wollen, bin auch ich zeitweise erlegen.

In meinen ersten Jahren bei Skyline war noch nicht daran zu denken, auch nur in die Nähe einer Magnumflasche Champagner oder eines in Evian getränkten feuchten Tuches zu kommen. Aus naheliegenden Gründen behielt man den First-Class-Service den Stewardessen mit etwas mehr Erfahrung vor, und das stieß selbst bei mir auf eine gewisse Logik, denn ich wollte nicht, dass mein erster und womöglich einziger Satz zu Benno Fürmann ist:

»Das tut mir jetzt aber leid mit den Rehmedaillons auf Ihrem Vertrag mit Warner, aber Sie waren toll als Stimme des gestiefelten Katers in *Shrek*!«

So versuchte ich zunächst, mich der Sache am Boden über die Lounge zu nähern. Doch nicht einmal dort haben durchschnittliche Skyline-Engel Zutritt, weil der Vorstand meint, die Exklusivität dieser Abflugbereiche dadurch um weitere zehn Prozent steigern zu können. So kennt diese Räumlichkeiten von innen nur externes, speziell geschultes Personal, das weiß, wie man geräuschlos dort herumschwebt. *Privacy nonstop. Skyline First Class.*

Nicht einmal ein Seminar wird dazu angeboten, was es wirklich supermysteriös macht. Es existiert bis heute nur eines, das heißt *Hand in Hand mit dem Boden – der Erlebniskorridor des Gastes ab Check-in.*

Da ich ohnehin meinen eigenen Fortbildungskorridor einhalten musste, belegte ich es. In der Hoffnung, im Rahmen einer offiziellen Führung endlich einen Blick in diese Art modernes Atlantis' werfen zu können. (Okay, notfalls auch alleine, gut getarnt hinter einem VIP.)

Leider war dieser Punkt nicht Bestandteil des Tages, und so war ich gezwungen, mich kurz von der Gruppe abzusondern und Plan B in Angriff zu nehmen. Aber noch bevor ich, dicht hinter Joopie Heesters, in den geheimnisvollen Milchglaskasten neben dem Duty-free-Shop schlüpfen konnte, fiel die stählerne Tür wieder zu, und ich erhaschte gerade mal einen kurzen Blick auf eine unfreundlich dreinguckende Rezeptionistin hinter einem Strauß seltener Orchideen – ich bin mir übrigens sicher, dass auch ein echter Kolibri vorbeiflog.

Den Rest des Tages stand ich dann bei meiner Hospitanz am Sperrgepäckschalter rum und habe versucht, eine preisgekrönte Deutsche Dogge in eine Cargo-Box nach Caracas zu kriegen.

Aber bitte, wenn man meint, ich, Charlotte Madeleine Loos, würde die vornehme Atmosphäre dort stören und womöglich ein *Petit Four* einstecken, ein Bad mit basischen Kristallen nehmen und eine kubanische Zigarre rauchen, dann ist das eben so. (Alles das soll es dort geben!) Ich finde zwar, das läuft unter Skyline-Produktkenntnis, aber dann muss ich den vielen potenziellen Kunden, die mich *ständig* danach fragen, eben sagen, dass sie sich an Joopie Heesters wenden möchten.

Immerhin haben wir Flugbegleiter auch so unsere Lounges. Die etwas muffigen, aber dafür sehr geheimen Crewlounges in den Crewhotels. Das sind als normale Zimmer getarnte Räume irgendwo im neunzehnten Stock renommierter Hotelketten, die extra für uns eingerichtet wurden. Mit alten Sofas, Internetzugang und kaputten Moccachino-Automaten, in denen man sich im Anschluss an Beinahe-Abstürze besprechen oder einfach nur landestypisches Fernsehen gucken kann. Mit viel Glück trifft man sogar eine scheue Stewardess der Singapore Airlines oder der Thai Airways, was jedes Mal ergreifend ist, da die Zeiten, in denen man sich zu internationalen Gelagen in Karachi am Pool traf und spontan mit Commandante Giovanni von der Alitalia durchbrannte, bedauerlicherweise vorbei sind.

Doch irgendwann war sie endlich gekommen, meine Zeit für die First Class. Gerade, als Skyline mit dem Slogan warb: *Closer to heaven? Only when you die. Try our First Class!*

Na, wenn das keine Einladung war!

Zu der Zeit konnte ich ohne Übertreibung sagen, dass ich inzwischen äußerst vertraut war mit dem Produkt der Economy- und Businessclass auf Kurz- und Langstrecke und fühlte mich erfahren genug, die Zusatzausbildung zum offiziellen *First Skies Skyline Angel* anzustreben.

So saß ich eines Tages einer äußerst angesehenen Skyline-Purserette gegenüber, tipptopp in Uniform, und bewarb mich für das Programm. Übrigens kann man keineswegs schlussfolgern, dass die First Class generell der beliebteste Arbeitsplatz ist. Es ist dort einfach anders. Anders anstrengend. Den zehn Prozent Luftfeuchtigkeit und der Zeitverschiebung kann man nirgendwo an Bord entfliehen. Wo man arbeiten möchte, ist eine Entscheidung, bei der viele Faktoren berücksichtigt werden wollen – abgesehen davon, dass es ohnehin keine strikte Trennung der Arbeitsbereiche gibt, denn wenn man in der First Class fertig ist, geht man in die anderen Klassen und hilft dort mit und umgekehrt.

Die Frage ist, ob man lieber die lustige Charter-Stewardess gibt, die Kinder mit Kerosinchen in der Eco bespaßt und saloppe Sprüche bei der regelmäßigen Kontrolle der Toiletten mit Latex-Handschuhen und Taschenlampe macht, oder ob man leicht friert und daher gerne im immer warmen Bereich in der Businessclass Wache schiebt. Ausschlaggebend für die Wahl des primären Arbeitsbereichs kann auch sein, ob man »Shuttler« ist, also woanders wohnt als an seiner Homebase, und eventuell noch eine längere Heimreise nach Toulouse vor sich hat und daher die zweite Pause statt der ersten will. Oder ob man sich einen Kopiloten angeln möchte.

Auch dann sollte man tunlichst in die First, denn dort zu arbeiten beinhaltet, dass man die hilflos in ihren Sitzen auf sich zurückgeworfenen Piloten versorgen muss. Weil die ja a) nicht weg können vorne und b) ihnen das Bedienen einer Kaffeemaschine trotz mehreren Abschlüssen in technischen Fächern und des versierten Umgangs mit einem Geodreieck tendenziell schwerfällt.

Cockpit-Service ist so etwas wie das Kleingedruckte in einem Skyline-Arbeitsvertrag.

Während die Purserette also meine Personalakte durchsah, mit Feedbacks, die ich in den vergangenen Jahren von Vorgesetzten und Gästen erhalten hatte, fragte sie mich Fachspezifisches: nach einigen Rebsorten, den Servicebesonderheiten auf Japan-Strecken, wie ich damit umgehe, wenn First-Class-Gäste sich über ein tobendes Kind beschweren, und was ich unter dem Begriff *Sky Superior* verstünde.

Ich nannte ihr als Beispiel eine Situation, in der mich ein Gast mit Rückenschmerzen um eine Wärmflasche gebeten hatte. Solche Utensilien existieren an Bord tatsächlich nicht, und so hatte ich kurzerhand eine ziemlich dickwandige Sprite-Flasche mit heißem Wasser gefüllt, sie ihm gereicht und jede Stunde ausgetauscht, was ihm die Reise sichtlich erleichtert hatte.

Zwar war dem ein heftiger Streit mit einer Kollegin vorausgegangen, die mir sagte, falls die Flasche Risse bekäme, der Gast sich verbrühen und uns verklagen würde, würde sie gegen mich aussagen und ganz Unrecht hatte sie damit nicht, aber am Ende hatte ich mich entschieden, es trotz des Risikos zu tun, und der Gast war äußerst dankbar.

Es war das kleine Quentchen Extra-Service, das man selber mitbestimmen und variieren kann.

Nach einer halben Stunde Vorstellungsgespräch überreichte sie mir strahlend einen Aktenordner, den es zu lernen galt, meinen Termin für den dreitägigen Skyline First Skies-Zusatzlehrgang, in dem ich zu meiner abgeprüften Servicehaltung noch entscheidende Hard Facts lernen würde, wie zum Beispiel das Anrichten von Antwerpener Nuss-Nougat-Pralinés auf einem quadratischen Untersetzer aus Fine Bone China.

Sie gratulierte mir herzlich: »Mir hat gut gefallen, auf welch kreative Weise sie sich des Kindes annehmen und mit ihm spielen.«

Ich war ziemlich verblüfft und fragte, was, jenseits meiner naheliegenden Lösung, andere Flugbegleiter denn so mit Vierjährigen täten.

Sie lachte. »Unter uns, die meisten schicken das lebhafte Kind zu den Kollegen in die Eco.«

Drei Wochen nach diesem Termin ging ich auf meinen ersten Erster-Klasse-Flug und war nahezu wie elektrisiert. Der Adrenalinschub war auch bitter nötig, denn kaum dass wir einsteigen, beginnt für uns ein kaum zu bewältigender Countdown: In der First Class agieren wir zu zweit, das bedeutet, dass eine Kollegin die Küche übernimmt und die andere die Kabine.

Die *Küchenfee* checkt das Catering und versorgt das verdurstende und verhungernde Cockpit, während die andere eine zweiseitige Checkliste abarbeitet und, nachdem sichergestellt ist, dass Feuerlöscher und Erste-Hilfe-Set an ihrem Platz sind, sich daranmacht, die Bar aufzubauen.

Verhältnismäßig schnell hatte ich eine kleine Eisskulptur in Form von Kerosinchen geschnitzt, auf der später die Butterwürfel Platz finden würden. Dann prüfte ich, ob alles für die »Special Skies« vorhanden war. Eine besondere Aktion, die alle zwei Monate thematisch wechselt.

Im Sommer gibt es aufwendige Eisbecher wie den »Boeing Split«, im Herbst meines ersten First-Class-Fluges gab es ein Whisky-Tasting, zu dem ich Short Bread reichen und dem Gast eine CD mit Dudelsackmusik aus dem schottischen Hochmoor einlegen musste.

Wenige Stunden später verglich Herr Dr. Mertens, mittlerweile in Hochstimmung, den dritten Single Malt mit dem zweiten Pinnchen Bushmills. »Es kann nur eine geben!«, prostete er mir zu, und ich spürte die »Unternehmen Sie was«-Blicke der anderen sieben First-Class-Gäste auf jeder Faser meines Körpers.

Doch unverhofft sackte Herr Dr. Mertens über Goose Bay gottlob in seinem Sitz zusammen und schnarchte, bis wir Los Angeles erreichten. Ich versuchte, wenigstens seinen Sitz in eine waagerechte Position zu fahren, auch, um seine Fernbedienung zum Runterpegeln der Dudelsackpfeifen zu erreichen. Vergebens. Sie hatte sich in seinen Hosenträgern verheddert. Frau Mertens vertiefte sich in die *BUNTE*, ungeachtet dessen, dass ich dabei quasi auf ihrem Mann lag, und ließ sich nicht daran hindern, ihm daraus vorzulesen. Immer wieder tätschelte sie ihm über den Gang hinweg den Arm, ganz ohne hinzusehen, und merkte laut an:

»Ach kumma, Rüdiger, datt siehse der Berben aber au nich an, datt die über vierzich is … Hömma, da muss sich der Matthäus nich wundern, wenna 'ne Schülerin heiratet und die dann mit zwanzich 'nen janz andern doll findet … Ach, is die Schöneberger jetzt verheiratet?«

Die Küchenfee warf mir einen mahnenden Blick durch den Vorhang zu und legte den Zeigefinger an die Lippen.

Ich zuckte verzweifelt die Schultern, deckte Herrn Dr. Mertens mit dunkelblauer Bettwäsche zu so gut es ging und flüsterte nahe an Frau Mertens Ohr, ob sie noch etwas bräuchte. In der Hoffnung, dass sich ihre Stimmlage meiner anpasste. Doch sie winkte nur ab, während sie weiterhin gut hörbar einen Artikel über den in wäldlicher Abgeschiedenheit lebenden Sascha Hehn studierte.

Zurück in der Küche seufzte meine Kollegin, sie habe seit vier Stunden nicht einen Schluck getrunken, weil das Cockpit noch immer nicht mit dem Braunton des von ihr servierten Milchkaffees zufrieden sei. Ich ermunterte sie, doch jetzt das Versäumte nachzuholen, als auch schon der dritte Pilot in der Küche auftauchte und fragte: »Was gibt's denn heute?«

Da auf sehr langen Strecken von drei Piloten, außer zu Start und Landung, immer nur zwei im Cockpit sind und einer schläft, ist man entweder mit den Gästen beschäftigt oder mit einem von ihnen. Ist einer satt und geht schlafen, steht der Nächste auf und ist hungrig.

Sie reichte ihm die Speisekarte der First-Class-Gäste, woraufhin er sofort monierte, dass die Ente aus war.

Die Ernährung von Piloten ist eine heikle Angelegenheit, und ich rate jedem, der in Zweifel ist, auf Menge zu setzen. Damit macht man nichts verkehrt.

So war ich bereits auf meinem nächsten Flug lieber in der Kabine und bediente Skyline-Gäste statt Skyline-Personal, von dem ich finde, dass es sich wenigstens von Zeit zu Zeit auch mal selbstständig eine Cola light nehmen könnte nach dem zweiten Teller Kaviar, während ich in einen Zwieback beiße und gleichzeitig versuche, den reklamierten Weißwein kälter zu kriegen. Kein leichtes Unterfangen, denn entgegen der landläufigen Meinung haben wir keine Kühlschränke an Bord. Medikamente der Gäste oder deren importierten Hummer aus Boston können wir nur auf eine große Tüte mit Eiswürfeln legen, die eigentlich für Getränke vorgesehen sind.

Bereits recht routiniert baute ich ein anderes Mal, kurz vor der Landung in San Francisco, das Motto-Buffet auf. Inzwischen war Oktoberfest, was bedeutete, ich musste ziemlich viel Aufwand betreiben, um in luftiger Höhe den regionalen Charme Bayerns aufleben zu lassen. Was für ein Unterfangen.

Als ich die Löwenkopf-Terrine auf die weiß-blaue Tischdecke gestellt und den süßen Senf in Porzellanschälchen umgetopft hatte, erschien mit prüfendem Blick der Purser und sagte:

»Schätzelein, denk bitte an den Brezenbaum!«

Ich packte auch das Holzgestänge aus, an das Butterbrezen gehängt werden und mehrere Lebkuchenherzen. Masskrüge, Golfbälle mit dem Wappen des Freistaats und gebrannte Mandeln verpackte ich sorgsam zum Mitnehmen für die Gäste.

Plötzlich stand ein älterer Herr vor mir, den ich von der Passagierliste her natürlich mit Namen kannte; dennoch stellte er sich mir persönlich nochmals als *Joseph Mizrachi* vor. Er versuchte, mir ein Gespräch aufzuzwingen.

Ich überlegte, wie ich ihn höflich zurück in die Kabine komplimentiert bekäme, denn der Bereich vor dem Cockpit ist auch für First-Class-Gäste aus Sicherheitsgründen tabu. Ein Umstand, für den sich ein anderer Gast erst kürzlich gerächt hatte, indem er ganz aus Versehen nachts in einen Schrank gegenüber der Toilette auf die Handtasche einer Kollegin gepinkelt hatte.

Ich fragte Mr Mizrachi, was ich für ihn tun könne, aber er sagte, er müsse sich nur die Beine vertreten. Ich ließ ihn vorerst gewähren und gab mich beschäftigt, indem ich das kleine Hackerzelt und den Schottenhammel aufbaute, aus denen sich die Gäste dann eine Panna Cotta in einem Fässchen Hacker Pschorr würden nehmen können.

»So, you are from Munich?«

Das hatte mir gerade noch gefehlt. Relativ schnell kam er von dieser Frage auf die Frage, ob ich verheiratet sei.

Mist, das kommt davon, wenn man nachlässig wird mit seinem Fake-Ehering! Ich hatte es nach der Trennung von Malte recht schnell als lästig empfunden, ihn zu tragen, auch wenn ich ausnahmsweise mal nicht allergisch reagierte.

Gottlob erschien meine Kollegin, erkannte die dramatische Lage und schickte mich zum Abräumen ins Cockpit.

Für den Rest des Fluges spürte ich die Blicke des Geschäftsmannes aus Tel Aviv förmlich und musste dennoch höflich bleiben und seine Komplimente zu meinen Perlenohrringen, meinem Lächeln und meinen Locken dankend hinnehmen bis zur Landung.

Kaum, dass wir die First-Class-Gäste verabschiedet hatten, näherten sich auch schon die ersten First-Class-Touristen.

Nur Mr Mizrachi, der darauf bestand, dass ich ihn ab sofort *Joseph* nennen sollte, blieb einfach vor mir stehen und fragte noch einmal, wie es denn aussähe mit einem abendlichen Essen im teuersten Restaurant San Franciscos, in das er mich natürlich einladen würde. Ich lächelte verhalten und lehnte dankend ab, was ihn endlich bewog, von Bord zu gehen.

»Na, bei dem hattest du ja einen Stein im Brett«, sagte meine Kollegin. »Ich beneide dich!«

»Wie bitte?«, gab ich gereizt zurück.

»Der Flug hatte zwölf Stunden, wir sind seit achtzehn Stunden wach, der Typ ist dreißig Jahre älter als ich, und das Letzte, was ich jetzt will, ist, mich todmüde in ein Restaurant zu schleppen! Ich will in mein Hotelzimmer, die Uniform loswerden und schlafen!«

»Och … hab dich doch nicht so! Der Typ ist steinreich, steht offenbar auf dich und lädt dich ein! Ich sag immer: alles mitnehmen! So eine Chance kriegst du nicht oft. Du könntest schon längst selber in der First Class sitzen!«

Hatte sie womöglich Recht? Ich meine, klar, irgendwann bist du vierzig, wachst auf und stellst fest, dass du nie mit dem Leadsänger von *Kings of Leon* geschlafen hast. Aber du weißt auch nicht, ob es das wert gewesen wäre, dass du deinen Freund, der praktischerweise Steuerberater ist, dafür hättest sitzenlassen.

Und war ich nicht eigentlich deshalb hier? Um Abenteuer zu erleben? Doch während der Crewbus uns ins Hotel fuhr und sich in der Dämmerung langsam die Skyline des näher kommenden Stadtzentrums abzeichnete, freute ich mich darauf, am nächsten Tag am Pier neununddreißig den Seehunden zuzusehen, und hatte meinen Verehrer schon vergessen.

Bis mich zwei Stunden später im Zimmer das schrille

Klingeln meines Telefons aus dem gerade gefundenen Tiefschlaf riss.

»Hello?«, murmelte ich verschlafen, in dem Glauben, es könne sich nur um eine wichtige Mitteilung von Skyline bezüglich des Rückflugs oder einem Erdbeben dank der San-Andreas-Spalte handeln.

»Hi. It's Joseph!«

In Sekundenschnelle war ich wach.

»Look, sorry to bother you, but you are just such a pleasant person. Can I invite you to dinner?«

»Joseph, I already told you …«

»Oh yes, you are probably tired! I understand that. So maybe tomorrow? I just wanna show you around. I have a wonderful house in Half Moon Bay and some of my business friends are coming. I'd be glad to have you at my side!«

Ich sagte nichts. Ich war sauer. Und verdammt müde. Wie hatte er überhaupt mein Hotel ausfindig gemacht? Und wieso hatte man ihn zu mir durchgestellt? Es musste an meinem neuen Namensschild liegen, auf dem seit neuestem endlich mein richtiger Nachname stand. Anlässlich meines Aufstiegs in die First Class hatte Skyline es beeindruckend schnell korrigiert.

»I'll send you a car at twelve o'clock a.m. See you tomorrow!«

»Okay«, seufzte ich resigniert. Ich war inzwischen so müde, mir war im Grunde alles egal. Was sollte schon groß passieren? Ich war nur zwei Tage hier und er ein renommierter Geschäftsmann und kein Serienkiller. Hoffentlich …

Am nächsten Mittag fuhr tatsächlich pünktlich eine schwarze Limousine vor. Natürlich hatte ich wenigstens meiner Küchenfee gesagt, was ich vorhatte, und sie hatte mich beglückwünscht:

»Endlich wirst du vernünftig! Ich sage dann schon mal den anderen, dass du ausgesorgt hast und mit dem Privatjet zurückfliegst!«

Wir hatten noch einen kurzen Disput darüber, wo genau Prostitution beginnt, und dann war es auch schon Mittag gewesen.

Wider Erwarten wurde es ein sehr netter Nachmittag.

Josephs Business Friends entpuppten sich als keine Geringeren als die ein oder andere Größe aus der Finanzwelt und dem Showgeschäft. Und ich gebe zu, als Jay Leno neben mir auf der Terrasse von Josephs Seaside Condo stand, einen ausgehöhlten Kürbis betrachtete und zu mir meinte, er sähe aus wie Oprah, zog ich zum ersten Mal in Erwägung, dass dieses Leben vielleicht doch eine Option war.

Ich nippte an meinem *Pumpkin Infused Champagne* und sinnierte. Machten andere Frauen das nicht genauso?

Als der Krabbencocktail zur Neige ging, und Josephs Nachbar Sting seine Gitarre hervorholte, verabschiedete ich mich langsam. Joseph war zutiefst betrübt, geleitete mich zur Limousine und zog seinen Blackberry hervor, um seine bevorstehenden Termine in Europa zu checken.

So kam es, dass ich zwei Wochen später auf der *Charlotte of the Seas* vor Sardinien herumlag. Trotz der Benennung einer Zehn-Meter-Yacht nach mir als kleine Willkommensgeste beabsichtigte ich schon nach einem halben Tag dieses Leben schneller wieder zu verlassen, als ich hineingestolpert war.

Ich starrte auf Flavio Briatores Poritze und fragte mich, ob Berlusconi das jetzt merken würde, wenn ich einfach hier neben Elisabetta durch die Reling fiele. Aber ich kam zu dem

Schluss, dass dabei höchstwahrscheinlich auch das mundgeblasene Champagnerglas in meiner Linken zerbrechen würde und war nicht ganz sicher, ob meine Haftpflicht bei der HUK-Coburg Glasbruch wirklich mit einschließt.

Wie beiläufig strich mir Joseph über meinen bewusst unerotisch gewählten Frottee-Bademantel mit Minnie Mouse auf dem Rücken.

Er, Briatore, Berlusconi und Clooney teilten sich eine ganze Flotte von Yachten, und ich kann sagen, es fühlt sich nicht so gut an wie man denkt, wenn sich das eigene Leben wirklich in eine Szene aus *Pretty Woman* verwandelt. Denn im echten Leben ist es nicht der gut aussehende Richard Gere, der vorbeikommt, oder Robert Redford oder Dr. House, für die man ja noch vergessen würde, dass sie der eigene Vater sein könnten. Sondern es sind übergewichtige Herren mit Bierbauch, Haarkranz und ausgeprägter Libido, die jeden Schluck Champagner abzurechnen scheinen.

Weswegen ich gezwungen war, intensiv über eine meinem Bikini angemessene Bond-Girl-reife Flucht nachzudenken. Zwischen den Vorwürfen, die ich mir machte, weil ich mich ja größtenteils selbst in diese unschöne Lage manövriert hatte.

Am Ende fiel mir nichts Besseres ein, als eine Weile mit dem Privat-Delfin der Herren zu planschen, für längere Zeit unterzutauchen, mich an der Badeleiter festzukrallen, mit einem nicht näher definierbaren Cluster-Kopfschmerz und asthmatischer Atmung wieder aufzutauchen und eine kurze Bewusstlosigkeit zu simulieren.

Es wurde dann relativ lange herumdiskutiert, wer mich jetzt ins Krankenhaus bringen sollte und wohin, ob man besser gleich einen Hubschrauber ordert und ob Elisabetta mit dem Baby nicht vorher zu Hause abgesetzt werden könne, da sie heute noch After Pregnancy-Pilates hätte.

Am Ende des Tages lag ich mit einem blauen Bändchen um das Handgelenk in einem Krankenzimmer des *Ospedale Marino Regina* und war äußerst froh darüber, dass meine Auslandsreisekrankenversicherung definitiv eine Nacht im Einzelzimmer und bis zu drei Liter Kochsalzlösung als Infusion pro Tag mit einschloss.

Joseph hatte sich überraschend schnell zurückgezogen, mit der Begründung, dass ihn Krankenhäuser ganz nervös machten, seit er einen Herzschrittmacher hatte. Was mir nur allzu recht war.

Am nächsten Tag erklärte ich dem Dottore ehrlich die Sachlage, und zu meinem Erstaunen schmunzelte er und formulierte amüsiert in gebrochenem Englisch, ich sei nicht die Erste, die versucht hätte, auf diesem Wege die Insel zu verlassen.

Aber nicht nur aufgrund dieses elementaren Vorfalls werde ich mich, wenn meine Lizenz dafür in ein paar Wochen abläuft, nicht wieder für First Skies bewerben. Ich halte einfach generell nichts mehr davon, sich im Schatten Prominenter zu aalen.

Außerdem habe ich den Fehler gemacht, Iris Berben um ein Autogramm zu bitten. Ich kann nicht direkt sagen, dass sie unfreundlich war und unvorbereitet schon gar nicht, denn am Ende unseres Fluges nach Peking zog sie auf meine diskrete Bitte hin wortlos einen beeindruckenden Stapel gedruckter Fotografien von sich aus der Handtasche, mit der sie die in der First Class kaum erreichbare zulässige Freigepäckmenge überschritten haben dürfte, und wischte mit einem Stift kurz und sehr lieblos darüber. Noch bevor ich etwas sagen konnte wie: *»Für Charlotte, eine von acht Kostbarkeiten meines fabelhaften Fünf-Gänge-Menüs über den Wolken.«*

Etwas so Entwüdigendes habe ich selten erlebt.

Iris starrte genervt ins Leere und hielt mir die Autogrammkarte zur Entgegennahme tonlos hoch, wie ein Weinglas, das neu gefüllt werden möchte.

Ich meine, ich bin doch selbst toll! Bloß, weil ich nicht in *Rennschwein Rudi Rüssel* mitgespielt habe, mindert das nicht im Geringsten meinen soziologisch-biologischen Wert für die Gesellschaft.

Wie war ich nur auf die Idee gekommen, mir ein Stück Papier mit den Worten ihrer Wahl abzuholen, das sie für Sekunden unverdient auf- und mich irgendwie total abwertete?

In den dann überraschend folgenden, unerfreulichen achtundvierzig Stunden Quarantäne in China, die uns in Zeiten der Schweinegrippe ein Fluggast in Reihe einundfünfzig mit leicht erhöhter Temperatur einbrachte, schwor ich mir zwei Dinge:

1. Nie wieder meinen Fake-Ehering abzulegen, außer, er wird eines Tages durch einen echten Ehering von einem Nicht-Piloten und/oder Leadsänger einer angloamerikanischen Band ersetzt.

2. Dass die einzigen männlichen Wesen auf dem Wasser, zu denen ich mich fortan gesellen werde, nur noch die Seehunde am Pier neununddreißig sind!

Skyline – Meet the Angels.
Rundschreiben

Sehr geehrte Kolleginnen und Kollegen,

die Kreativität unserer Mitarbeiter erfüllt uns grundsätzlich mit Stolz. Uns ist bewusst, dass vor allem Sie an Bord es sind, die durch Ihre unkonventionellen Ideen und Lösungen unser Produkt entscheidend prägen und so Tag für Tag die Zufriedenheit unser Gäste gewährleisten. Nichtsdestotrotz müssen wir Sie bitten davon abzusehen, das Servicekonzept aktiv mitzugestalten, indem Sie unseren First-Class-Gästen selbst gebackenen Kuchen und Plätzchen reichen.
Auch das Streuen privater Blüten und Aufstellen von Dekorationsartikeln wie Porzellanenten müssen wir sowohl aus hygienischer wie auch sicherheitsrelevanter Sicht untersagen.
Wir hoffen, dass Sie dies in der individuellen Gestaltung Ihrer Arbeit nicht allzu sehr einschränkt.
Unsere Abteilung hat sich auch in diesem Jahr wieder sehr um die Entwicklung abwechslungsreicher, bordgerechter Aktionen für unsere Premium-Klasse bemüht, wie zum Beispiel eine mobile Driving-Range im Rahmen der »Sky Surprises US Open«.
Falls Sie Ihr Engagement davon unabhängig vertiefen möchten, empfehlen wir das Seminar »Die Magie der Economyclass-Zaubertricks für zwischendurch«.

Lassen Sie sich überraschen!

Vanessa Wildberger, Skyline/Produktentwicklung STR

17.

»Hast du am Flughafen keinen Spind, wo du dich umziehen kannst?«

»Wann verteilen Sie die Schweinemasken?«
»Entschuldigung?«
»Na wegen der Grippe. Ich will jetzt meine Vogelmaske – den Mundschutz, Frollein!«
(MUC – LAX)

Als Stewardess lernt man schnell, dass der Weg zur Arbeit der wohl gefährlichste Streckenabschnitt eines Fluges ist.

In der Ausbildung bei Skyline wurden mittels Beamer beklemmende Statistiken an die Wand geworfen, die über die Anzahl der Flugbegleiter und Piloten rund um die Einzugsgebiete großer Flughäfen weltweit Auskunft geben, die auf dem Weg zum oder vom Dienst verunglückt sind. Hin, weil sie es eilig hatten, und zurück, weil sie übermüdet waren.

Um Tragödien dieser Art zu vermeiden, hat Skyline eine *Slumber-Lounge* eingerichtet. Einen kleinen Raum mit ein paar ausrangierten Sitzen aus der Businessclass, in dem man nappen kann, bevor man in seinen Ford Fiesta oder (als Pilot) in den Porsche 911er steigt und nach Hause in die Kurpfalz düst.

Da lobe ich mir mein Isar-Card-Abo. Wenn man ein, zwei S-Bahnen als Puffer einbaut, funktioniert es ganz gut, pünktlich zur Arbeit zu erscheinen. Außer an Tagen, an denen die Fahrer streiken und man sich in München am Rosenheimer Platz spontan mit vier Fremden anfreunden und in ein Taxi quetschen muss.

Ein weiteres Hindernis stellen Frühtouren dar. Sie beginnen zu Zeiten, zu denen zwar bereits S-Bahnen fahren, aber noch keine einzige U-Bahn. Und so fällt es tendenziell schwer, in die Innenstadt zu den S-Bahn-Gleisen Richtung Flughafen zu gelangen.

Nach einigen sündhaft teuren Taxifahrten, die mich an Orte brachten, ab denen endlich meine ebenfalls sündhaft teure Monatsfahrkarte zum Einsatz kam, stieg ich auf mein Fahrrad um – was natürlich nur bei Einsätzen ohne Koffer funktioniert.

Für einfache Tagestouren also reise ich gegen 3:10 Uhr würdevoll in Uniform, mit Handtasche und Flight-Kit auf dem Gepäckträger am Marienplatz an und parke stilvoll mit Zahlenschloss neben einer Laterne.

Nicht selten werde ich auf den letzten Metern von der Polizei angehalten, was mir jedes Mal ein Rätsel ist, denn ich verfüge dank Olivier über neue Bremsklötze, Rücktritt sowie intaktes Vorder- und Rücklicht. Und ich glaube nicht, dass meine neue gepflegte, gut reflektierende Chanel-Haarspange den Rückschluss auf eine Drogenkarriere so ohne weiteres zulässt.

Dort steige ich dann in die S-Bahn, meist nicht ohne von Jugendlichen, die gerade aus der Disco kommen, angepöbelt zu werden. Des letzten Heranwachsenden mit Migrationshintergrund, der sich auf der Rolltreppe vor mir aufbaute und meinte: »Ey, guck mal, geil, 'ne Stewardess! Die will ich f...«, musste ich mich entledigen, indem ich mein debil-laszives Angelina-Jolie-Schmollmund-Grinsen mit Serien-Killer-Touch aufsetzte und sagte, *dafür* sei er noch ein bisschen zu klein.

Nun ja, ich bin Kummer gewohnt, und im Zuge ausgleichender Gerechtigkeit wendet sich das Blatt, wenn Jugendliche, Studenten und Fußball-Fans bei meinem Anblick erstarren, in letzter Sekunde wieder aus der U-Bahn springen und halblaut murmeln:

»Scheiße – ich brauch noch eine Fahrkarte ...«

Ich würde sagen, ich bin die wohl effizienteste Waffe der Münchner Verkehrsgesellschaft gegen Schwarzfahrer.

Ziemlich genauso hat mein Tag auch heute begonnen. Die Polizistin hat diesmal sogar über Funk, anhand des Geburtsdatums auf meinem Skyline-Ausweis, mein Strafregister überprüft. Ich hatte ihn ihr zusätzlich zu meinem Personalausweis gereicht, damit es ihr leichter fällt, mich gesellschaftlich einzuordnen – aber vergebens.

Mit einem mürrischen »Die ersten Flieger gehen doch erst ab sechs?!«, hatte sie mich dann widerwillig am Sendlinger Tor entlassen.

Ich glaube, wenn ich beim nächsten Mal erzähle, ich käme von einer Faschingsparty im November, bin ich schneller frei.

An einer kleinen versteckten Döner-Bude hole ich mir den ersten Kaffee des Tages. Der Betreiber hat erst kürzlich erkannt, welch guter Umsatz sich mit nachts zur Arbeit fahrenden Stewardessen machen lässt, und ein paar Presseerzeugnisse in sein Sortiment aufgenommen. Ich entscheide mich für die *Gala*.

Gottlob geht es heute nur nach London und zurück und dann noch nach Berlin und zurück, so dass ich es zum *Germany's Next Topmodel*-Finale vor den heimischen Fernseher schaffen sollte, um zu sehen, ob die Halbbrasilianerin gewinnt.

Ich lasse mich auf einer der kleinen grünen drahtigen Sitzgelegenheiten am Gleis nieder und registriere, dass mal wieder alle Bildschirme ausgefallen sind, die die Abfahrtszeiten anzeigen. Immerhin informiert eine Ansage darüber, dass die Bahn rund acht Minuten Verspätung hat.

Gut, dass ich immer genug Zeit einplane.

Der Bahnbeamte, der aus seinem Häuschen tritt und den man wirklich nicht anders beschreiben kann als kompetent, nett und geduldig, tut mir spontan leid. Er hat gerade die Tür seines Kabuffs hinter sich zugezogen, da wird er auch schon von Reisenden bestürmt.

Leider weiß ich genau, wie es ist, wenn man sich zwanzig Leuten und dreißig Beschwerden gegenübersieht, von denen man für keine persönlich etwas kann. Also lächele ich ihn aufmunternd an – so von Uniformierter zu Uniformiertem sozusagen –, und er lächelt tatsächlich verschwörerisch zurück, bevor ich beschließe, dass es an der Zeit ist, die *Gala* nach Anti-Aging-Pröbchen zu durchforsten.

Bedauerlicherweise erkennen viele der anderen wartenden ÖPNV-Nutzer nicht, wie sehr sich die rot gestreifte, ansonsten graue Uniform des Bahnbediensteten mit DB-Mütze von der meinen unterscheidet, und schon bin auch ich umringt von zornigen Menschen:

»Entschuldigung, fährt die S1 nicht auch zum Flughafen?«, »Wann kommt denn jetzt die Nächste?« und *»Is this the train to the airport?«*

Vielleicht frage ich einfach zurück: »Haben Sie ein Skyline-Ticket? Nein? Tut mir leid, dann kann ich Ihre Frage nicht beantworten.«

Doch leider hat sich der Skyline-Leitgedanke wirklich tief in mein Gehirn gebrannt: *Bitte denken Sie daran: Wann immer Sie die Uniform tragen, wird man Sie nur als eines wahrnehmen: als einen Skyline-Engel. Sie repräsentieren Skyline. An Bord, im Hotel, überall! Also – schweben Sie!*

Ich seufze, lasse meine aufgespürten Proben sinken und strahle müde in die Runde. »Ja, soweit ich weiß, kommt die Bahn in acht Minuten. Aber ich bin nicht von der Bahn, ich weiß leider nicht, wie das mit der S1 ist.«

Entrüstet wendet sich eine Frau im Hosenanzug ab. »Typisch! Zu spät und dann auch noch pampig!«

Netterweise nimmt mich eine andere Dame in Schutz: »Ich bitte Sie! Die Dame ist doch gar nicht von der Bahn. Ich finde, wenn man ein bisschen was im Kopf hat, sieht man gleich, dass sie Politesse ist!«

Vor sich hinbrummelnd verlassen beide den Ring, und ein amerikanisches Rucksackpärchen bleibt zurück: *»So, you don't know?«*

»I do know. But I'm a flight attendant, not a train attendant!«

Das Pärchen lacht amüsiert, und ich fahre großmütig fort: *»Yes, this is the train to the airport, it'll just arrive a few minutes later.«* Immerhin finde ich bei ihnen Gnade.

Da die Bahn jede Minute kommen muss, lohnt es sich jetzt nicht mehr, mich noch in tiefgründigen Klatsch und Tratsch zu vertiefen. Ich ziehe mein Flight-Kit näher zu mir, lege die Zeitschrift geschlossen auf meine Knie und nippe an meinem wirklich miesen Filterkaffee, der inzwischen auch noch kalt ist.

Alles in allem ein Anblick, der vermuten lässt, ich als Privatperson legte einfach nur Wert auf Stoffhosen mit Bügelfalte. Doch wie immer, weit gefehlt.

Ein Japaner mit Bord-Trolley kommt auf mich zu, setzt sich direkt neben mich. Ich mustere ihn flüchtig. Dann fällt mein Blick wieder auf die Displays am Bahngleis, die nun munter zu werden scheinen.

Auf einmal spüre ich einen leichten Zug auf meinen Knien. Der Japaner hat die *Gala* ergriffen und zieht sie wortlos zu sich herüber. Ich bin ziemlich perplex. In aller Seelenruhe fängt er an, sie durchzublättern.

»Ähem ...«, mache ich auf mich aufmerksam. *»Excuse me, Sir? Can I have it back?«*

Der Japaner zeigt keine Reaktion und blättert durch die neuesten Make-up-Tipps von Boris Entrup.

Ich muss wohl deutlicher werden. Natürlich weiß ich aus den interkulturellen Trainings von Skyline und unseren Meetings auf dem Flur mit den Indern, dass die Japaner ein kollektiv denkendes Volk sind. Sie teilen gerne und heben auch mal den Müll von jemand anderem auf, der auf dem Gehsteig liegt. An Bord gestaltet sich diese Denkweise so: Schlafen auf einem Nachtflug nach Tokio alle Passagiere, und man huscht leise mit einem Safttablett durch die Kabine, wird sich niemand, der wach ist, eines nehmen, ohne erst alle anderen zu wecken.

Aber das Teilen von Boulevardzeitschriften im Wachzustand mit weltbewegenden Neuigkeiten aus der Promiszene geht mir als Europäerin eindeutig zu weit!

»Sir? Could you please give me back my magazine?«

Der Japaner schaut kurz unbeeindruckt auf, kramt in seiner Tasche und zieht ein Skyline-Ticket hervor.

In diesem Moment fährt endlich die Bahn ein, und ich beschließe zu handeln und ziehe einfach meine Zeitschrift wieder von seinem Schoß auf meinen.

Wütend springt er auf, nimmt seine Sachen, greift noch einmal nach der Zeitschrift, schlägt gezielt eine Seite auf, nimmt eine Parfumprobe heraus, wirft sie mir wieder zu und verschwindet unter lautem Schimpfen in die S8:

»Never again fly Skyline! Skyline so unfriendly! I bought Ticket, I want magazine! Newspapers included!«

Obwohl ich ziemlich fassungslos bin, renne auch ich schnurstracks in die Bahn, kurz bevor die Türen schließen. Dann suche ich mir ein möglichst einsames Plätzchen in der Gegenrichtung, in die der Japaner verschwunden ist. Ich muss mich erst mal von dem Schreck erholen und lasse die *Gala* in mein Flight-Kit verschwinden …

Die Auswahl der Lektüre ist ohnehin sehr wichtig im öffentlichen Nahverkehr. Zu schnell können Titel wie *Das große Sex-Lexikon von Erika Berger*, das man schon immer mal lesen wollte, das Image einer internationalen Airline ramponieren. Vom eigenen ganz zu schweigen. Für gewöhnlich tarne ich meine Lieblingslektüre (*Prada, Pumps und Babypuder)* in einem *Brockhaus*-Umschlag und bekämpfe auf diesem Wege auch effizient Vorurteile bezüglich des IQ von Stewardessen, die Umsitzende gerne haben.

Sicherheitshalber nehme ich auch noch meinen Discman aus der Tasche, allerdings nur, um etwas unnahbarer zu wirken, da ich persönlich nicht gleichzeitig lesen und Musik hören kann. Natürlich ist so ein Gerät längst »völlig old school«, wie mich Julian schon vor Jahren aufgeklärt hat, aber aufgrund meiner Abneigung gegenüber iProlls, kann ich mich nicht entschließen, mir einen MP3-Player zu kaufen.

Kurz vorm Flughafen erschrecke ich zu Tode. Ich hatte es gerade wieder gewagt, mich in die vermeintliche Affäre von David Beckham zu vertiefen, da nimmt mir jemand den Stöpsel aus dem linken Ohr und blökt missmutig:

»Ich hab Sie was gefragt!«

Nun, auch einem Skyline-Engel reicht es gelegentlich. Vermutlich vergraule ich jetzt durch mein unkontrolliertes und unfreundliches Handeln einen potenziellen Kunden und die nächsten Quartalszahlen werden dramatisch einbrechen, aber damit muss man leben können. Entgeistert sehe ich den Mann an, der noch einmal dazu ansetzt, mich irgendetwas bezüglich des Liegeplatzes der *Queen Mary 2* vor Gibraltar zu fragen – und entgegne knapp, in meinem besten texanischen Akzent:

»Sorry, Sir, I don't know. I'm from Houston.« Ich denke, sogar Shawne Borer-Fielding hätte es nicht glaubwürdiger formulieren können. Der Stöpsel-Stöhrer jedenfalls dreht ab.

Unter den unverhohlenen Blicken der anderen Fahrgäste, verstaue ich meine Steppjacke im Flight-Kit, da es nicht gestattet ist, private Garderobe zur Uniform zu kombinieren. Allerdings trifft die offizielle Skyline-Winterjacke mit Puffärmelchen, mit der ich aussehe wie eine Kreuzung aus Rotkäppchen und dem Michelin-Mann, nicht unbedingt meinen Geschmack. Und außerdem, so hatte ich mir erhofft, verhilft mir meine private Jacke über der restlichen Uniform zu einer Inkognito-Fahrt. Was offensichtlich nicht geklappt hat.

So wenig wie das letzte Mal, als ich damit das Haus verließ.

Ich war zu einer ähnlichen, etwas später beginnenden Tagestour aufgebrochen, als mich kurz vor Erreichen meiner U-Bahnstation ein älteres Ehepaar ansprach. Der Mann musterte meine Kleidung und brummte wütend: »Was meinen's denn, junge Dame, wie spät mir's haben?!«

Da ich inzwischen gelernt habe, dass diese Tonlage oftmals nichts weiter ist als der charmante Lokalkolorit urbayerischer Herzlichkeit, antwortete ich beschwingt, mit Blick auf meine Armbanduhr: »Ähm, genau 10:30 Uhr.«

Das Paar sah mich an, als wäre ich nicht ganz zurechnungsfähig, bevor der Mann mit dem Pinselhut halb zu mir, halb zu seiner Frau, polterte:

»Na, des is ja koa Wunder net, dass mir immer so spät die Post kriagn – wenn's jetzt erst zum Austragen ofangt!« Dann hob er drohend seinen Zeigefinger. »Des Oane, des sog i Eahna, Frollein – wenn Siiiie noch oamoi des Packerl zruck mit zur Post nehma, statt des bei de Nachbarn abzugebn, dann kriag'ses aber mit mia zum tua!«

An diesem Tag beschloss ich, nur noch gut getarnt das Haus zu verlassen, soweit eben möglich, wenn man sich adrett geschminkt, mit hochgesteckten Haaren und auffällig in Red-Carpet-Red lackierten Nägeln zur Arbeit begeben muss.

Aber heute freue ich mich auf die Arbeit! Es ist doch irgendwie immer wieder ein schönes Gefühl, an grauen verregneten Novembertagen hoch über der Wolkendecke die Sonne zu sehen, während alle anderen Menschen in ein tristes Büro verschwinden und sich mittags schnell einen Salat holen müssen. Zur selben Zeit esse ich nämlich hoch über Genf ein verschmähtes Business-Tablett mit leckeren exquisiten Ingwer-Scampi-Spießen, das wieder mal ein Fluggast als »widerliche Zumutung« hat zurückgehen lassen, samt Schokoladenmousse mit Pistazien-Splittern.

Während der Flieger sich dann sanft in eine Kurve über den Alpen legt und ich in schneebedeckte Täler und durchaus auch oftmals freundliche, mir wohlgesinnte Gesichter sehe, bin ich irgendwie … glücklich.

Positiv gestimmte Menschen dieses Schlages fragen mich dann gerne: »Dürfte ich ein Glas stilles Wasser haben? Und, falls das nicht zu unverschämt ist, auch noch ein Glas Orangensaft? Ich habe so einen Durst …«

Derart netten und bescheidenen Menschen erfülle ich dann nicht nur zu gerne ihre Wünsche, sondern schenke auch noch auf der Stelle nach und frage, ob sie darüber einen Kaffee oder einen Tee möchten.

Überhaupt tue ich im Prinzip alles für nette Menschen. Da gebe ich auch gerne mal private Kaugummis, Taschentücher, Zeitschriften oder ein originalverpacktes Paar Stewardessen-Ohrstöpsel heraus.

Und so ein schöner Tag wird heute, das spüre ich!

Die Bahn erreicht den Besucherpark.

Ich trete hinaus auf den Bahnsteig, mit jeder Menge anderer Stewardessen, Piloten, Cargo-Personal und Büroangestellten von Skyline. Sie alle eilen zügig zur Rolltreppe, die sie durch den *Sky Walk*, eine gläserne Röhre, ins Dienstgebäude führt.

Einen kurzen Moment lang bleibe ich stehen und atme die Landluft ein, die am Flughafen immer kälter und klarer ist als in der Stadt. Jetzt freue ich mich so richtig auf einen schönen Latte macchiato an der Sky Bar, in der Kantine!

Leise quietschend fährt die S-Bahn hinter mir an. Hektisches Getrappel und Stimmen ertönen, kaum, dass auch ich mich in Bewegung setze. Erschrocken drehe ich mich um und sehe mich einem amerikanischen Rucksackpärchen, zwei

Frauen mit vorwurfsvollem Blick und einer Traube anderer Reisender gegenüber.

»Excuse me, is this the terminal?«

»Hier ist ja gar nicht der Flughafen!«

»Heiner, hier mussten wir nicht aussteigen, das war eine zu früh!«

»Die nächste kommt erst wieder in zwanzig Minuten!«

»Ja, aber die Stewardess ist doch auch hier raus!«

»Des Oane, des sag i Eahna, Frollein! Wenn mir unsern Flug verpassen, dann zahlen Sie des aber! Sie haben uns alle irregeführt!«

18.

»Und, wie lange willst du das machen?«

»Was darf ich Ihnen zu trinken anbieten?«
»Was haben Sie?«
»Möchten Sie etwas Alkoholisches oder nicht Alkoholisches?«
»Weiß nicht.«
»Also, ich hätte für Sie Orangensaft, Apfelsaft, Tomatensaft, Rotwein, Weißwein, Cola, Coke Zero, Ginger Ale, Tonic Water, Bitter Lemon …«
»Was noch?«
»Gin Tonic, Bloody Mary, Whisky, Bier, Kaffee, Tee …«
»Ein stilles Wasser, bitte.«

(MUC – JFK, IAD – MUC, LIS – FRA, GRU – MUC …)

»Ich glaube, ich muss den Job wechseln.«

»Du musst vielmehr nur deine Einstellung zu deinem Job wechseln.«

Ich komme gerade aus der Praxis von Dr. Renner, sitze in der Küche meiner Schwester wie ein kleines Häufchen Elend und starre auf meine neuen flachen Schuhe, die ich mir auf den Schreck hin zweifelsohne verdient hatte. Hohe Schuhe werde ich wohl vorerst nicht mehr brauchen.

Irritiert durch den ungewohnten Anblick meiner Füße

schiebe ich sie schnell wieder unter den rustikalen Esstisch (ein übrig gebliebenes Sonderangebot von Ikea Eching, nachdem ich alle anderen Interessenten, die mich beim Kauf wie immer mit dem Personal verwechselt und nach der Beschaffenheit der Spanpressplatte gefragt hatten, nach Brunnthal in die andere Filiale umgeleitet hatte. Diesen Tisch hat nun meine Schwester ergattert).

Vor mir liegt ein richtiger kleiner Stapel Papier mit Rezepten, meinem Langzeitkrankenschein mit Durchschlägen für Mitarbeiter, Krankenkasse und Arbeitgeber und einem Extra-Brief an Dr. Eckert, mit meiner unglamourösen Diagnose: *Morbus Basedow/Schwere Hyperthyreose mit kardialer Beteiligung, beginnende endokrine Orbitopathie.*

»Das sagst du nur, weil du der Typ bist für Fünf-Jahres-Mietverträge und Frühbuchertarife nach Teneriffa!«, bricht es giftig aus mir heraus.

»Nein, das sage ich, weil ich *nicht* der Typ für komplizierte Stoffwechselerkrankungen bin!« Verärgert steht meine Schwester auf und wirft den Wasserkocher an.

»Du wolltest doch von Anfang an nicht, dass ich fliege!«, maule ich weiter.

»*Ich* wollte nur nicht, dass du vom Regen in die Traufe kommst! Als du endlich diesen Workaholic-Job als Werbetexterin hinter dir gelassen hast, dachte ich, du nutzt die Chance und suchst dir etwas, das einen geregelten Lebensstil zulässt – was wiederum gesundheitsfördernd gewesen wäre!«

Das ist ja wohl so ziemlich das Schlimmste, was ich je von einem Familienmitglied gehört habe.

»Ich *will* keinen geregelten Lebensstil!«, fauche ich trotzig und bin nahe daran, mich an ihrem neuen Heiligtum, einem Ordner mit Rezepten für herbstliche Aufläufe, Ess-

Kastanien-Deko und winterlichen Pompon-Tieren zu vergehen.

»Ich weiß«, kontert sie jetzt wieder seelenruhig. »Und vermutlich deswegen hast du nun eine Krankheit, die nicht einmal Leute mit bestandenem TOEFL-Test aussprechen können!« Sie öffnet die gelbliche Glasfront des Hängeschrankes über der Spüle und schaut mich an. »Möchtest du die *Cats*-Tasse oder die mit den Schlümpfen?« Dass man sie nicht ärgern kann, ärgert mich wie immer am meisten.

»Garfield«, zische ich divenhaft. Auch diese Relikte unserer Kindheit sind also in ihrem Schrank gelandet und nicht in meinem.

Immerhin hatten wir noch vor einer Stunde zusammen friedlich und gleichermaßen nervös die zwei kleinen Zeilen mit der Diagnose auf meiner Überweisung zur Szintigrafie gegoogelt und erleichtert festgestellt, dass ich im Wesentlichen eine starke Überfunktion der Schilddrüse habe, die zu starken Hitzewallungen, Wärme- und Stressintoleranz, Gewichtsverlust trotz Heißhunger und unansehnlichen Glubschaugen führt – und zu Schüben unkontrollierter Aggression, da mein Hormonspiegel dem eines männlichen Teenagers entspricht.

Woraufhin meine Schwester schon zu Beginn unseres Disputs geduldig zu mir meinte: »Das bist nicht du, das ist die Krankheit, die aus dir spricht«, was mich fast noch mehr aufgeregt hat als die Diagnose selbst. Immerhin eine Krankheit, die Julian damals nicht in seinem Rate-Repertoire hatte.

Man solle es ruhiger angehen lassen, wenn man eine Chance auf vollständige Heilung haben wolle, meint Wikipedia. Wobei ich nicht weiß, wie ich es noch ruhiger angehen lassen könnte, als im Irak an einem Pool zu liegen.

»Charlotte, du kannst doch nicht immer wieder etwas Neues anfangen, wenn eine Sache nicht so ist, wie du sie dir erträumt hast – wenn wir schon mal dabei sind«, stellt meine Schwester Domian-mäßig fest und trocknet das alte Senfglas mit dem Comic-Kater ab.

Frustriert lehne ich mich in der biederen Sitzecke im Gelsenkirchner Barockstil zurück. Noch immer hallen Dr. Renners Worte in meinen Ohren: *Fliegen können Sie nicht mehr.*

Ich hatte noch vor der Praxis stehend Dr. Eckert angerufen und ihm meine Misere erklärt. Und er hatte mir erklärt, dass mich die Sache sicher für einige Monate lahmlegen würde, ich aber aus seiner Sicht eines Tages sehr wahrscheinlich wieder fliegen könne. Danach war es mir gleich bessergegangen.

Trotzdem überlegte ich im Minutentakt jetzt laut, was im schlimmsten Fall die Alternative wäre, und versuchte, mir aus lauter Angst vor einer eventuell doch drohenden kompletten Fluguntauglichkeit einzureden, dass ich Hunderte von Optionen hätte und andere Abenteuer auf mich warteten.

Wenn ich *jetzt im November* kündige …

Während ich über einen Kresse-Igel hinweg aus dem Küchenfenster starre, versucht meine Schwester mich wieder zu beruhigen: »Erstens ist es ja gar nicht sicher, dass es vom Fliegen kommt …«

»Na hör mal, die Zeitverschiebungen, die extraterrestrische Strahlung …«, protestiere ich energisch.

»Aber das hat dir doch nie was ausgemacht, oder? Wenn du dich beklagst, dann doch immer nur über furchtbare Fluggäste, die unfreundlich zu dir sind, obwohl du dich abmühst.«

Sie hat Recht. Wehmütig blicke ich in den Himmel, an

dem prompt in dem Moment ein Flieger seinen weißen Kondensstreifen hinterlässt.

»Ich denke, du musst einfach dein Engagement ein wenig runterfahren. Natürlich musst du freundlich und professionell bleiben, aber kein Mensch verlangt von dir, dass du im Layover in Brooklyn versuchst, Haribo-Gummibärchen mit verbesserter Honig-Rezeptur aufzutreiben, nur weil der Gast vom Hinflug, der auch wieder mit euch zurückfliegt, die so gerne isst. Dann hat er eben Pech, dass es die an Bord eures Flugzeugs nicht gibt.«

»Das war nur ein einziges Mal! Und außerdem war es ein First-Class-Gast!«

»Na und?«

Man muss meiner Schwester leider lassen, dass sie diese unschlagbare Waffe besitzt: Lebenserfahrung.

»Arbeite mal weniger an deiner Einrichtung und mehr an dir.« Also, das geht jetzt aber wirklich zu weit! Nur dummerweise fällt mir rein gar nichts ein, womit ich kontern könnte.

Sie hat einfach wieder mal Recht! Trotzdem: Am liebsten möchte ich gehen beziehungsweise wegfliegen.

»Wir trinken jetzt erst mal einen schönen »Tu dir gut»-Eukalyptus-Anis-Fenchel-Tee und, wenn du willst, mache ich uns ein paar Omega-drei-Fischstäbchen«, dringt ihre Stimme zu mir durch.

Gott, wie ich diese bayerische Idylle hasse! Ich will zum Times Square mit seinem hektischen Treiben, ich will auf die Ramblas mit ihren Taschendieben! Von mir aus würde ich auch noch einmal mit Edgar und Sebastian quer durch die Latex-Hölle Lambada tanzen oder mir von Mai-Ling einen Landing-Strip verpassen lassen. Ich will nach Hause – *zum Flughafen*!

Meine Schwester lässt nicht locker mit ihrer Predigt: »Du musst niemandem etwas mitbringen, Charlotte! Du musst aufhören, dich dafür zu rechtfertigen, dass du tagsüber schläfst, wenn du um vier Uhr früh aus Hongkong kommst, und dich schlecht zu fühlen, wenn du bei deinem Sechzehn-Stunden-Aufenthalt in Peking dein Hotelzimmer nicht verlässt und keinen Ausflug auf die Chinesische Mauer machst! Bloß weil Leute, die noch nie aus ihrem Kaff rausgekommen sind, dir erzählen, dein Job sei eine kulturelle Tankstelle, an der du bei jeder Gelegenheit haltmachen musst.«

»Musst du nicht langsam die Fischstäbchen auftauen?«, lenke ich genervt ein, in dem Bemühen, ihren Redefluss endlich zu stoppen.

»Du musst auch keine Reisetipps zusammenstellen für Leute, die in sechs Wochen in den Urlaub nach Zypern fahren und dich nach Sehenswürdigkeiten fragen. Du hast doch selbst noch nie einen Fuß auf die Insel gesetzt, weil du den Flieger gar nicht verlässt im Transit!«

»Aber ich kann doch nicht so abweisend sein, wenn mich jemand fragt, wo man in Larnaca am besten Geld tauscht …«

»Doch, das kannst du! Denk bitte einmal an dich selbst, Charlotte! Du sitzt dann wieder nachts genauso ahnungslos vorm Computer wie die und recherchierst, nur weil alle denken, du als Stewardess weißt automatisch, wie viel Lachs man aus Norwegen ausführen darf!« Schroff stellt sie die Pfanne auf den Herd. »Krankheit kommt durch Stress und damit basta. Egal, in welchem Job. Soweit meine Theorie.«

Ich stopfe mir trotzig einen Schokoriegel in den Mund, den ich in einem Weideneinkaufskorb auf der Eckbank entdeckt habe.

»Du musst es nicht immer allen recht machen! Sag auch mal *Nein* zu Millionären auf Fischkuttern …«

»Die *Charlotte of the Seas* ist eine Yacht der Luxusklasse mit imprägnierten Wildlederschwimmwesten …«, versuche ich schwach eine Richtigstellung.

»Sag *Nein* zu Piloten, die dich in Lebensgefahr bringen, bloß weil sie eine Gletscherspalte ausmessen wollen!«

»Ich sollte mich am Kilimandscharo doch bloß mit dem Maßband abseilen …«

Auf Malte ist sie wirklich schlecht zu sprechen, besonders seit ich mich bei ihr einquartiert habe, um einen unüberlegten Suizid zu vermeiden, nachdem ich erfahren hatte, dass er und Pessimismus-Barbie heiraten wollen.

Offenbar hatte Malte nach einem Triebwerksschaden auf Island zwischenlanden müssen, und man hatte die Crew von Reykjavik aus mit *Horizon Express* zurück nach Frankfurt transportiert. Ein hochromantischer Prozess, bei dem sich beide auf den ersten Blick unsterblich ineinander verliebt haben. Tagelang hatte ich von Boulevard-Titelblättern fantasiert, auf denen die große Liebe von *Pessi-Malte* ebenso zelebriert wird wie die von TomKat und hatte von Geburtsanzeigen geträumt, mit der Überschrift: »Die Schwangerschaftsstreifen meiner Frau sind die schönsten Streifen, die sich ein Pilot nur wünschen kann.«

Ich ziehe eine Schublade auf und hole drei Korkuntersetzer heraus. Meine Schwester öffnet eine Packung Rahmspinat, von der ich hoffe, dass es nicht dieselbe ist, mit der wir vor Monaten Jessicas Beule gekühlt haben.

»Ich gehe jetzt zur Apotheke, ich brauche frische Luft«, sage ich bestimmt.

»Beeil dich aber, wir essen gleich.«

Mein Gott, warum komme ich mir wieder vor wie fünfzehn?

Kurz bevor ich zur Tür rauskomme, sieht mich meine Schwester durchdringend an.

»Charlotte, ich mache mir einfach Sorgen! Das ist jetzt schon die zweite Krankheitsgeschichte, die ich mit dir mitmache.«

Leider hat sie damit auch wieder hundertprozentig Recht.

Ich befand mich auf einem Nachtflug. Man verlässt gegen neunzehn Uhr frohen Mutes das Haus, um um ein Uhr nachts, weit weniger froh, in einem uneinsehbaren Bergtal den dunklen Flughafen irgendeines Landes anzufliegen, das es nicht ins Schengener Abkommen oder die Währungsunion geschafft hat.

Kurz nachdem die Gäste ausgestiegen sind, rauschen auch schon im Eilschritt wahlweise armenische, ukrainische oder algerische Reinigungskräfte durchs Flugzeug, ein blasser russischer Caterer füllt die leeren Öfen vom Herflug mit noch tiefgefrorenem Frühstück auf, und ich beschließe, auf dem Rückflug von Kiew nichts zu essen, schließlich findet nur achtzig Kilometer von Tschernobyl entfernt sicher noch die ein oder andere verstrahlte Kartoffel ihren Weg ins Aluminiumschälchen.

Der physische Zustand, den man zu diesem Zeitpunkt erreicht, entspricht dem Erschöpfungszustand nach einem Samstag vor Weihnachten in der Innenstadt einer deutschen Großstadt mit Weihnachtsmarkt. Skyline beschreibt diese Verfassung offiziell als »Tagesrhythmustief«, was ich für maßlos untertrieben halte.

Du stehst morgens um drei in einer kleinen Bordtoilette mit fahlem kalten Licht, bemüht, mit etwas Fruitgloss und Lidschatten auf kleinen geröteten Schlupflidern den Look der Oscars nachzuahmen.

Aber als wäre das alles nicht schlimm genug, entpuppte sich speziell diese Nacht als Alptraum.

Im Sinkflug auf Moskau setzte ein Schmerz in meinem Kopf ein, der mich fast ohnmächtig werden ließ. Bis zum Touchdown konnte ich nichts weiter tun, als zum Entsetzen meiner mitfühlenden Kollegen heulend auf der hinteren Crewbank auszuharren und zu spekulieren, woher der grauenhafte Druck in meiner Stirn, dem Kiefer, rund um die Augen und in den Wangen kam.

In Anbetracht meines desolaten Zustands schlug der Kapitän mir vor, mich mit dem Zug zurückzubefördern, aber lieber wollte ich versuchen, den Rückflug zu überstehen, als mich nachts in irgendeinen russischen Zug zwischen Boris, Vladimir und eine Flasche Gorbatschow zu quetschen.

Kurz nach der Landung um sechs Uhr zurück in München, diagnostizierte Dr. Eckert eine *Chronische Pansinusitis.*

»Eine bei Flugpersonal häufig vorkommende Entzündung aller Hohlräume des Kopfes, die sich mit Sekret füllen, das nicht mehr abfließt und einen Druckausgleich unmöglich macht«, hatte er mir erklärt.

Was im Übrigen ähnliche Schmerzen verursacht wie die, die schreiende Kinder oftmals bei der Landung haben, wenn bei ihnen Polypen dem Vorgang im Weg stehen. Leider lassen sich Eltern und Umsitzende da ungern von mir aufklären, sondern raunzen mich an, ich solle gefälligst Ohrentropfen holen, die es gar nicht gibt an Bord.

Kurze Zeit später lag ich auf dem OP-Tisch der nächstgelegenen Poliklinik und hörte meine Notfalladresse, genauer meine Schwester, im Klinikflur wettern, dass sie wahlweise Skyline oder gleich Airbus verklagen würde, weil die Kabinenluft ja auch so trocken sei, dass das Ganze nichts weiter sei als »ein einziger Club Med für Streptokokken da oben«.

Zu meinem nächsten Geburtstag bekam ich einen Inhalator mit einem Jahresvorrat Kampfer, ein Kamillenblüten-Aufguss-Set, und eine Nasendusche geschenkt, und ich muss zugeben, seit ich es nach jeder Langstrecke anwende, bin ich wirklich nur noch selten erkältet.

Mein Heilungsprozess verlief derart unkompliziert, dass mein HNO-Arzt verzückt darum bat, die Wundheilung meiner zum Niederknien anatomisch perfekt geformten Nasenmuscheln fotografieren und veröffentlichen zu dürfen.

Ein halbes Jahr später fand ich Hochglanzaufnahmen meiner Siebbeinzellen und Keilbeinhöhlen im *Journal of the Association for Research in Otolaryngologyin* wieder, von dem sich bei meinen Eltern im Wintergarten noch heute einige Exemplare über dem alten *Spiegel* mit der Agentur auf dem Cover stapeln.

Aber das hier ist wesentlich ernster.

Wütend und verwirrt stehe ich minutenlang einfach nur wie angewurzelt auf dem Dorfplatz. Mit zwei vollen Tüten Medikamenten aus der Apotheke, dazu einer Gratispackung Tempo und einer einzeln verpackten Calcium-Brausetablette als Willkommensgeschenk für Neukunden – ein ziemlich trauriger Anblick für eine weltgewandte Kosmopolitin, der nichts mit alledem zu tun hat, was ich mir so vorgestellt hatte mit Erreichen der achtundzwanzig.

Langsam trotte ich zum Haus zurück und vermisse dabei

das laute lebendige Geräusch der Rollen meines Koffers auf dem Kopfsteinpflaster und das Klappern meiner High Heels.

Nach dem Mittagessen stehen wir zu dritt in der Garage und sortieren meine Sachen, die noch immer in einer Ecke lagern.

»Brauchst du das noch?« Meine Schwester deutet auf eine interaktive Yogamatte mit Begleitbuch in einer Farbe namens *Cajun Shrimp*.

»Hm …«, mache ich unentschlossen.

»Und das?«

Mein Blick fällt auf einen Bildband der Komoren, den mein Schwager Justus in den Händen hält.

»Nein. Ich sammle jetzt lieber echte Eindrücke«, antworte ich, diesmal sehr entschlossen.

»Wo liegen die Komoren eigentlich?«, überlegt meine Schwester laut und beschriftet einen Umzugskarton mit *Flohmarkt*.

»Zwischen Madagaskar und Afrika, Indischer Ozean«, antworte ich wissend und habe dabei lediglich die Air-Show vor Augen, die im Flug die geografische Position des Flugzeugs anzeigt. Mein *Lonely Planet* wandert in den Karton, ebenso jede Menge anderer Dinge aus meinem alten Leben am Boden.

Nach diesem Kraftakt lassen wir uns ermattet auf die Stufen neben der Garage fallen.

Meine Schwester sieht mich versöhnlich an. »So, also was ist jetzt dein Plan C?«

Ich lächle. »Plan B ist mein Plan C.«

Sie sieht vollkommen überrascht aus.

Ich hole tief Luft für einen weiteren folgenschweren Satz: »Vielleicht hast du ja mal wieder … *Recht*.«

Meine Schwester sieht jetzt aus, als hätte ich ihr gestanden, dass ich mich zu einer Geschlechtsumwandlung entschlossen habe.

»Ich meine, es gibt ja auch viele gute Seiten …«, fahre ich fort und hebe ein Ahornblatt von der Erde auf.

»Zum Beispiel, wenn ich mit der Crew in Buenos Aires in einer Churrascaria sitze, und wir erzählen uns Geschichten und lachen, oder wenn ich in Hongkong auf dem Peak stehe und die Sonne untergehen sehe oder in San Francisco mit dem Rad über die Golden Gate Bridge radele. Dann fühle ich mich wahnsinnig lebendig. Oder wenn ich manchmal nachts Getränke ins Cockpit bringe, und da sieht man dann rundrum riesige grüne Polarlichter aufblitzen …«

Der Blick meiner Schwester wird nachdenklich.

»Ich glaube, das ist wie eine Geburt. Wenn das Kind erst mal da ist, sind die Wehen vergessen. Sprich, wenn du erst mal da bist, sind die anstrengenden Flüge vergessen – und am Ende bleiben dir nur die schönen Erinnerungen.«

»Meinst du?«

»Nee, weiß ich.«

Sie legt den Arm um mich und ich den Kopf an ihre Schulter.

Verstohlen sieht sie sich nach Justus um und flüstert mir ins Ohr: »Wenn du wieder gesund bist, nimmst du mich dann mal mit?«

Ich strahle. »Natürlich! Kommt doch einfach nächstes Jahr an Weihnachten beide mit! Nach Singapur?!«

Sie strahlt jetzt auch. Es ist lange her, dass ich sie habe lächeln sehen, zumindest in meiner Gegenwart.

»Abgemacht«, verkündet sie und dann wesentlich leiser: »Unter uns – ich muss mal raus aus dieser bayerischen

Idylle …« Wir schweigen einen Moment lang, bevor sie aufsteht und sich ein paar Kieselsteinchen vom Hintern klopft.

»Wollen wir morgen argentinisches Rindersteak essen?«

»Ja. Aber nur mit der Steak-Sauce von ALDI, bitte.«

Während wir zum Haus gehen, atme ich die klare Landluft ein. Sie riecht, wie wenn ich am Besucherpark aussteige und mich auf einen Flug freue, von dem ich nur weiß, wohin er geht. Aber nie, was er mir bringen wird. Und mir wird zum ersten Mal so richtig klar, dass ich mir ein Leben ohne Skyline – trotz Erichs Schattenseiten – einfach nicht mehr vorstellen kann.

Plötzlich bleiben wir wie versteinert stehen. Vor der Haustür sitzt ein Hund – der Dobermann! (Meine Schwester ist auf Hunde ähnlich gut zu sprechen wie auf Malte.) Sie stößt einen spitzen Schrei aus. Von ihrer Angst unbeeindruckt läuft er freudig schwanzwedelnd über den Kies auf uns zu und springt mich an.

An der Haustür klebt ein Zettel:

Hey Charlotte,
war zu einem Shooting in München.
Hab dich aber nie erreicht, und zu Hause warst du auch nicht.
Vermutlich jettest du in der Welt herum. Da dachte ich, du bist vielleicht bei deiner Schwester?
Wusste mir keinen anderen Rat mehr – muss für zwei Wochen für einen TV-Spot nach Afrika. Und er hat dich so vermisst!
Danke! Dein Julian

P. S. Vielleicht schreibst du mir kurz eine SMS, welche Impfungen ich da brauche?
P. P. S. Und wie ist das mit den Einreiseformularen?
P. P. P. S. Kann ich auf dem Rückweg Straußenfleisch importieren?

P. P. P. P. S. Der Milky-Way-Mann lässt fragen, ob du irgendwie an günstige Tickets kommst – er will von dort aus einen privaten Abstecher auf die Seychellen machen.
Ach ja, und: Welches Handy-Netz ist das Beste in der Etosha-Pfanne???

Thank you for flying with me!

Während ich meinen Trolley durch eine Flugzeugkabine zog, zog Anne Tente mein Manuskript aus einem Stapel. Ihr gilt mein größter Dank.

Außerdem Melanie Heindl, die meine Blaubeerpfannkuchen genauso tapfer isst, wie sie meine Zeilen liest, und die eine Mama erster Klasse wird!

Danke an Moritz Binder, den flexibelsten Birdsitter der Welt!

Fabio Stoll, Anna Katrin Schneider, Melanie und Benedikt Hesse danke ich für ihren engagierten Support!

Lucia Scharbatke dafür, dass sie sich mit der Absatzfunktion von Word so gut auskennt, wie ich mich nur mit den Absätzen hoher Schuhe.

Danke an Anne-Marie Keßel dafür, dass sie mich sogar aus Hollywood anrief, um meinen Schreibsorgen zu lauschen – obwohl der Empfang in der *Wysteria Lane* in Wahrheit schlecht ist.

Besonders erwähnen möchte ich Frau Prof. Dr. Michaela Krützen, die an mich geglaubt hat, obwohl ich *Sissi* und *Mary Poppins* als Weltkulturerbe nominiert habe.

Dank auch an Frau Prof. Doris Dörrie, die fand, meine Kurzgeschichte sei ein ganzes Buch wert.

Hilfreich waren mir aber vor allem auch die Menschen, die nicht an mich geglaubt, sondern mir an Bord das Leben schwergemacht haben. Eigentlich haben erst sie mich motiviert, darüber zu schreiben – und mir viele, viele Geschichten geschenkt.

Gewidmet ist dieses Buch auch meiner Kommilitonin Anna-Maria Vogl, die viel zu früh in den Himmel aufgebrochen ist.

Allen, die eine Langstrecke vor sich und ein DVD-Laufwerk im Gepäck haben, möchte ich folgenden Film ans Herz legen:

Die Bucht/The Cove; www.diebucht-derfilm.de

Annette Lies

KLEINES SAFTSCHUBSEN-LEXIKON

Wichtige Begriffe der Fliegersprache

Aeroserver Servierwagen in der First Class
Baby-Bassinet Körbchen in den -> MuKi-Reihen, das im Flug in Sitzhöhe angebracht wird (und in das Babys zum Schlafen hineingelegt werden können)
Belly (engl. Bauch) Unterer Laderaum eines Flugzeugs
Bin Oberes Gepäckfach in der Kabine
Coolikes Feuchte Erfrischungstücher
Dark Flight Ausfall des kompletten Entertainment-Systems an Bord
Flight-Kit Handgepäck der Crewmitglieder
Flugzeugmodus (oder Flugmodus) Funktion eines Mobiltelefons, welche alle Kommunikationsfunktionen deaktiviert, ohne dabei die restlichen Funktionen auszuschalten
Follow-me-Car (engl. Folge-mir-Auto) Lotsenfahrzeug, das Flugzeugen auf dem Flughafen vorausfährt und ihnen den Weg zur Start- und Landebahn weist
Galley Bordküche
Galley-Schlappen Flache Schuhe für den Service an Bord
Homebase Stationierungsort von Flugpersonal

Jumpseat Klappsitz, der für Crewmitglieder während Start und Landung vorgesehen ist

Layover Aufenthalt am Zielort, auch »Stopover«

MuKi-Reihe spezielle Mutter-Kind-Sitzreihe mit Möglichkeit der Befestigung von -> Baby-Bassinets

Pet in Cabin Beförderung von kleinen Tieren in Käfigen an Bord

Pick-up Geschlossener Aufbruch der Crew vom Hotel zum Flughafen

PIL (Passenger Information List) Gibt Aufschlüsse über Details zu Flugpassagieren (z. B. Spezialessen, Statuskunden)

Pots Aufsatz für Getränketrolleys, in den Getränke gestellt werden

Purser, Purserette Bezeichnung für den ranghöchsten Flugbegleiter, die ranghöchste Flugbegleiterin (Kabinenchefin)

Pushback (engl. zurückschieben) Zurücksetzen eines Flugzeugs

Rautek-Griff Rettungsgriff, bei dem der Helfer dem Verunglückten unter den Achseln durchgreift und den quer vor die Brust gelegten Unterarm des Verletzten umfasst, ist eine Maßnahme zur Rettung von Menschen aus Gefahrenbereichen

Runway Start- und Landebahn

Shuttler Flugbegleiter, die nicht an der -> Homebase wohnhaft sind

Sky Wheeler Hartschalenkoffer

Slumber Lounge Ruheort am Flughafen zur Erholung für -> Shuttler

Swivel Seat Spezieller Jump-Seat, der zu Start und Landung einen Überblick über die Kabine ermöglicht

TAO Anordnung der Säfte Tomate, Apfel und Orange von l. n. r. auf dem Getränkewagen

Taxiway Rollbahn (siehe: Runway)

Touchdown (engl. aufsetzen) Moment, wenn Flugzeug nach der Flugphase ersten Bodenkontakt herstellt

Trolley (engl. Rollwagen) Ein mit Rollen versehener Transportwagen für den Service an Bord

Waste(-Box) Mit Müll bepackter -> Trolley

Wasten Das Einsammeln des Mülls durch die Flugbegleiter

Wrecks Behältnisse, die rechts und links am Getränketrolley befestigt werden und als Stauraum für Becher, Milch, Zucker, Salz, Pfeffer, Eisbox und Zitrone dienen.

Dreilettercode-Abkürzungen internationaler Flughäfen

AMS	Amsterdam
ATH	Athen
BKK	Bangkok
BCN	Barcelona
TXL	Berlin Tegel
BOS	Boston
EZE	Buenos Aires
OTP	Bukarest Otopeni
YYC	Calgary
CLT	Charlotte Douglas
ORD	Chicago
DFW	Dallas/Forth Worth
DXB	Dubai
DUS	Düsseldorf
FRA	Frankfurt/Main
HAM	Hamburg
HKG	Hongkong
JNB	Johannesburg
CGN	Köln-Bonn
LCA	Larnaca
LIS	Lissabon
LHR	London-Heathrow
LAX	Los Angeles
MAD	Madrid
MIA	Miami
SVO	Moskau
MUC	München
JFK	New York
EWR	Newark
CDG	Paris–Charles de Gaulles
SFO	San Francisco
GRU	São Paulo-Guarulhos
PVG	Schanghai
ARN	Stockholm-Arlanda
SOF	Sofia
SYD	Sydney
HND	Tokio
YVR	Vancouver
IAD	Washington D.C.
VIE	Vienna
ZRH	Zürich

Andrea Russo

Frech, humorvoll und romantisch

Sex ist nicht alles – oder etwa doch?

»Urkomisch!« ***InTouch***

»Authentisch, witzig.« ***Tina***

978-3-453-40685-8

978-3-453-40697-1

Leseproben unter: **www.heyne.de**

HEYNE